D1180787

DE VUURWERKMEESTER

Chris de Stoop

De vuurwerkmeester

ROMAN

2005

DE BEZIGE BIJ

AMSTERDAM

Met de steun van het Vlaams Fonds voor de Letteren.

Eerste druk september 2005
Tweede druk oktober 2005
Omslagontwerp Robert Nix
Omslagillustratie Jakob Tuggener, *Nach dem Rennen* (1949)
Foto auteur Patrick de Spiegelaere
Vormgeving binnenwerk Peter Verwey, Heemstede
Druk Wöhrmann, Zutphen
ISBN 90 234 1867 0
NUR 301

www.debezigebij.nl

in deze tijd heeft wat men altijd noemde
schoonheid schoonheid haar gezicht verbrand
zij troost niet meer de mensen
zij troost de larven de reptielen de ratten
maar de mens verschrikt zij
en treft hem met het besef
een broodkruimel te zijn op de rok van het universum

Lucebert

Inhoud

I Aankondiging. De lachende paljas

❦

1

Bijna niemand had het gezien, dat er een brandende ster in haar rechteroog gevallen was. De kleine Barbara gaf een gil als een big die gespeend wordt, maar werd overstemd door de salvo's van het vuurwerk.

Vlug stopte haar moeder een in honing gedoopte fopspeen in haar mond en keek beschaamd om zich heen. Om zich daarna te schamen voor haar schaamte.

Madame Vidal spuugde op haar zakdoek en depte het oogje van het kind. Het arme wicht, amper acht maanden oud, voelde de pijn blijkbaar niet meer. Het getroffen oog zat helemaal dicht, maar het andere sperde ze wijd open om weer naar het azuurblauwe uitspansel te kijken.

Terwijl madame Vidal zich met de kinderwagen naar de dichtstbijzijnde hulppost spoedde, staarden honderdduizenden mensen als betoverd naar het blauwe vuur. Dit was waarvoor ze allemaal in trams en treinen en automobielen naar hier waren gekomen: het Grootste Vuurwerk Aller Tijden, dat een waardig slot moest bieden aan Expo '58, de wereldtentoonstelling in Brussel.

Van alle kanten was het volk toegestroomd naar de Heizelvlakte. Al uren van tevoren hadden ze met klapstoeltjes en krukjes de beste plaatsen ingenomen. De kramen deden gouden zaken met de verkoop van kip aan 't spit, coca-cola, softijs en andere nieuwigheden, en niemand scheen het lange wachten op het donker moe te worden.

’s Avonds werd het aantal toeschouwers op een miljoen geschat. Voertuigen werden in de chaos op straat achtergelaten en de politie rukte uit om de tramrails vrij te maken. Overal in het feestelijke Brussel dromden mensen samen op pleinen en kruispunten. De best gelegen daken stonden zo vol kijkers dat ze het bijna begaven.

Toen het tien uur sloeg, hield iedereen de adem in. De carrousels stopten met draaien. De herbergen stopten met tappen. Doodstil werd het, even toch.

Vervolgens scheurde de explosie van de eerste saluutbom de avondlijke stilte uiteen.

‘Een publiek van een miljoen, welke kunstenaar kan dat dromen? Niemand tenzij mijn man Felix,’ zei madame Vidal trots tegen haar buurman.

‘Mon Dieu,’ zuchtte de schele bommenmaker uit Parijs, die naast haar verbijsterd naar de hemelsblauwe regen stond te kijken.

Het volgende moment trof een blauw sterretje het rechteroog van de nog geen eenjarige Barbara. Het siste als een oliedruppel in een hete pan.

2

Barbara wordt wakker met een zweverig, draaierig gevoel in haar hoofd. Verward kijkt ze naar de brokkelige muur, die om haar heen danst. Het duurt lang voor ze gewend raakt aan de ronde kamer. Dan weet ze weer waar ze is: in haar vroegere meisjeskamer in de Chinese toren, boven de werkkamer van haar vader. Aan de zijkant van het grote, rode landhuis, waar in vlammende letters op de voorgevel staat: '*Kunstvuurwerken Vidal. Sinds 1769.*' Haar ouderlijke huis in Antwerpen dus, waar ze nu als een dief is binnengedrongen. Bij nacht en ontij, letterlijk.

Er is een tijd geweest dat ze een hekel had aan het bizarre gebouw vol geschiedenis en familieoverlevering. Aan de koude, marmeren hal met de borstbeelden en portretten van haar voorvaders. Aan de trap met smeedijzeren leuning, de zware kroonluchters, het ronde glasraam met de vuurspuwende draak. Aan de massieve schoorsteenmantels met gebeeldhouwde engelenhoofdjes en stichtelijke spreuken zoals '*Hier vloekt men niet*'.

Maar er is ook een tijd geweest dat ze als klein meisje van dit heerlijke, weelderige huis met zijn overvloedig binnenvallend licht genoten heeft. Van de kunstzinnigheid en de ernst die in de grote, doorlopende vertrekken hing. En vooral van haar ronde kamer in de Chinese toren. Nu ze zelf zo veel tijd in Vuurwerkstad in China heeft doorgebracht, lijkt het wel alsof die Chinese toren haar van het begin af naar dat lot heeft toe gedreven.

Maar intussen is het een zieltogend huis vol vergane glorie geworden, met zijn knarsende trap, zijn vochtige muren, zijn houten vloeren die krullen en zijn eiken deuren die trekken. De achtergevel is door wilde wingerd overwoekerd, en aan de zuidkant groeien oude druivenranken tot het bovenste balkon. In de zijvleugel, waar tante Adèle vroeger haar kamers had, regent het zelfs al binnen. Het huis verkrot en kraakt in al zijn voegen.

Net als de hele vuurwerkfabriek die erachter ligt.

Net als Barbara zelf.

Zij strompelt uit bed en sleept zich naar de badkamer, waar ze ijskoud water over zich laat lopen. Ze voelt haar gezichtshuid trekken, het bloed stroomt door haar aders, en snel draait ze de kraan weer dicht. Maar de koude douche heeft een heilzame uitwerking op haar. Terwijl ze zich met voorzichtige bewegingen droogwrijft, begint haar verstand weer nuchter te werken.

In de spiegel kijkt ze nog vluchtig naar de blondine van in de veertig die ze geworden is. Een gehavend lichaam dat het nu zou afleggen tegen elke griet van achttien. Getatoeëerd met de littekens van het onheil dat het heeft meegemaakt. Eigen schuld.

3

Het is net voor zonsopgang, even is alles nog donker, alleen de maan hangt in een halo van licht voor het raam. De wereld is nog kleurloos. In de tuin achter het huis tekenen de silhouetten van de bomen en werkhuizen zich af tegen de zwarte lucht. Het eerste daglicht is onwezenlijk grijs en boterzacht. Dan wazig oranje en roze. De zon klimt hoger en alle kleuren komen langzaam tot leven. Merels en lijsters schieten fluitend uit de hagen. De hond van de buren blaft. Een haan kraait. Roomkleurige stralen vallen in de Chinese toren op de beeldjes van de Vestaalse Maagden, en daarna op de grote, ingelijste foto van Expo '58.

Het is op de Expo dat Barbara het licht heeft gezien, hoe vreemd dat ook moge klinken. Toen het blauwe sterretje in haar rechteroog viel, werd zij bijna halfblind. Maar wanneer één oog niet goed meer werkt, werkt het andere soms dubbel zo goed. Zo had zij sinds haar achtste levensmaand haar goeie linkeroog bewust en onbewust geoefend, waardoor haar zicht verscherpt was. Zij leerde in meer details te zien dan anderen. Zij leerde vooral meer kleurtonen te onderscheiden. Zij werd een connaisseur van kleuren.

Barbara gaat naar beneden om te ontbijten. In de ruime, koele keuken in de achterbouw ruikt het naar zwammen en schimmels. Bruine en gele plekken ontsieren het verschoten behang. Grote spinnen kruipen in de dampkap, die vol korsten vet hangt. Maar wanneer Barbara de filterkoffie ruikt, komt er iets terug van de gemoedelijkheid en genoeglijkheid van vroeger.

Toen zat haar vader aan het ene hoofdeind van de tafel en haar moeder aan het andere. Grootvader en tante Adèle aan de linkerkant, en Barbara en haar zus Marie aan de rechterkant. Als haar vader een gebed aanhief, werd het muisstil, en pas na het 'Heer, zegen deze spijzen' kon het gekletter van vorken en messen beginnen.

Dat was een half leven geleden, maar nu is de keuken kil en kaal. Barbara nipt van haar koffie en slaat de map open die ze uit het studeervertrek van haar vader heeft meegenomen. *Expo '58* staat er in blokletters op geschreven. Hij heeft altijd alle knipsels keurig bewaard.

'*Vidal schilder van de lucht*' en '*Meester van de achtste kunst*' en '*Magicien du Feu*' kopten de kranten in 1958. De journalisten mochten toen nog vele kolommen vullen met lyrische beschrijvingen van een vuurwerk. Maar Barbara's ongeval haalde de kranten niet. Wel schaapachtige interviews met haar vader.

'Jullie hebben de reputatie tot 's werelds besten te horen, meneer Vidal?'

'Dat zeggen de gazetten. Maar van ons zal u dat niet horen. Wij doen ons best. Helaas wordt de stiel soms verpest door paljassen die zich niets aan veiligheid gelegen laten.'

'Is het een ambacht of een kunst?'

'Als kunst de veruitwendiging van schoonheid is, is vuurwerk superieur aan andere kunsten. Maar het is ook nog een echt ambacht. Naar aloude traditie. Vlaanderen is een land van schilders, glazeniers én vuurwerkmakers. Wij zijn een oud geslacht met Spaanse wortels, zoals u aan onze naam kan horen. Wij zitten al zes generaties lang in het vak.'

'En zal er na u nog een zevende generatie komen?'

'Het is natuurlijk onze vurigste wens om een zoon te hebben en de volgende lichting te verzekeren. Maar wees gerust, er wordt aan gewerkt...'

4

Het is gewoon een duizelingwekkende gedachte dat Barbara nog van haar grootvader heeft kunnen horen wat hij van zijn grootvader heeft gehoord, die hem vertelde wat hijzelf van zijn eigen grootvader had gehoord. Dat zijn zeven generaties directe mondelinge overlevering. Tot in de jaren 1700. Tot bij haar betbetbetovergrootvader dus, de stichter van het bedrijf wiens stuurse borstbeeld in de hal staat.

'De familie Vidal is een lang verhaal,' zei haar grootvader Arthur haar ooit, 'en jij bent daar een onderdeel van.'

Toen ze klein was, vertelde hij haar vaak over de familie en het bedrijf, knorrend dat er behalve zij toch niemand meer naar hem luisterde. In de jaren zestig was hij zijn laatste haren verloren. Hij had een machtige, ovale, kale kop, waarop je, aan de hand van geboortevlekken en adertjes, de kaart van de wereld kon aflezen. Van Europa tot Azië.

Arthur de Grote noemde ze hem in die tijd.

Volgens hem was het zo gegaan: de Chinezen hadden het vuurwerk uitgevonden, de Italianen hadden het sinds de Middeleeuwen in Europa ontwikkeld, en de Spanjaarden hadden het naar Vlaanderen gebracht. En de stichter van het familiebedrijf, dat was de zoon van een Valenciaanse kanonnier die na de Spaanse Successieoorlog was achtergebleven en met een Vlaamse boerendochter was getrouwd. In 1769 was hij begonnen met de bedrijvigheid waarmee de Vidals later naam en faam en fortuin hadden gemaakt.

Haar grootvader zag graag lijnen in de geschiedenis. En het feit dat er van die Spaanse wortels geen enkel geschreven spoor was terug te vinden, mocht die lijnen niet onderbreken.

Op een of andere manier gaf het haar toen een goed gevoel om deel uit te maken van een oud verhaal. Telg van een van de bekendste vuurwerkgeslachten van Europa. Al voelde ze dat het ook in zijn ogen stopte bij de zevende generatie, die alleen maar dochters telde.

Zij hoorde erbij, en toch ook weer niet.

De Vidals waren niet alleen altijd grote vertellers, maar ze hielden ook alles bij als ware collectioneurs. Daarom bevat het familiearchief zo veel oude boeken, handgeschreven cahiers, dikke mappen en volle schoendozen. En daarin is Barbara nu aan het zoeken.

In de map over de Expo '58 vindt ze nog een foto van de hele familie met het Atomium op de achtergrond. De sepiakleurige foto is de ochtend voor het slotvuurwerk genomen. In het midden Arthur Vidal, krom en stram, naast zijn zoon Felix die er, met zijn grote grijze ogen, zelfzeker en vertrouwenwekkend uitziet. Daarnaast tante Adèle, koket lachend, met Barbara's zusje Marie aan de hand. Marie, toen bijna vier jaar oud, heeft een bedremmeld sproetengezichtje en houdt een lappenpop vast. Aan de linkerkant van de foto staat haar moeder, ernstig kijkend alsof ze een bang voorgevoel had, met de kleine Barbara op haar arm. Een guitige, stevige baby die met intense blik naar de fotograaf staart. Het is de enige foto waarop Barbara met twee gezonde ogen staat. Ogen op steeltjes. Koppige ogen.

Terwijl Barbara de knipsels en brieven over de Expo leest, hoort ze weer de stemmen van haar moeder en tante Adèle, die over die grote dag in oktober 1958 vertelden.

5

De dag was met regenvlagen en windstoten slecht begonnen, en de oude Vidal had aan zijn zoon Felix gevraagd of hij het Comité van Vermakelijkheden niet om uitstel zou verzoeken. Felix, die toen al een kalend voorhoofd had, had die beslissing voor zich uit geschoven. Het vuurwerk van de Expo was voor hem immers zijn meesterproef. Het was nú voor hem, of misschien nooit.

Dat had hij meteen beseft toen hij een jaar eerder de brief van de baron, commissaris-generaal van de wereldtentoonstelling, had ontvangen. De brief was gericht aan de *Naamloze Vennootschap Arthur Vidal, Kunstvuurwerkmaker van het Gouvernement en der Stad Antwerpen, Leverancier des Konings en zijner Koloniën.* De baron schreef: '*Waarde Heer Vidal, zoals U weet zijn wij voornemens ter afsluiting van de Expo een luisterrijk vuurwerk van hoogstaand formaat aan te bieden. De Expo is het rendez-vous der naties en bijgevolg moet het een vuurwerk zijn met een universeel karakter. Omdat Vidal een naam als een klok is in de vuurwerkerij, zien wij graag uw offerte tegemoet...*'

Vidal junior, die vol van ideeën uit de oorlog was gekomen, had zich bijna een jaar met de voorbereiding van het vuurwerk beziggehouden. Dag en nacht had Felix zitten studeren in de eeuwenoude, uit elkaar vallende boeken in de Chinese toren. Maandenlang had hij als een eenvoudige leerjongen stage gelopen bij de grootste meesters in Europa. De hele, natte zomer van 1958 had hij met de spichtige bommenmaker Marcel, ook wel Krekel genoemd, in de fabriek zitten knutselen. En dat jaar was hij vader geworden van een dochtertje dat hij Barbara had genoemd, naar de patrones der vuurwerkmakers.

'Baron,' had Arthur Vidal gezegd, toen ze op de dag van het slotvuurwerk in het Belvédère-kasteel aan de rand van de Heizel werden ontvangen, 'ik verzeker u dat hij er alles voor gedaan heeft. Als alles vanavond goed gaat, staat er bij ons vanaf volgende week Felix Vidal in het briefhoofd in plaats van Arthur Vidal. En dan kan ik eindelijk gaan rentenieren.'

'De fakkel moet worden doorgegeven,' lachte de baron, die een wit strikje droeg. 'En zeker nu met de Expo een nieuw tijdperk is ingeluid.'

De koning was in de vooravond in een donkere Cadillac convertible aangekomen. Hij ging over de rode loper naar het bordes van de Belvédère, vanwaar hij een machtig uitzicht had over de paleizen en paviljoenen die in recordtempo voor Expo '58 waren gebouwd.

Toen hij daar aan de Vidals werd voorgesteld, zuchtte de vorst: 'Wat jammer dat dit werelddorp weer afgebroken wordt en in rook opgaat. Net als uw vuurwerk van vanavond.'

'Het is de allervergankelijkste van alle kunsten,' zei Felix snel, voor zijn vader het woord kon nemen. Hij had zijn antwoorden op koninklijke vragen grondig voorbereid. 'Vuurwerk mag niet langer duren dan een omhelzing door een geliefde, Sire.'

De koning glimlachte. 'Op de Expo hebben wij een glimp van de vooruitgang kunnen zien. Maar gelukkig zijn er ook nog tradities die altijd zullen blijven.'

'Daar staan wij voor,' zei Arthur Vidal met een buiging.

'Wie schoonheid en vreugde mag brengen, is de Schepper zeer nabij. Wat beoogt u vanavond met uw Feërieke Nocturne?'

'Wij willen de mensen weer naar de hemel laten kijken, Sire,' antwoordde Vidal senior.

Tijdens de tafelrede van de baron dacht Arthur Vidal aan de wind die hij om de Belvédère hoorde jagen. Hij dacht aan het postscriptum van de brief van de baron: '*Uiteraard stipuleert het contract dat gebeurlijke ongevallen volledig voor uw rekening zijn.*'

6

Terwijl de oude meestergast Krekel en zijn werkmannen de laatste mortieren in de grond groeven en de Romeinse kaarsen en vuurfonteinen verankerden, had madame Vidal, Lea De Schepper van haar meisjesnaam, die morgen genoten van een korte rondleiding over de Expo in het gezelschap van haar man. Hij had een gespannen ontspannenheid op zijn gezicht, zoals voor elk groot vuurwerkspektakel.

De bezoekers trokken in looppas langs de tentoonstelling om op de laatste dag nog zo veel mogelijk te zien van al het nieuwe. De grootste drukte was er bij de Amerikaanse en Russische paviljoenen, broederlijk zij aan zij, alsof er nog geen koude oorlog begonnen was. Lea verkoos het ronde Amerikaanse gebouw, waarin mannequins in badpak defileerden en nieuwe consumptieproducten werden voorgesteld, *made in the USA*. Er stond ook een kleine atoomreactor. '*Het atoom is de vriend van de mens*,' was een van de motto's van de Expo. Felix Vidal was meer gefascineerd door de spoetnik in het Russisch paviljoen, waarmee het hondje Laika door het heelal was gereisd. Ondanks dat het hem stoorde dat de eerste kosmonaut bij zijn terugkeer had opgemerkt dat hij daarboven geen God gezien had.

In het volgende paviljoen hoorden en zagen zij het verhaal van Arteria, een fictief dorpje in Brabant, dat tegen het magische jaar 2000 de stad van de toekomst zou worden, omdat er een snelweg werd aangelegd. De snelweg zou een handige zakenman brengen, die een fabriek bouwde om een nieuwe kunststof te produceren, synfab genaamd. Andere ondernemers vestigden zich in Arteria om speelgoed, koelkasten en televisies van synfab te maken. In het jaar 2000 was Arteria een bloeiende metropool met moderne scholen en flatgebouwen van synfab, terwijl de inwoners in glanzende synfab-auto's rondreden over een wonderlijk web van synfab-wegen…

'Godallemachtig,' zei Lea. 'Wat staat ons allemaal nog te wachten.'

'Tegen die tijd zijn onze kleinkinderen van synfab gemaakt,' zei Felix.

In het negerdorp zag Lea voor het eerst een Afrikaan in levenden lijve. Hij zag er anders uit dan het jaknikkende negertje op de toonbank van de bakker in haar geboortedorp Lillo. Hij zag er nors en terneergeslagen uit. Sommige zwarten, die Afrikaanse ambachten moesten demonstreren, hadden al een protestactie gehouden omdat ze zich als dieren in de zoo behandeld voelden.

'Zie je, dat zouden de inboorlingen van Lillo ook moeten doen,' lachte Lea, toen ze in een van de negen aluminium bollen van het Atomium zaten te eten. Het blinkende monument, een reusachtige uitvergroting van een ijzerkristal, trilde voelbaar in de wind. Lea zag haar man bezorgd naar buiten kijken door de kleine, ronde, met flikkerlichtjes versierde ramen. Stormwind was de grootste vijand van vuurwerkmakers. En hij moest nu beslissen.

7

Net als Arteria was Lillo, waar Barbara's moeder geboren en getogen was, een nietig boerendorp op de rand van de omwenteling. Het lag in een bocht van de Schelde tussen de Antwerpse haven en de Nederlandse grens, en het was plat polderland zover het oog reikte.

Lea was opgegroeid op de Wilgenhoeve, waar haar vader een van de herenboeren van de polder was, met wel vijftig hectaren grond, veel en kloek stamboekvee, en knechten die nog in een alkoof in de schuur sliepen. Achter het erf lagen hun vette akkers met koren en aardappelen en bieten, de beken zaten nog vol salamanders en dikkopjes, en nog wat verder lag de kreek waarvan haar familie de vispacht had en waar ze uren kon doorbrengen. Ze genoot van het gefilterde zonlicht door het gebladerte. Ze duimde voor de vissende reiger op één poot in de rietkant. Ze snoof de geur op van het verse gras dat ze bijna kon voelen groeien onder haar voeten. Zo vruchtbaar was dat land, en zo rustig, en zo van alle tijden.

In het najaar, als koren en aardappelen en suikerbieten geoogst waren, kwam de kermis met de rupsmolen en smoutebollenkramen, de jaarmarkt met de veekeuring en het gansrijden en het zeepstaakklimmen, en de laatste avond het Grandioos Vuurwerk. Als kleuter was ze nog onder de zwarte rokken van haar moeder gekropen bij de eerste slagen, niet wetend wat ze misdaan had om zo de toorn van God over zich af te roepen. Maar als jong meisje had ze haar schrik overwonnen en stond ze altijd aan het hek te kijken als de vuurwerkmakers aankwamen. Stevige jongens die een deel van het plein afzetten met touwen, een spandoek met de tekst Grandioos Vuurwerk uithingen, en tegen elkaar grapten en vloekten in een vreemd dialect – alsof ze van een andere wereld kwamen, en niet gewoon twintig kilometer verder van Antwerpen.

Ze kwamen maar eens in het jaar, moesten lang wachten op het donker om hun kunsten te vertonen, en straalden alleen al daarom pure magie uit. Duivelskunstenaars. Tovenaarsleerlingen.

Ze groeven kuilen in het plein, zetten palen recht, trokken kabels met molentjes aan, en spanden de paljas. De paljas was een grote houten harlekijn, die na het afsluitend vuurwerkboeket in vuur en vlam werd gezet. De potsierlijke hansworst, die uit de Italiaanse commedia dell'arte voortgekomen was, trok armen en benen op en buitelde rond zijn eigen as, terwijl hij door veelkleurige vuurfonteinen werd verlicht.

Ja, die paljas, als die er niet bij was, dan deugde het niet in die tijd. 'We hebben de paljas niet gezien,' werd dan geknord. En dan werd er in het dorp door jong en oud geredetwist over het behoud van de paljas. Tot oud het weer won: 'Zwijg, wat weet zo'n snotjong daarvan.'

In het jaar dat Lea zestien werd, zag ze hoe een jongen tegen de wind in aan het worstelen was met de paljas. Hij had borstelig zwart haar en een groef in zijn voorhoofd van kwaadheid. Toen hij machteloos omkeek, hadden zijn scherpe ogen dwars door haar heen gepriemd. Lea had daarop de paljas aan één kant vastgegrepen en geholpen om hem op te richten. Met een krijtje had ze de gezichtsloze pop twee vurige ogen en een lachende mond gegeven. Dat had de jongen, hij stelde zich nu pas voor als Felix Vidal, voor het eerst wat doen ontdooien. Hij had een brede, sensuele mond, die met zo veel overtuiging sprak dat je wel moest luisteren. Hij vertelde dat hij bij de jezuïeten naar school ging, en later zijn vader zou opvolgen bij Kunstvuurwerken Vidal. En hij zou haar misschien nog veel meer verteld hebben als de koster haar niet was komen aanmanen om snel naar huis te gaan.

Die avond was de brandende lachende paljas door een rukwind opgetild en over de hoofden van de toeschouwers in de tuin van de pastoor gekwakt. De jongen van de vuurwerkmaker kreeg een klap om de oren, en ook Lea kreeg een snauw van de koster, alsof het haar schuld was dat de paljas was losgeraakt. Ze rende beschaamd naar huis, terwijl heel Lillo schudde van het lachen.

De volgende maanden was het kouder dan ooit op de Wilgenhoeve, en na de winter was de oorlog gekomen. Van vuurwerk was geen sprake meer, en van oorlog eigenlijk ook niet, tenzij dan tussen de *witten* en de *zwarten*. Op het eind van de oorlog zag Lea al fietsend toevallig een ontploffing op de polderdijk die grote indruk op haar maakte. De vlammen spoten in 't rond en de rook had dezelfde geur als het vuurwerk van Vidal. Een knecht zei dat de witte brigade de auto van Bernaers had proberen op te blazen. De familie Bernaers was radicaal Vlaamsgezind en fout in de oorlog. Lea kende de zoon vaag.

Het duurde nog tot enkele jaren na de bevrijding voordat het vuurwerk weer naar Lillo kwam. De jongen was man geworden, nog knapper, en nog ernstiger. De paljas was er niet meer bij, en niemand vroeg er nog naar. En Lillo werd in 1958 ingelijfd door Antwerpen en wachtte met gesloten ogen op de dodelijke omhelzing van haven en industrie.

8

Tegen achten was de wind op de Heizel gaan liggen. Een teken van de Heilige Barbara, juichte Felix Vidal, en hij ging Krekel melden dat het sein definitief op groen stond, terwijl Lea zich snel met de kinderwagen naar de eretribune begaf.

De keur der natie, de adel, het gezag, en al wat naam en geld had, zat op die tribune bijeen. Zij waren het die Lea nadrukkelijk madame Vidal noemden, wat ze nog altijd vreemd vond klinken voor een boerendochter uit de polder. De heren droegen een donkere hoed en pardessus. De dames dure mantels en japonnen, en zo veel lippenstift en mascara dat ze weinige jaren eerder nog als hoerig bestempeld zouden zijn.

'Madame Vidal,' groetten ze haar met een slap handje, en misschien beeldde ze het zich maar in, maar ze leken wat spottend op te kijken naar haar hoog opgestoken, stijve permanent. Ze hoorde zichzelf in slecht Frans antwoorden. Ze kreeg even het gevoel geen lucht te krijgen.

Haar schoonvader wiste zijn voorhoofd af en gromde naar zijn dochter Adèle, een oude vrijster, die rechts naast hem vooraan op de eretribune zat. Links van Arthur Vidal zat een minister van de katholieke partij die dat jaar bij de verkiezingen bijna de absolute meerderheid had gehaald. En in het hoekje van de tribune was een plaats vrij gehouden voor Lea, de kleine Barbara en haar zusje Marie.

'Wat zeg je?' vroeg Arthur, die na een leven in het vuurwerk doof aan één kant was geworden, en die het vooraf altijd bestierf van de schrik.

'Dat ik bij Felix in de barak ga zitten,' riep Lea.

'Dan zal je een week niets meer horen!'

Ook Lea kon het die laatste momenten voor een vuurwerk niet houden van de spanning, en dat was een van de redenen, naast de stekende ogen die ze in haar rug voelde, die haar deden besluiten om met de kinderwagen naar de barak van de vuurwerkmakers te wandelen. De bunker was dichter bij het spektakel, zodat je alles goed kon volgen en voelen.

Haar man trof ze er helaas niet meer aan, want die had besloten zijn meestergast op het terrein bij te staan. Wel een bonte verzameling vuurwerkmakers uit heel Europa, die door Vidal uitgenodigd waren om hier op de eerste rij naar dit 'universele vuurwerk' te komen kijken. Uit Parijs was de halfblinde bommenmaker van Ruggieri gekomen, het belangrijkste geslacht vuurwerkmakers uit de geschiedenis. Er was de vertegenwoordiger van de wereldberoemde Britse familie Brock uit Londen, die mankend en trekkebenend zijn plaats zocht. Er was die gekke Portugees die de gewoonte had metershoge vuurpijlen uit de losse arm af te vuren en die nu evenveel vingers als tanden miste. En nog een dozijn anderen met of zonder gebrek.

Zwijgend en gespannen bladerden ze door het programmaboekje van het Grootste Vuurwerk Aller Tijden. Eén ding was zeker: zij kenden de superlatieven van het vak en zouden zich er niet door laten foppen.

9

De voorbije maanden had Lea nauwkeurig gevolgd hoe haar man zoals een componist de partituur van het vuurwerk had uitgewerkt. Een dik draaiboek met horizontale lijnen, waarop een soort codetekens stonden: bolletjes, streepjes, sterretjes, balkjes, driehoekjes, hekjes. Op die manier werd de compositie van het vuurwerk van seconde tot seconde weergegeven. Het was het persoonlijke werkinstrument van de vuurwerkmaker. De Vidals hadden er in hun Chinese toren kasten vol van liggen.

'Met al eeuwenlang dezelfde structuur,' had Vidal haar uitgelegd. 'Je begint met de aankondiging, die aandacht moet trekken. Dan breng je een aantal afzonderlijke tableaus, afgewisseld met intermezzo's om op adem te komen. En zo werk je naar de climax: het boeket, of de *bloemekee* in 't Antwerps. Daarna laat je de vertoning uitsterven met een illuminatie of feestelijke verlichting.'

'Net zoals een mensenleven zou moeten zijn,' had Lea gezegd.

In de programmaboekjes werden indeling en inhoud van de Feeërieke Nocturne – met als titel *En avant marche / Voorwaarts, mars!* – als volgt weergegeven:

'De avond duistert, de aarde huivert, de deur valt in het slot... Een tover van neon tooit nog de stad, een dwaallicht doorboort nog de deemstering... Het uur van de vrijers, maar het donker verraadt nooit hun geheim... De wezens van de nacht grijpen de macht, de roep van de uil, de schreeuw van de vampier... Opgepast, het

is middernacht, de tijd van de heksensabbat... De mens droomt, maar de droom gaat over in een nachtmerrie... En dan, dan is er het bruusk ontwaken, de eerste schemer van de nieuwe beschaving... De zon is waarlijk opgestaan...'

AANKONDIGING VAN DE NOCTURNE

Verschroeiend bombardement van moordslagen en saluutschoten, dat door merg en been gaat

INTERMEZZO

Vier batterijen van Romeinse kaarsen zorgen voor een groots mozaïek

EERSTE TABLEAU: DE DANS DER GEESTEN

De grootste verwezenlijkingen der Europese vuurwerkkunst, met fantasia-bommen die tot zevenmaal achtereenvolgend openspatten

INTERMEZZO

Tussenspel van luchtbommen met gouden en zilveren slierten

TWEEDE TABLEAU: DE ZWOELTE VAN DE NACHT

Rood vuurfront van enkelslagbommen die hoog in de lucht hunne effecten uitwerpen, gevolgd door vliegende pepels in Chinees vuur

INTERMEZZO

Serie van superbommen met donderslagen en bliksemflitsen

DERDE TABLEAU: DE OOSTERSE WAAIERS

De regenboogfonteinen Vidal® brengen een wereldpremière, omkranst door een kruisvuur van wonderbare kometen

INTERMEZZO

Snelvuur van dubbele zwermpotten en razende sterschieters

VIERDE TABLEAU: DE KONINGSBLAUWE PALMEN

Onvergetelijk schouwspel van onophoudelijk ontploffende vuurmassa's die hun blauwe sterren in wijde bogen uitstrooien

INTERMEZZO

Een staccato van vierkante kanonslagen en dubbele donderbommen

BOEKET: DE TRIOMF VAN ORDE EN REDE

Vreugdesalvo van Romeinse kaarsen en majestueuze bommen, die het publiek een ruiker van stralende zonnen aanbieden

ILLUMINATIE

Bengaalse vuren zetten het Atomium, teken van de komende tijd, in een verblindend wit magnesiumlicht

10

Sterren maakten ze in de vuurwerkfabriek. Gouden, zilveren, rode of blauwe kruitbolletjes, die bij het branden hevig schitterden of aan en uit pinkelden of meermaals van kleur veranderden. Wekenlang werkten ze er onverdroten aan. En met een flits en een knal was alles dan weer weg. Zoals een niemendal, lachte Felix Vidal.

Lea zag hem graag aan het werk. In zijn grijze stofjas, die altijd schoongewassen moest zijn, want het was al gebeurd dat vuurwerkmakers het kruit van hun kleren klopten en prompt de lucht in vlogen. Tussen zijn werktafels en rekken met oude gereedschappen: porseleinen vijzels en stampers, bronzen zeven, houten mallen, koperen scheppen, trechters en weegschalen, mengtrommels en maatglazen, kolven en ketels, roerstaven en pipetten, en borstels van zacht konijnenhaar.

En al die bokalen en blikken dozen waarop hij keurige etiketten had geplakt: zwavelbloem, spiesglans, lampzwart, Arabische gom, kamfer, amber, aluin, houtskool, koperzout, kalomel, schellak, en andere stoffen met moeilijke namen die Lea vroeger nooit gehoord had.

En al dat gedegen handwerk dat hij deed: mengen, malen, stampen, raspen, roeren, zeven, spatelen, kneden, korrelen, smelten, verdampen, verdunnen, verpulveren, persen, kalken, logen, drogen, boren, draaien, frezen, vijlen, zagen, schroeven, slijpen, plakken, pappen en wurgen.

Dat was werk dat nog voldoening gaf.

Lea hield ook van de geheimtaal van het ambacht. De brouwsels werden *sassen* genoemd. Die werden bewerkt tot *sterren*. Die werden zorgvuldig geschikt in *kardoezen* of *hulzen*. De *ziel* was een holte vanbinnen die maakte dat de vlam sneller doorsloeg. De *wurging* was de vernauwde opening om de uitstroom van gassen te regelen.

De vuurwerkerij leek voor Lea wel het kabinet van dokter Faust. Meer kabbalistiek dan wetenschap. Meer metafysica dan fysica. Meer alchemie dan chemie.

In vuur scholen helse krachten, had Vidal haar gezegd. En de kunst van de pyrotechniek of het vuurwerk was juist om die krachten in een huls op te sluiten en gecontroleerd weer vrij te laten. Altijd was er dat snuifje gevaar waarvan men zich voortdurend bewust moest blijven. Met ontvlambare en explosieve sterren en sassen moest uiterst omzichtig worden omgesprongen.

Daarom was het in de vuurwerkfabriek nadrukkelijk verboden om snel te werken of te rennen.

Alles vergde veel tijd en arbeid. Maar arbeid was nog goedkoop, en op tijd werd nog niet bespaard.

Tegen een van de oude beuken had Vidal een bord gespijkerd: 'Haast u langzaam'.

11

Barbara's vader had zijn ogen goed de kost gegeven toen hij stage liep bij de grote Europese vuurwerkmeesters. Het continent telde nog duizenden kleine en grote familiebedrijven, die ieder hun eigen huisrecepten hadden. Het vuurwerk verschilde van streek tot streek. In Napels, Venetië, Valencia, Lissabon, Malta, Parijs of Antwerpen: er was overal een andere stijl die de cultuur en volksaard weerspiegelde. En dat maakte het voor Vidal zo boeiend.

De stages hadden hem wel tot bescheidenheid aangezet, want hij was per slot maar een kleine Vlaming naast Maître-Artificier Ruggieri en Firemaster Brock, maar het had hem ook geleerd dat hij ambitieus en internationaal moest durven denken.

Bij de Ruggieri's had hij gezien hoe finesse en frivoliteit volmaakt samengingen. De Ruggieri's hadden het meest bijgedragen tot de ontwikkeling van de vuurwerkkunst in Europa. Ze verhuisden in 1739 uit Bologna naar Parijs en gaven fabelachtige shows in Versailles. Zij vonden voortdurend nieuwe technieken en materialen uit. En vooral: zij liepen al eeuwen voorop in de queeste naar de mooiste kleuren. Vidal junior had in 1957 zelf kunnen bewonderen hoe ze met nooit eerder geziene pasteltinten de lucht boven Parijs hadden geverfd.

De Brocks in Londen waren dan weer befaamd om de statigheid en grootsheid van hun vuurwerkpanorama's, waarmee zij historische taferelen of portretten konden weergeven. *Firework Pictures*, noemden ze het. De Slag van Trafalgar, de koning der Maori's, een knipogende Queen Victoria: de Brocks beeldden het uit in vuur en vlam. Zij waren wereldberoemd geworden als de pyrotechniekers van Crystal Palace. In hun fabriek, de grootste ter wereld, met tweehonderd paviljoenen, had Vidal zich zeer, zeer kleintjes gevoeld.

Maar wat hem na zijn stages nog het meest was bijgebleven, was de passie van de Caballers in Valencia. Hun furieus afgevuurde, gigantische bommen en vuurpijlen gaven je het gevoel dat de wereld verging, maar dat leek precies in de smaak te vallen bij het Spaanse publiek. Tijdens de jaarlijkse *Fallas de Valencia*, bij het begin van de lente, leken ze wel hun eigen stad te willen platbranden. Elke wijk bouwde dan een enorme vuurwerkconstructie, die finaal in vlammen opging. Miljoenen voetzoekers schoten van de *mascletas* het krijsende publiek in.

De oude Caballer, die hoofd was van de Christelijke Broederschap van Sint-Barbara, zei hem ooit: 'Ze willen het vuur aan den lijve voelen. Dan pas worden ze er helemaal door verteerd. Je moet vertrouwen op de Heilige Barbara.'

Vidal keek in Valencia zijn ogen uit. De gevaarlijkste sassen werden ruw gemengd in een soort betonmolen en met een pers tot sterren gekneed. Soms voelde hij in de slordige ateliers de sterren gewoon onder zijn voeten kraken. En toen hij op een dag de menger onder een wit, bijtend arsenicumpoeder zag zitten, lachte die dat het alleen maar zijn honger aanscherpte. Krankzinnig. Misschien was het dan toch waar dat de Spaanse vuurwerkmakers achter hun fabriek een privé-kerkhof hadden?

De finesse van Ruggieri, de statigheid van Brock, de passie van Caballer: dat wou Vidal allemaal samenbrengen in zijn meesterproef op de Expo van '58.

❧

12

De oh's en ah's rolden over de Heizelvlakte terwijl het vuurwerk van het ene naar het andere hoogtepunt denderde. Het volk lachte en floot en schreeuwde van verrukking bij het zien van al die schoonheid. De regenboogfonteinen Vidal®, een door Felix ontworpen en gepatenteerd product, spoten hun vuur in kromme stralen omhoog, die rood, geel, groen en wit kleurden, samen een soort rudimentaire regenboog, en dat was nooit eerder vertoond. En toen de 'Chinese pepels' als echte vlinders, of als een zwerm spermatozoïden voor wie het anders wou zien, kriskras door de lucht kronkelden, hadden duizenden koppeltjes elkaar met glanzende blik aangekeken en vastgegrabbeld.

Maar in het tweede deel van het spektakel was het alsof een vulkaan aan het uitbarsten was en de hele Heizel op zijn grondvesten daverde. Het publiek voelde de schokgolven van de ontploffingen naar zich toe rollen. Monden vielen open om druk te lossen en onbewust kreten te laten ontsnappen. Ogen werden gesloten en dan nog werden ze verblind door de flitsen. Darmen en ingewanden trilden mee op het ritme van de knallen. Tot ver in de hoofdstad rolden de donderslagen voorbij. Zo krachtig dat honden en katten tegen de muren opvlogen. Dat sommige bomen zelfs hun bladeren lieten vallen, ook al was het nog maar oktober.

Tijdens het tableau van de 'Koningsblauwe Palmen' stak de wind plotseling weer op. De palmbomen leken ineens op treurwilgen, waarvan gouden vuurslierten als loof tot aan de grond reikten. Stukken smeulend vuur werden tot de eerste rijen van het publiek gedreven, dat geschrokken uiteendeinsde. Gloeiende brokjes van de verbrande hulzen vlogen naar de eretribune. Maar weinigen leken er lang bij stil te staan, want de lucht werd zo overweldigend blauw geschilderd dat de blikken weer naar boven gezogen werden. Het was sterker dan zijzelf.

Ook in de bunker van de vuurwerkmakers was op dat ogenblik iedereen naar buiten gestapt om nog meer te kunnen zien, zelfs Lea Vidal met de kinderwagen. Lea stond verzaligd omhoog te kijken. Dit was niet het grauwe blauw van de luchten boven Antwerpen, waar ze sinds haar huwelijk woonde. Dit blauw was van een ongekende schoonheid. Het was met niets te vergelijken. Tenzij met het ultramarijnblauw van de mantel van de Maagd Maria.

De kleur was zo hemels dat het haar duizelde. Zo diep en uitgebalanceerd, zo betoverend blauw dat alle andere kleuren erbij verbleekten. De haartjes stonden recht op haar arm.

De vuurwerkmakers naast haar wisten dat deze kleur sinds oudsher de grootste uitdaging was. Het was de moeilijkste en duurste kleur om met vuurwerk te scheppen. Een vlam die helderblauw is, en helder blijft. In de receptuur waren er veel formules voor, maar niet één die bevredigend was. Maar de Vidals hadden het geheim van het blauw.

13

Vijftig meter verder, onzichtbaar door de rook, liepen de werkmannen van Barbara's vader, één arm afschermend boven hun hoofd, tussen het neervallend vuur door. Ze droegen allemaal dezelfde overalls en petten. Het was gekkenwerk om al die duizenden bommen en een ton kruit in drie kwartier de lucht in geschoten te krijgen, en dat dan nog zo nauwkeurig mogelijk volgens het draaiboek dat Felix Vidal had opgesteld.

Voor het finale boeket gaf hij zelf de aanzet. Hij bukte zich naar een korte dikke mortier in het midden. *Psst* deed de lont, een scherp gesis, en weg suisde de bom, om precies op haar hoogste punt open te plooien tot een perfecte cirkel met een pompoengele kern en een gouden stralenkrans. Oh! en ah! kwam er van het publiek. Daarop renden Vidal, zijn meestergast en de vier werkmannen als uitzinnig tussen de projectielen heen en weer. De vlam eraan, de rug gekromd, het hoofd even afgewend, en *poppoppop* schoten de Romeinse kaarsen de onderste helft van de lucht vol zilveren sterren. En dan *boemboemboem* schoten in het bovenste deel honderden vuurbollen op, gloeiende magnesiumzonnen, met een pompende beweging het wijde universum in...

Terwijl de laatste donderslag wegebde, schoot de Bengaalse verlichting rond het Atomium aan, zo fel dat veel mensen de blik moesten afwenden. Een massieve muur van magnesiumwit rees op. Er sloeg een vlaag van hitte af, alsof ineens de deur van een hoogoven werd opengetrokken. Terwijl trompetten begonnen te schetteren, vlamde in metershoge vuurletters de tekst PAX aan, en daarboven de vijfpuntige ster die het embleem was van Expo '58.

Een stormachtig applaus brak los, een oorverdovend gejuich en gestamp van voeten, versterkt door claxons uit de hele opgezweepte hoofdstad. De mensen leken door het dolle heen, ondanks hun stijve nekspieren, suizende oren, blinkende ogen en natrillende knieën. Een staande ovatie van honderdduizenden kijkers, die de spanning gevoeld hadden tot de laatste bom.

Op de Heizel viel het publiek weer even stil toen uit de rook een donkere figuur te voorschijn trad. Zwart als een duivel. Het roet samengekoekt rond zijn witte ogen. Zijn neus dichtgeklonterd met stof. Dooreengeschud en gekneusd. Met blazen op zijn vuile handen.

De toeschouwers keken ademloos toe terwijl de figuur wat buskruit van zijn gezicht veegde, een sigaar in zijn mond stopte en die nonchalant met een lont aanstak.

Wat een lef. Wat een man.

Weer laaide het gejoel en geklap in alle hevigheid op. De andere vuurwerkmakers dansten trekkebekkend om hem heen. Zij gooiden petten en hoeden omhoog en zwaaiden met de programmaboekjes alsof het vaantjes waren. Zij buitelden over het tapijt van stukgeschoten hulzen, terwijl de laatste snippers nog als glinsterende juwelen naar beneden dwarrelden. Zij beseften beter dan wie ook dat Vidal in dit vuurwerk niet alleen zijn geld had gestoken, veel meer dan het budget dat hij van het Comité van Vermakelijkheden had gekregen, maar ook zijn ziel. Zijn passie. Zijn wezen.

'Vidal! Vidal! Vidal!' werd zelfs gescandeerd.

In de verte zag Vidal junior het witgehandschoende wuiven op het balkon van de Belvédère.

Het was hem gelukt. Bijna alles had hij op het juiste moment de lucht in gekregen, op een paar blindgangers na. Hier had hij een jaar lang van gedroomd, en nu zou het succes volgen. De show was niet alleen een artistiek bravourestuk, maar ook een commercieel visitekaartje. Hij wist dat de collega's in de rij zouden staan om de regenboogfonteinen Vidal® te bestellen. Alle vuurwerk was nog eigen fabrikaat, behalve dan de 'Chinese pepels'. Dat was een overgebleven stock van de vroegere leverancier WangBang uit China, een vriend des huizes. '*Specialiteit Chineesch vuurwerk*' had nog in het briefhoofd van Vidal gestaan.

Het enige wat Felix Vidal bij zijn vuurproef gemist had, was de aanwezigheid van zijn overleden broer Herman. Verscheidene malen had hij zich instinctief omgedraaid om iets aan zijn broer te vragen. Maar dan bleek daar alleen Krekel te zijn, die er ook uitzag alsof hij uit de loopgraven van Ieper terugkwam.

Pas toen Felix naar de eretribune keek, snapte hij dat er misschien nog iets was misgegaan. Zijn vader zat naast de minister onbeweeglijk voor zich uit te kijken met vertrokken mond. En de plaats waar zijn vrouw Lea met het kind had moeten zitten, was leeg.

14

Toen Barbara's moeder bij de dichtstbijzijnde toiletwagen was aangekomen, vond ze daar een slonzige vrouw met een sigaret tussen de lippen. *WC Van der Wee* stond op de barak, en daaronder een adres in Bergen op Zoom, net over de Nederlandse grens. Haar schaal lag vol kwartjes met een gaatje erin. Langs een gootje liep gelig vocht in het gras. De zoete stank van uitwerpselen werd overwalst door de penetrante geur van ammoniak.

Tante Adèle, die Lea en de kinderwagen achternagekomen was, was doorgelopen naar de tent van het Rode Kruis. Straks zou wel iemand naar het oogje van de kleine komen kijken, en intussen spoelde Lea het uit met wat water. Hopelijk kwam er geen gedoe met een ziekenwagen of zo. Wat een afgang voor Vidal zou dat zijn. Zijn eigen kind... Maar behalve dat het ooglid dik en rood was, was er niets aan te zien. Het lieve wicht zweeg en lag naar het Bengaals vuur rond het Atomium te kijken.

Ook Lea keek ernaar met een blik vol trots.

'Dat is het werk van mijn man,' kon ze niet nalaten te zeggen.

'Vidal,' zuchtte de Hollandse vrouw van WC Van der Wee. 'Wat een ijdelheid. Wat een verspilling.'

'Als je naar het aantal toeschouwers kijkt, kost het heel weinig per kop,' had Lea geleerd te antwoorden. 'Minder dan ik moet betalen om hier te komen plassen.'

'Toe maar,' zei de toiletjuffrouw met een lachje.

Nu zag Lea dat er achter de vrouw een mollige kleuter met rossig haar zat, die al even wezenloos naar het laatste uitdovende vuurwerk zat te staren als Barbara. Zijn ogen puilden bijna uit hun kassen. Zijn neusje ging snuivend op en neer als van een hondje. Hij zoog alles in zich op.

'Mijn Victor,' zei de Hollandse. En met een knikje naar de kinderwagen: 'Hoe oud is dat arme kind van u?'

'Zij is van 14 februari,' antwoordde Lea kort.

'Lievekensdag!' veerde de toiletjuffrouw op. 'De mijne ook, maar dan van twee jaar geleden!'

Ze gooide haar sigarettenpeuk in het gras, wat Lea danig stoorde, want zoiets deed je niet op een terrein met vuurwerk. Ook niet wanneer de vuurwerkmaker zelf een sigaar opstak. Vuurwerkmakers waren nu eenmaal met sigaren opgegroeid, omdat een gloeiende sigaar de veiligste manier was om een lont aan te steken.

'Valentijnskinderen,' zei de toiletjuffrouw nog vertederd. 'Dan zijn ze voor de liefde geboren, madame.'

Op dat moment trok de rosse kleuter zich op aan de rand van de kinderwagen. Hij liet niet los toen Lea de wagen opzij wou draaien. Hij stampte met zijn voetjes. Hij keek langdurig naar Barbara. Twee producten van de babyboom, zo werd dat nu genoemd.

Lea was een vrouw van moeilijke zwangerschappen en zware bevallingen. Nadat Marie met een stuitligging was geboren, had het bijna vier jaar geduurd, en toen was Barbara met de ijzers gekomen. Lea perste en tierde, maar het kind wou er gewoon niet uit. De vroedvrouw trok en sleurde, sprong op haar buik, maar de baby leek zich te barricaderen in die nauwe tunnel. Een dag en een nacht had het aangesleept, en toen werd Barbara er met de verlostang uitgescheurd terwijl haar navelstreng nog rond haar nek zat.

Haar moeder had haar niet eens kunnen zogen. Maar dat had haar ontwikkeling niet afgeremd. Ze was groot voor haar acht maanden. Ze kroop al. Ze liep bijna. Ze zei al oh! en ah!

Het ergste vond Lea nog dat Felix niets had gedaan om zijn ontgoocheling te verbergen, toen zijn tweede weer een meisje bleek te zijn. Hij had zich zelfs een dag lang depressief in de Chinese toren opgesloten. Ooit had ze hem voor het parelblauwe beeld van de Heilige Barbara, in de nis aan de vuurwerkfabriek, op de knieën zien zitten. 'Geef me een zoon, een Vidal,' had hij gevraagd, voor hij weer een kaars offerde. Ze gingen al naar de veertig, vrij oud om nog kinderen te krijgen. Maar dat was ook de schuld van zijn broer Herman, die niet had willen wijken. Ze waren al een relatie begonnen in 1947, maar hadden pas kunnen trouwen in 1953, het jaar van de grote zondvloed.

Kort na de geboorte van Barbara was Vidal er weer aan begonnen, ook al had de dokter het afgeraden. Maar dat zei Lea niet, hoe ongerust ze ook was. Ze deed haar plicht en gaf hem zijn zin. Ze sloot haar ogen en probeerde haar lichaam te ontspannen. Ze had het tijdens de zwangerschap nauwelijks gemist, dat korte gewroet onder haar nachtkleed. Ze zou het zelf niet uitvinden als het niet bestond. Ze hield eerlijk gezegd zelfs niet van kussen en knuffelen.

'Ik bemin u,' begon hij dan met grote hartstocht. En anderhalve minuut later: 'O! O! O!'

Terwijl Lea bezorgd aan de voorbije nacht stond te denken, hoorde ze haastige stappen dichterbij komen. Het was tante Adèle, de doopmeter van Barbara, die voor de doopvont gezworen had haar tegen het kwaad te behoeden. Samen met een hulpverlener van het Rode Kruis boog ze zich nu buiten adem over de kinderwagen.

De kleine Barbara lag er roerloos bij alsof ze verdoofd was. Ze staarde met half toegeknepen ogen in het magnesiumlicht. Het wit viel uiteen in alle kleuren van het spectrum.

II Intermezzo. Rode wortels

15

'Een aanslag wordt niet uitgesloten,' zegt de radio. 'Verwacht wordt dat het dodenaantal nog kan stijgen...'

Barbara zit achter het massieve bureau van haar vader en veegt enkele oude mappen schoon. De hele studeerkamer zit onder stof en spinrag. De geur van zijn sigaren kleeft nog aan elk object. Er hangt een zwaarmoedigheid als in een kerk. Een gipsen beeld van de Heilige Barbara, met blauwe mantel, bruin gelaat, smachtende blik, krullen tot op haar billen, en een torentje achter haar. En boven de deur het Alziend Oog: een fries van een wijdopen oog in een driehoek, omgeven door een cirkel van gouden stralen, met de tekst '*God ziet U*'.

Op een werktafel voor het raam staan enkele oude gereedschappen zoals in een museum: een porseleinen vijzel met stamper, een set koperen zeven met mazen van verschillende grootte, een geglazuurde mengschaal van aardewerk, een goudkleurig weegschaaltje, en verder veel glazen stolpen en flessen met vergeelde etiketten. Hier en daar zit op de bodem zelfs nog een spoor van een of ander brak goedje. Misschien heeft Barbara, toen ze klein was, haar vader of grootvader hier ooit nog een enkele keer zien experimenteren. Maar later was deze werktafel nog uitsluitend een soort altaar ter ere van de voorvaders.

Het oude huis, dat al twee eeuwen aan de Heirweg op het Laar troont, kreunt in de wind. De erkerramen zijn vermolmd, het dak is licht verzakt, de veranda groen uitgeslagen, maar verder heeft Barbara er het meeste teruggevonden zoals het vroeger was. Het deftige hoofdgebouw met Vlaamse trapgevel, de later aangebouwde zijvleugel van tante Adèle, de Chinese hoektoren waarop een plaatje hangt: '*Gebouwd door Joannes Felix Meyers, koopman en rijk bankier te Antwerpen, die handel dreef met China en Japan*'.

De werkkamer van haar vader is de benedenverdieping van de Chinese toren, die in de achttiende eeuw als eerste gebouw is opgetrokken. De achttiende eeuw was de eeuw van de chinoiserie, de Oriënt was en vogue, en de Antwerpse zakenman Meyers was van die mode blijkbaar rijk geworden. Hij had toen een soort pagode van drie verdiepingen gebouwd in zijn '*hof van plaisanterie*' op het Laar, dat op vijf kilometer van het toenmalige Antwerpen lag. Eigenlijk was het enige Chinese eraan het rode gewelfde dak met krullende punten.

In die tijd werd China nog geïdealiseerd als een modelrijk dat stond voor vrede, welvaart, verfijning, rationeel bestuur en religieuze tolerantie. De beste zijde, het mooiste porselein, de heerlijkste specerijen en andere exotische waren werden massaal ingevoerd. *Made in China* stond voor kwaliteit en uitmuntendheid. Dat was het China waarover Barbara als kind in de oude boeken van haar vader las.

Vooral de lotgevallen van Marco Polo had ze, met een zaklamp in bed, wel tien keer gelezen. Over de Grote Khan en het paleis van Xanadu, de tovenaars en wichelaars, en de bevallige meisjes die opgeleid werden voor 'de beste bedgeneugten'...

16

In het eikenhouten bureau ziet Barbara nog een foto van haar grootouders uit 1930 liggen. Haar verbijsterend jonge grootvader met hoge hoed, leren handschoenen, lange jas, en steunend op een zwarte paraplu. Haar zuinig lachende grootmoeder, die Barbara nooit gekend heeft, duidelijk in een knellend korset dat haar boezem naar voor en haar bekken naar achter duwt. Achter hen een Minerva van Antwerpse makelij, de luxewagen van die tijd. En tussen hen een gedrongen mannetje in Engels colbert: de Chinees Jimmy Wang. Op de achterkant van de foto staat zijn adres in Liuyang. En boven zijn handtekening in gekrulde letters: '*Tot ziens in Vuurwerkstad*'.

Hoe zou Vuurwerkstad er in 1930 hebben uitgezien? Als Jimmy Wang uit zijn graf kon verrijzen, zou hij de stad niet meer herkennen. Barbara denkt terug aan haar eerste reis naar China, samen met Victor. Ja, Victor, het rosse valentijnskind van de toiletwagen op de Expo, die ze beter nooit had ontmoet...

Toen ze eind jaren negentig met Victor naar China trok, veertig jaar na de Expo, had hij een volle kop vlammend haar, een krachtig gebouwd lichaam, en een vreemd lachje dat het midden hield tussen gegiechel en gesnater. Met de hulp van zijn vader in Bergen op Zoom was hij een vuurwerkhandel begonnen onder de naam *Valentine Fireworks*.

Ze kwamen Vuurwerkstad in een taxi binnengereden door een kleurige triomfboog met de tekst '*Welcome to Liuyang, Hometown of Fireworks*'.

'Wow,' zei Victor met in kinderlijke verbazing geopende mond. 'Ben ik in het aards paradijs?'

De oude rijstvelden rond Vuurwerkstad waren omgeploegd en overal werd met grote geestdrift gebouwd. Langs de weg stonden torengebouwen tussen steigers van bamboe, kranen hapten naar de wolken, en bulldozers schepten rode aarde weg. Aan de rand van de stad was een hele bergtop afgeplat en een modern bedrijvencentrum neergepoot, het *Fireworks Trade Center*. Een verzameling concentrische straten met honderden winkels, showrooms en kantoren, allemaal voor vuurwerk en pyrotechnische benodigdheden. De felle kleuren van de labels en verpakkingen spatten van de winkelrekken. Een verkoper stak een ratelband af, een andere schoot een vuurpijl over het dak, en nog anderen probeerden klanten naar binnen te lokken.

Victor bleef overal staan en staarde als bezeten in het rond. Met gulzige ogen zoals een jongetje dat in een snoepwinkel alles tegelijk wil hebben. Zijn handen streelden de grote bommen en mortieren. Zijn gezicht had een koortsige, vlekkerige glans.

'Kom dan,' zei Barbara, en trok hem mee.

De taxichauffeur bracht hen naar het Grand Sun Resort, het nieuwe luxehotel van Vuurwerkstad, op een bergflank buiten het centrum. De helling was kaalgehakt, het eucalyptusbos gerooid, en een rijke sigarettenfabrikant had er het protserige hotel als een witte bruidstaart bovenop gezet. In het dal naast het hotel stond het nog vol krotjes.

Toen het donker werd, begon overal vuurwerk los te branden, een krankzinnige kakofonie. Elke vuurwerkmaker wou zijn producten testen of demonstreren aan mogelijke klanten. Van de omliggende bergen rolden hevige knallen en schichten de stad binnen. Langs de rivier voor het hotel gingen bommen en pijlen omhoog in een kermis van kleur.

'Ongelooflijk,' zei Victor, toen ze met een glas Franse wijn in de hand op het terras de anarchie ondergingen. 'Alles is hier nog toegelaten. Ik kom in China wonen.'

Hij stak een sigaret aan en keek lang naar het vlammetje in zijn hand. Daarna gooide hij de lucifer op de grond, waar enkele verdorde bladeren in de fik schoten.

Barbara trapte het vuurtje uit en moest onwillekeurig denken aan een artikel waarin stond dat pyromanen seksueel opgewonden raakten van vuur. Vermoedelijk iets van Freud, die in elke vlam een fallus zag.

Toen ze weer in het hotel waren, legde hij zijn grote handen op haar heupen. Ze wist dat het niet verstandig was, maar liet zich gaan. Lijf aan lijf verstrengeld met een grote kleuter.

17

O God, waar was ze toen toch aan begonnen. En de dag daarna had ze toch zeker moeten beseffen dat het nooit goed kon aflopen.

Het was ontiegelijk vroeg in de morgen, maar in Vuurwerkstad barstte de ochtend open in een oorverdovende jubelzang. De galm leek door de omliggende bergen duizendvoudig versterkt te worden. Barbara werd verward wakker in het hotel. Even dacht ze dat ze de avond tevoren misschien weer iets geslikt of gesnoven had, maar dat was niet het geval.

'Wat is dat lawaai toch?' vroeg ze.

'Je gaat je ogen niet geloven,' zei Victor, die bij het raam stond.

Toen ze in hun ondergoed het balkon op gingen, viel de zon als een warm kompres over hen heen. In de straat keerden duizenden verbaasde ogen zich naar hun blanke lijven. Honderd meter verder, op de oever van de rivier, stonden tienduizenden mensen als haringen opeengepakt.

Het kamermeisje dat hun ontbijt bracht, zei dat het een poging was om het *Guinness Book of Records* te halen. Een samenzang van honderdduizend mensen, dat zou een absoluut record zijn. Zelfs de BBC had een cameraploeg gestuurd.

'Een makkie,' zei Victor. 'Wat zijn honderdduizend mensen voor China? Kijk, overal politie. De mensen worden met officiële bussen aangevoerd.'

‘Wie niet zingen wil, krijgt straf,’ zei Barbara.

‘O, wat hou ik van dit land,’ kraaide Victor. ‘Een liberale economie en een autoritaire staat: de volmaakte combinatie voor de vrije ondernemer!’ En hij lachte zijn chimpansee-achtige lachje: ‘Hi, hi, hièè... Het *Guinness Book*! Wat een onbetaalbare publiciteit!’

Vuurwerkstad vierde feest. Er was een optocht van oude, sierlijke drakenboten. Vuurpijlen trokken banen van gekleurde rook. En meer dan honderdduizend Chinese kelen kweelden het beroemde lied van de Rode Rivier. Het wereldrecord was binnen.

’s Avonds waren Barbara en Victor in de fabriek bij Dubbele Knipoog, een Chinese zakenpartner die de gewoonte had beide ogen even dicht te knijpen als hij iemand aansprak.

Victor had voor de komende millenniumviering al een groot assortiment vuurwerk besteld, maar wou nog een lading slagbommen met hevig knalsas. Omdat Nederlanders gek waren op megaknallen, zouden de Titanium Salutes extra brisant moeten zijn. Als straaljagers die door de geluidsmuur gingen. In vergelijking met die titaanbommen zouden alle andere als natte voetzoekers klinken.

Victor betastte tevreden de grote bommen die door Dubbele Knipoog op houten rekken waren uitgestald.

Een vrouw stond met een houten spaan in een trog met chemische troep te roeren. Er kwam een gemene geur uit die Barbara bijna tegen de grond sloeg.

‘Kijk, Barbara,’ zei Victor. ‘Nu moet je goed opletten.’

Op de oprit van de fabriek stak Dubbele Knipoog met zijn sigaret een lont aan en een bom schoot sissend de lucht in. Net op tijd kwam hij op het hoogste punt tot ontploffing. Brandende sterren werden uitgeworpen en vormden een volmaakt, bloedrood hart.

Een valentijnshart, dat even hevig klopte, en dan weer verdween.

'Het millennium wordt onze grote kans, Barbara,' fluisterde Victor stralend. 'We hebben alleen nog publiciteit nodig. Een stunt. Zoiets als het *Guinness Book of Records.*'

18

Achter de schrijftafel van haar vader zit Barbara aantekeningen te maken in een notitieboekje. Ze probeert zich niet af te vragen waarom, en waarom nu, en waarom hier. Ze is nu al enkele jaren ouder dan haar moeder toen die haar kreeg. Zij heeft zelf geen verhalen door te geven, tenzij...

Na het ongeval op de Expo had een hulpverlener van het Rode Kruis een dikke pleister met een vies goedje op haar oog gelegd. Zij ging van haar stokje van de stank. Niet van de pijn, want pijn had ze altijd goed kunnen verdragen, ook tijdens de onderzoeken en operaties die later volgden. Maar de dokters konden alleen maar kopknikkend en vingerwijzend vaststellen dat er niet veel aan te doen viel. De genster had haar oog scherp geperforeerd, waardoor het hoornvlies en netvlies werden beschadigd. Ze hadden het zaakje zo goed mogelijk opgelapt, zodat een buitenstaander niet merkte dat er iets mis was met haar rechteroog. Maar ze zou er waarschijnlijk nooit meer mee zien.

Haar moeder had er lang om getreurd. Ze had met de kleine Barbara een hele reeks ziekenhuizen en artsenpraktijken afgelopen, maar de diagnose klonk altijd hetzelfde.

'Ze heeft nog geluk gehad dat het niet erger is, Lea. Ze heeft een beschermengel,' zei Felix Vidal toen het onderwerp weer eens voor commotie zorgde.

'Ik wil je alle engelen van de hemel geven, als ze haar oog zou terugkrijgen,' zei Lea.

'Het is gebeurd. Je kan het niet terugdraaien. Je moet het aanvaarden.'

'Ze is voor het leven getekend,' snikte haar moeder.

'Je wordt blind aan één oog omdat God dat met je voor heeft, Lea!'

Natuurlijk hadden ze de volgende jaren wijd en zijd de bedevaartsoorden afgereisd. Te voet naar de basiliek van Scherpenheuvel, zoals de traditie het wou in Antwerpen. Grotendeels op de schouders van haar vader, een krans van korenbloemen rond haar nek, tussen de bontgekleurde processiebeelden met mantels van hermelijn en goudbrokaat. In de basiliek was het dringen voor het kleine Mariabeeld boven het tabernakel, dat wonderen zou verrichten. De zware geur van wierook en kaarsvet maakte haar misselijk. Maar daarna mocht Barbara naar de kramen met wimpels en molentjes, want een bedevaartsoord was toen ook een Vlaamse kermis en een marktplaats.

Betere herinneringen had zij aan de kathedraal van Chartres waar ze op een warme zomerdag naartoe gingen, toen de Vidals op 14 juli een vuurwerk in Parijs hadden afgestoken. Zij zagen het als een grote eer dat zij op de Franse nationale feestdag, in het land dat toen hét vuurwerkland bij uitstek was, een spektakel mochten afvuren. Felix was dan ook in een goed humeur toen hij de volgende dag met zijn vrouw en twee dochtertjes naar Chartres reed.

De kathedraal schitterde in de middagzon. En het meest nog Onze Lieve Vrouw van het Mooie Glas. Een groot glasraam uit de twaalfde eeuw met een portret van Maria, die op een door engelen gedragen troon zit, gekleed in een gewaad van een lumineus blauw, scherp afstekend tegen een rode achtergrond. De meeste klassieke glasramen waren gebaseerd op de spanning tussen rood en blauw.

‘Dat blauw kan niemand nu nog maken,’ zei Vidal, vol bewondering voor de ambachtelijke perfectie.

‘Waarom niet?’ vroeg Barbara, die van het rijkelijke licht door de gebrandschilderde ramen bijna in trance geraakte.

‘Soms vergeet de geschiedenis ook dingen,’ zei Vidal. ‘Zoals het blauw van Chartres.’

Weer thuis ging hij met zijn eenogige dochtertje op zijn arm naar de Heilige Barbara aan de ingang van de vuurwerkfabriek. Hij stak onderaan in het beeld een opgerold papiertje. ‘Aan niemand vertellen, hè? Dat is ons geheim.’

Ze vond het heerlijk om een geheim met haar vader te delen. Ze dacht later nog vaak aan het papiertje. En nog later was ze het vergeten.

19

Geen boom, geen bunker en geen schutting is er in het bedrijf waarvan ze zich de precieze kleuren uit haar kinderjaren niet herinnert. De esdoorns en beuken kregen in de loop van de seizoenen alle tinten van limoengroen tot bordeauxrood en kastanjebruin, en ze blonken alsof ze gelakt of gevernist waren. Het pannendak van de Chinese toren was van een mauverood zoals de stront van kraaien die braambessen hebben gegeten. De eekhoorn, die zijn nest had in de moerbeiboom en die ze Kraakje noemde naar een kleuterprogramma op televisie, was koperkleurig zoals de gloed van een zonsondergang op een stormachtige dag.

Barbara was enkele jaren oud toen ze de basiskleuren van de kinderboekjes al te beperkt vond. Ze kon er lang over praten met haar vader, die haar duwde in de grote schommel onder de achterste beuk. Wanneer hij een vrije dag had, kon hij haar toen nog urenlang schommelen, alsof hij wat goed te maken had.

'Papa, waarom zeggen mensen rode wijn tegen wijn die roze of purper is, en witte wijn tegen wijn die geel of groen is?' kon ze dan vragen.

'Omdat ze er niet genoeg woorden voor hebben,' zei hij. En hij legde haar uit dat kleurschakeringen zoals scharlaken, vermiljoen en karmozijn ook onder 'rood' vallen.

Hij sprak graag en gul over de kleuren in de natuur, maar niet over die in zijn vuurwerklaboratorium.

Langdurig konden ze discussiëren over kleuren. Was turkoois meer groenblauw of was het meer blauwgroen? Of was het *appelblauwzeegroen* zoals de kinderen in de buurt zeiden?

Hij sprak haar over secundaire kleuren, over complementaire kleuren, over contrasterende kleuren. Ze wou ze allemaal ontrafelen, begrijpen, rangschikken. Zo leerde zij steeds meer kleurnuances te zien.

Al vroeg liet haar vader haar de *transparanten* inkleuren, die hij toen nog gebruikte voor het kleinschalige binnenvuurwerk. Schilderijen met terpentijn en vernis op geolied, doorschijnend papier. Als er een Bengaals vuurpotje achter gezet werd, gingen ze leven en stralen. Ze dienden vooral om namen, spreuken en logo's van bedrijven en besturen weer te geven. Neptunus met drietand in de golven, in opdracht van een of andere rederij. De gnuivende stier van de landbouwtentoonstelling. De Antwerpse kathedraal en *Hulde aan het Stadsbestuur.* Of de vuurspuwende drakenkop en *Eerbied, Eerlijkheid, Evenwaardigheid.* Afgekort E3. Het familiewapen van de Vidals.

Barbara voelde zich op die momenten geborgen en helemaal niet gebrekkig. Ze vond het zalig om van haar vader zo veel mogelijk te leren. Als een ekster snakte ze naar glans en kleur.

❧

20

Blauw is haar allereerste herinnering. Niet het blauw van Chartres van toen ze een jaar of vier was, en ook niet het blauw van het vuurwerk toen ze acht maanden was, maar nog eerder. Het diep gesatureerde blauw van in de moederschoot.

Blauw was voor de kleine Barbara als een liefkozing, een streling, iets wat ze overal zocht als ze het een tijd gemist had. Een zweem van blauw kon dan al voldoende zijn om iets van het weldadige en bevredigende te voelen.

Ze kon watertanden van mooie blauwen. Ze kon ernaar smachten zoals naar braambessen.

Ook nu kan Barbara zich nog alle kleuren voor de geest halen die in haar vroegste ervaringen indruk op haar maakten, maar niet altijd de voorwerpen die erbij hoorden. Zo was ze opgetogen toen ze voor het eerst een soort magenta te zien kreeg. Ze had minutenlang de kleur in zich opgenomen. Maar welk voorwerp er toen zo magentakleurig geweest was, was ze daarna weer vergeten. Ze kon kleur zien als iets abstracts. Ze kon langdurig naar een geverfd plafond staren, tot de kleur zich losmaakte van de zoldering en een soort waas werd.

Zo herinnert ze zich ook dat oneindige blauw uit de wereld van voor haar geboorte. Een wereld van harmonie waarin ze nog alles in kiem was. Tot een verlostang de baarmoeder openbrak en zij door een smalle tunnel naar buiten werd gewrongen. Haar geboorte was haar eerste inperking.

Daarna moest je keuzes gaan maken in je leven. Maar Barbara wou niet kiezen. Ze wou altijd open mogelijkheid blijven. Daardoor was haar leven één groot had-kunnen-zijn.

Maar altijd verlangde ze terug naar dat zalig verzadigde blauw van die onbeperkte voorgeboortelijke wereld waaruit ze met de tang was weggehaald.

21

Van haar vader moest ze veel wortels eten, want daarin zat caroteen, en dat bevatte vitamine A, en dat was goed voor haar ogen.

Elke dag had toen nog zijn eigen gerecht: maandag was het corned beef als aandenken aan de Amerikaanse bevrijders, dinsdag kip met appelmoes, woensdag stamppot met worst, donderdag blinde vinken à la Vidal, vrijdag vis of mosselen, zaterdag kalfsfricassee op de wijze van Lillo, zondag biefstuk of varkensgebraad. Telkens met aardappelen uit de polder en groenten van het seizoen. En zo veel mogelijk wortels dus.

Die vastigheid en voorspelbaarheid hadden haar als kind al tegengestaan. Vooral tegen vrijdag zag ze op, zeker in het mosselseizoen. Ze gruwde van die schijtkleurige weekdieren in hun grauwe schelpen.

Toen ze een jaar of vijf was en voor het eerst een mossel moest proeven, had ze hem absoluut niet binnengekregen. Ze hield het vuile beest onder haar tong, tot ze bijna moest braken.

'Je moet het leren eten. Je gaat niet van tafel als je het niet proeft,' zei haar vader.

Ze sperde haar blinde oog wijdopen en keek hem strak aan om op zijn schuldgevoel te werken, tot hij opstond en zuchtend naar zijn werkkamer ging.

Toen hij drie uur later terugkwam, zat ze nog altijd met het vieze ding in haar mond aan tafel. Hij streek hoofdschuddend over haar wang en spreidde zijn sterke, eeltige handen voor haar open. Zij spuwde hem uit. Haar eerste overwinning op haar vader.

Maar wortels at ze graag. Hoe vaak had hij niet het verhaal verteld van de piloten die tijdens de Tweede Wereldoorlog op een dieet van wortels stonden om beter in het donker te kunnen zien. De wortels knabbelende en scherpziende piloten vlogen over de vijandelijke linies en zagen de Duitse geschutsbatterijen 's nachts zo helder als bij klaarlichte dag. Ze dropten trefzeker hun bommen op de doelwitten die uit elkaar spatten in explosies van tricolore kleuren. En toen ze heelhuids terugkeerden op de basis, werden ze als helden binnengehaald en getrakteerd op wortelpuree.

Barbara wist natuurlijk dat haar vader desnoods de dingen verzon of overdreef om het spannend te maken, maar dat vond zij ook prettig. Dan zag ze zichzelf al in zo'n vliegeniersvest. Ze vloog in glinsterende straaljagers met wisselende kleuren, zoals de vlinders waarvan de metaalachtige tinten veranderen tijdens de vlucht. Ze zag alle sterren en planeten helder en fluorescerend. Zij zag dwars door het melkachtig blauwe universum tot het verste zwarte gat. Zij was de superheld met de superogen.

Haast elke middag at ze in de keuken één of twee wortels. Of ze maakte wortelsap met de fruitpers. Ze kreeg massa's caroteen binnen. Genoeg om misschien ooit weer wat licht te krijgen in dat oog waar het donker was gebleven sinds de Expo '58.

22

In de Expo-map in het familiearchief vindt Barbara een dikke envelop van de commissaris-generaal van de wereldtentoonstelling. '*Geachte Heren, zoals u ongetwijfeld weet, hebben wij na uw vuurwerk ruim tweehonderd meldingen van schadegevallen binnengekregen. Wij rekenen erop dat uw verzekering hier onverwijld voor wordt ingeschakeld.*' En daarna volgen tientallen brieven, meestal over auto's waar een gat in de lak gebrand was door de vonken. Maar ook mensen met schade aan kledingstukken, en een paar die klaagden over lichte brandwonden. In één brief werd door een omwonende zelfs aangevoerd dat zijn kippen door de harde knallen geen eieren meer legden. De juridische lijdensweg had nog jaren aangesleept.

In een andere map, met het opschrift *Kennedy '69*, treft Barbara een gestencilde brochure aan over *Vidal 200 jaar*, die haar oude grootvader in die tijd heeft geschreven. Zij neemt gretig de tekst door alsof ze hem voor het eerst leest, noteert enkele opmerkingen in de kantlijn, en ziet in gedachten weer hoe haar grootvader in de schommelstoel bij de haard zat, terwijl hij met zijn klare, zware stem tegen haar sprak. Arthur de Grote had altijd een dankbaar publiek aan de kleine Barbara gehad.

Het oudste geschreven document van het familiebedrijf was een rekening voor '*molens gemaekt ende afgestoken te Antwerpen*' uit 1769. Toen werkte Cornelis Vidal, de stichter van de zaak, nog als rentmeester voor de Antwerpse koopman Joannes Felix Meyers, die hij ook moest bijstaan in zijn passie voor vuurwerk. De Heerlijkheid van het Laar was jaren eerder aan die geldmagnaat verkocht. Het waren arme zandgronden en moerassen, waar slechts kleine keuterboeren woonden, tussen de buitenverblijven van enkele Antwerpse rijken. En voor die seigneurs en bourgeois was vuurwerk afsteken een liefhebberij.

Toen de koopman in Antwerpen kinderloos stierf, zou hij zijn Chinese toren aan zijn trouwe rentmeester hebben nagelaten. Die bouwde een houten loods en begon zelf met een vuurwerkmakerij. Samen met zijn zoon breidde hij de productie voortdurend uit. Voor jaarmarkten, kermissen, braderijen, oranjeverenigingen en officiële vieringen aan weerszijden van de Vlaams-Nederlandse grens. Ook voor bruiloften in de polder, waar rijke boerenzonen soms voor honderd florijnen bestelden.

Het was vooral de derde generatie, de artistiek aangelegde Willem Alexander Vidal, die zich in grote vuurwerkspektakels naar Frans model ging bekwamen. Zijn hoogtepunt was toen in 1835 de eerste stoomtrein van het Europese vasteland van Brussel naar Mechelen reed. Er werden meer dan duizend vuurpijlen afgeschoten en sensationele kleuren gedemonstreerd. Dat laatste was mogelijk geworden door de Franse ontdekking van *chloraat*. Een zeer gevoelige en explosieve stof, die het vuurwerk in een nieuw tijdperk bracht, zoals de olieverf voor de schilderkunst had gedaan.

Toen Barbara's grootvader nog klein was, werkten er al meer dan vijftig arbeiders in de fabriek. Zij woonden in werkmanshuizen die de Vidals achter het bedrijf hadden gebouwd. Harde tijden waren het voor het werkvolk, en grootvader was nooit te beroerd geweest om dat tegenover Barbara te onderstrepen. Rond de eeuwwisseling verdienden de meisjes in de vuurwerkfabriek een halve franc voor een twaalfurige werkdag, en de jongens ongeveer het dubbele.

De Eerste Wereldoorlog legde het bedrijf lam, en ook daarna herstelde de activiteit maar moeizaam. Kunstvuurwerken Vidal werd gered door de rederij Red Star Line, die grote partijen alarmpijlen en reddingsfakkels kocht. De legendarische rederij bracht miljoenen arme emigranten van Antwerpen naar Amerika. Maar tijdens de Tweede Wereldoorlog lag het vuurwerkbedrijf weer stil, zeker nadat grootvader weigerde voor de Duitsers te produceren. Daarna was de oude welvaart voor lange tijd weg.

Tot overmaat van ramp kwam de oudste zoon Herman schielijk om het leven. Maar zijn broer Felix werd klaargestoomd om de zaak voort te zetten. De zesde generatie van vader op zoon…

'En daarom', eindigt de tekst van Arthur de Grote sentimenteel, 'richten wij ons tot besluit van deze kroniek tot onze overleden voorgangers: wij danken u zeer, welbeminde voorvaderen, en wensen u niets dan goeds. En doe ginder de groeten aan al onze dierbaren.'

23

Op dat moment hoort Barbara een harde klap tegen de ruiten, die haar helemaal door elkaar schudt. Aarzelend gaat ze naar de tuindeur. Op het glas ziet ze de witte donzige afdruk van een roofvogel met gespreide vleugels. Die is er blijkbaar, in volle achtervolging op een prooi, knalhard tegenaan gebotst. Nu ligt hij op zijn rug in het siervijvertje, een bruin gespikkelde torenvalk, nog wat natrekkend tussen de verrotte bladeren van de waterlelies. Haar vader had ooit een grote, zelf getimmerde nestbak aan een populier achter de fabriek gehangen. Elk jaar broedde een torenvalk er vijf of meer jongen uit. Vidal observeerde ze tussen het werk door, schotelde ze kippenbotjes voor, probeerde ze vergeefs af te richten.

Nu ligt daar een valk te stuiptrekken in de vijver, wachtend op de verdrinkingsdood. Net zoals Barbara toen ze zeven jaar was en bijna verdronk in het stedelijk zwembad. Op het diepste punt van het bad was ze in moeilijkheden geraakt. In paniek sloeg ze wild met haar armen en benen, maar wat ze ook deed, ze kwam niet meer boven. Uitgeput liet ze zich naar de bodem zakken. De paniek ebde weg en maakte plaats voor volmaakte rust. Ze gaf zich over aan het lauwe, blauwe water. Maar toen werd ze nog aan haar haren omhooggetrokken door de badmeester.

Zo zou zij nu misschien ook de valk nog uit de vijver kunnen redden. Maar hij ziet er al meer dood dan levend uit en ze durft niet. Ze is bang dat iemand uit de flatgebouwen haar ziet, ook al kunnen er maar weinigen door de dichte takken van de beuken in de tuin kijken. Daarom heeft ze gisteravond ook op het donker gewacht voor ze, via een kelderdeurtje in de achtergevel, het vergrendelde huis is binnengekropen. Dat luik, overwoekerd en onzichtbaar voor wie het niet kent, heeft ze in haar kinderjaren vaak gebruikt. Maar vannacht kostte het wel meer tijd en vooral meer pijn voor ze haar geradbraakte lichaam door de nauwe doorgang kon wringen.

Barbara neemt weer plaats achter de schrijftafel van haar vader. In de map met het opschrift *Kennedy '69* ploegt ze zich door een berg artikelen, brieven en andere paperassen. Haar papieren verleden.

III Eerste tableau. De toverachtige tunnel

24

'Lijn drie. Klaar-over. Vuur!' sprak Barbara's vader zacht maar kordaat in zijn walkietalkie vanuit de controlepost op de kade. Het volgende moment zag Felix Vidal de baggerboten op de stroom de lucht vol kleur en schittering spuiten. 'Lijn vier. Klaar-over. Vuur!'

Het wateroppervlak weerspiegelde en versterkte het lichtspel dat zich boven de Schelde in Antwerpen afspeelde. De majestueuze stroom van vijfhonderd meter breed was de perfecte locatie voor Vidal, die zich nu sterk en kundig genoeg voelde om een groot front op te zetten zoals hij het vroeger bij Ruggieri in Parijs had gezien. Een vuurlinie van een kilometer lang. En net zoals Ruggieri stak hij het nu ook elektrisch af, zij het nog met een primitief schakelpaneel. Zijn mannen op de boten moesten op de juiste knoppen duwen wanneer ze het vuursignaal door de walkietalkie kregen. De uit de mortieren hangende lonten waren door elektrische draden met elkaar verbonden zoals het rag van een reusachtig spinnenweb.

Het was mei 1969, en de inhuldiging van de Kennedytunnel onder de Schelde en de ring rond Antwerpen bood Vidal junior de kans om uit te pakken met alles wat hij in zijn mars had. Een groot budget, de aanwezigheid van talrijke prominenten, en een publiek van honderdduizenden enthousiaste Antwerpenaars langs de kaaien. Zijn dochtertjes, zijn vrouw Lea, zijn zus Adèle, ze waren er allemaal op hun paasbest bij, op één uitzondering na: zijn zieke vader.

De vijfentachtigjarige Arthur lag hoestend en kreunend in de erkerkamer op de eerste verdieping van het ouderlijke huis. Felix was 's morgens zonder iets te zeggen naar buiten geslopen om de laatste mortieren in de met zand gevulde baggerschuiten vast te zetten. Maar nadat de bakken door sleepboten naar de juiste locatie waren getrokken, was hij nog vlug naar huis teruggereden.

'Weet je nog, Felix,' zei Arthur, 'hoe bij de feesten ter herdenking van de bevrijding een bak de lucht in ging omdat het vuurwerk nat geworden was?'

'Ik zat met Herman in de boot,' antwoordde Felix. 'De scherven vlogen ons om de oren.'

'Het was een mirakel dat jij en je broer het er levend afbrachten.'

Felix zag het uitgeteerde lichaam van zijn vader op bed liggen. De oude vuurwerkmeester trilde letterlijk van angst voor elk vuurwerk dat door zijn familie werd afgestoken. Hij wou er altijd bij zijn en dan volgde hij met zijn scherpe haviksogen iedere bom of pijl, niet zozeer om het mooie effect ervan te bewonderen, maar vooral om te zien of ze wel keurig op tijd ontploften en niet als een gevaarlijke blindganger naar de aarde terugkeerden. Zelfs wanneer de bommen met twintig tegelijk omhooggingen, kon hij nog van elk projectiel de precieze baan volgen. Maar vanavond dus niet. En wat hem nog het meeste bezwaarde: door zijn bedlegerigheid had hij ook de gebruikelijke rituelen voor het beeld van de Heilige Barbara niet kunnen uitvoeren.

'Neem mijn geluksbrenger maar,' zei Arthur Vidal, en hij deed moeizaam zijn halsketting over zijn hoofd en gaf die aan zijn zoon.

Het hangertje bestond uit een klein, fijn torentje, geslepen van blauwe lapis lazuli.

'Je kunt erop vertrouwen dat er niets misgaat, vader,' zei Felix Vidal met omfloerste stem.

Het vuurwerk verliep die avond vlekkeloos. De gigantische partijen gingen mooi synchroon de lucht in. De hemel was vol van schitterend rood, groen, geel, violet, wit, goud en zilver, in alle mogelijke patronen en combinaties. De tijd was definitief voorbij dat Felix met een brandende lont van bom naar bom moest rennen om alles handmatig aan te steken.

En er was nog een vernieuwing: het hele vuurwerkspektakel stond nu op muziek. Samen met zijn Italiaanse vriend en collega Giuseppe Pantone had Vidal de *pyromusical* gelanceerd. Muziek en vuurwerk vulden elkaar perfect aan en riepen nog diepere emoties op dan elk apart.

Op de kaaien stonden grote luidsprekers opgesteld, waaruit de opzwepende muziek over de rivier schalde. Na een stuk uit de Rubenscantate van Peter Benoit ging het over in het roffelende einde van de Bolero van Ravel. Precies in het ritme klapten tientallen bommen open, om daarna te eindigen met een enorm boeket van bloedrode koralen. Een klaterende waterval van flonkerende edelstenen.

'Aaah,' zuchtte het publiek, en na een moment van stilte begonnen honderdduizenden mensen uitbundig te applaudisseren.

Dit was vuurwerk dat alle zintuigen aansprak. Je zag de effecten en de kleuren, je hoorde de muziek en de knallen, je rook en proefde het kruit, je voelde de luchtdruk door je lichaam.

In zijn controlepost lachte Vidal junior zachtjes. Dit was nog maar een valse finale. Hij had nog een tweede boeket klaar.

'Lijn tachtig. Klaar-over. Vuur!'

Toen het applaus volop begonnen was, spoot er vanuit het donker op het midden van de Schelde weer een fijne fontein tientallen meters hoog. Het handgeklap verstomde, de mensen keken naar elkaar, er was een gevoel van verrassing. De muziek hernam met de rijke, barokke tonen van de Carmina Burana van Carl Orff. Snel aanzwellend in kracht, een staccato van drie minuten, terwijl steeds meer Romeinse kaarsen sterren vuurden en steeds grotere bommen opengingen op de maat van de muziek.

Het hele doek zat nu vol verf. Hemel en aarde stonden in vuur en vlam. De stroom brandde.

Terwijl een uitzinnige ovatie volgde en honderden scheepshoorns loeiden, zag Vidal hoe zijn hand trilde, toen hij het hangertje rond zijn nek wou grijpen. Hij had dezelfde *trac* als zijn vader, maar dan niet voor, maar na het spektakel. Pas achteraf beefde hij als een riet.

25

Die middag had het vorstenpaar het tricolore lint voor de ingang van de Kennedytunnel doorgeknipt. Duizenden auto's stormden in dichte formatie, drie rijen naast elkaar, op de tunnel af. In geen tijd zat de nieuwe ring rond Antwerpen potdicht en was de eerste file een feit.

Op een luxeboot van de rederij Flandria werd een receptie aangeboden, waarop ook Felix Vidal, kunstvuurwerkmaker der stad Antwerpen, als een van de eregasten zijn opwachting moest maken. Hij had snel zijn trouwjas aangetrokken, raakte geen glas aan en sprak nauwelijks een woord. Lea droeg een mantelpakje in gebroken wit en een scheve, bruine hoed. Zij was bezorgd omdat ze haar twee dochters, Marie en Barbara, veertien en elf jaar oud, voor het eerst alleen had achtergelaten op de Sinksenfoor, de grote Antwerpse kermis die een topdag kende.

De Flandriaboot dreef voorbij de baggerboten waarop de mortieren in het zand waren ingegraven. Alle andere scheepvaart op de Schelde was gestremd voor het vuurwerk.

'Vidal, we zijn fier op u,' zei de Antwerpse burgemeester, en hij gaf Felix een hand. 'Alle sinjoren zijn vandaag fier op hun tunnel en fier op hun vuurwerkmakers. Antwerpen is weer de navel van de wereld.'

Vidal zei niets. Hij vond dat de burgemeester iets te familiair deed en te lang zijn hand vasthield. Lea keek van onder haar scheve hoed strak voor zich uit, terwijl de boot verder door de haven gleed en het land achter de grote bocht stilaan zichtbaar werd. Het water was zwart als inkt.

Tijd voor de tafelrede. De voorzitter van de vereniging die de tunnel en de ring gebouwd had, tikte tegen zijn glas, waarna het geroezemoes stilviel. 'Dames en Heren, vandaag is een historische dag. Wij zijn blij hier de draaischijf van het ganse Europese wegennet te mogen openen. Daarmee wordt Antwerpen verbonden met de belangrijke Ruhr in Duitsland en de groeipool rond Parijs...'

Het hele land was in de Golden Sixties al volgegooid met snelwegen, maar de Antwerpse ring moest nu het sluitstuk worden. De Europese landen hadden een plan uitgetekend dat niet minder dan honderd internationale autowegen omvatte, de Europawegen. En Antwerpen lag in het midden van het web.

'Wie de weg bezit, bezit de macht. Want mobiliteit staat borg voor vooruitgang,' besloot de voorzitter. 'Dankzij de E3 mag Antwerpen weer de ambitie koesteren de grootste haven en de eerste stapelplaats ter wereld te worden...'

De Flandriaboot dobberde zacht door de bocht van de Schelde. De rivier werd breder en breder. Lea zag haar geboortedorp Lillo opdoemen, of wat ervan overbleef. Een oud fort en enkele huizen als een klein openluchtmuseum. En daarachter de grote Amerikaanse en Duitse chemische bedrijven. Walmende schoorstenen en dampende silo's. Afvoerpijpen die smurrie loosden in de stroom. Kranen en loodsen waar ooit de koebeesten van haar vader graasden.

Lea dacht aan het Vlaamse volkslied uit haar kinderjaren:

Dan juicht ons kroost:
O Schelde! O Schelde!
O machtige, prachtige vloed,
Wees gegroet!

26

Later had Barbara van haar moeder gehoord hoe hard de confrontatie voor haar geweest was die dag. Het schrijnende contrast tussen het geschonden land van haar familie en de voorbijdrijvende receptie met de zegezekere havenbonzen. En het plotse besef geen zichtbaar verleden op deze planeet meer te hebben, dat ze aan haar kinderen en kleinkinderen kon tonen. Alsof ze evengoed van Mars had kunnen komen.

Door het zien van wat verdwenen was, was het dorp van haar jeugd in Lea's hoofd het verloren paradijs geworden. In Lillo zwaaide vroeger iedereen naar haar. Er waren nog de poelen en kreken, de dijken en dreven, de schapen in de schorren, de blauwe korenbloemen en rode klaprozen die ze in haar vlechten stak. Het aroma van dampende aarde na een regenbui, de krachtige reuk van smeulende stoppelvelden, de prikkelende jodiumgeur van het zuivere Scheldewater. Een kristalheldere rivier, waar de Antwerpenaars in de zomer nog krabben en garnalen kwamen vangen.

Toch had Lea al vroeg geweten dat ze niet met een boerenzoon wou trouwen zoals haar vriendinnen. Na het vuurwerk in Lillo in 1947 was ze een relatie begonnen met Felix Vidal. Het was de combinatie van ernst en luim, roekeloosheid en zwaarmoedigheid, kracht en creativiteit, die haar in hem aantrok. Hij woonde bijna twintig kilometer verder, maar kwam in het weekend met de fiets naar Lillo. Dan schepte ze er een mateloos plezier in om hem al haar mooie plekken in de polder te tonen. Vooral haar stek aan de kreek was hun favoriete ontmoetingsplaats.

Op de Wilgenhoeve, die door een gracht was omgeven, werd Felix warm ontvangen in de *beste kamer*, die anders bijna nooit werd gebruikt. Er stond een heiligenbeeld onder een glazen stolp op de schoorsteenmantel, een porseleinkast met fraaie glazen en borden, en er was nog een witte zandtekening op de roodstenen vloer. En daarna liet haar vader, een uitbundige man met bretels, de nieuwe schuur met dikbilrunderen zien. En van een van de kalveren, die met louter botermelk werden opgekweekt om het vlees witrozig te houden, had haar moeder kalfsfricassee gemaakt. Iedereen was zenuwachtig voor de Antwerpenaar, maar Felix stelde hen op hun gemak.

Later genoot Lea van de wandelingen in Antwerpen, waar de boten met koloniale waren nog dicht bij het centrum aanmeerden. Katoen, koffie, cacao, rubber, wol, hout, ruwe huiden, zuidvruchten, dat waren de goederen die er toen werden gelost. Vroeger had zij altijd horen praten over de pretentie van de Antwerpse 'dikke nekken'. Daarom maakte Antwerpen zogezegd onderscheid tussen de *sinjoren*, de geboren Antwerpenaars, en de *pagadders*, die van elders kwamen. Maar Lea merkte daar niets van. Ze vond het een levendige stad met veel cafés, restaurants, markten en braderijen. Veel vermaak, en overal handel.

Felix liet haar met trots de pronkstukken van zijn stad zien. De sierlijke kathedraal, met haar meesterwerken van Rubens. De Boerentoren, de eerste wolkenkrabber van het land. Het rijkelijk versierde stadhuis met het Schoon Verdiep. De dierentuin, waar hij na de bevrijding nog collaborateurs in de leeuwenkooien had zien zitten, zelfs een jongen die nog jonger was dan hij, wat hem erg geschokt had...

Toen Lea alle verhalen had gehoord, vroeg ze Felix waarom hij haar na al die tijd nog niet bij zijn ouders thuis had uitgenodigd.

Kwam het omdat zij een *pagadder* was?

Was ze misschien niet goed genoeg?

Ja, nee, wel, het kwam door zijn broer Herman.

27

Hij vertelde haar dat hij zich altijd innig verbonden had gevoeld met zijn twee jaar oudere broer, naar wie hij erg opkeek. Herman was meer artistiek aangelegd, meer gevoelig ook, en had een 'veel te groot hart' zoals hun moeder zei. Felix zou voor hem door het vuur gaan, en dat bewees hij op een dag op het jezuïetencollege in Borgerhout.

Dat was in de jaren dertig nog een strenge eliteschool, waar je elke morgen naar de mis moest en waar geen centimeter ruimte was voor twijfel aan het kerkelijke bestel. De school was genoemd naar de Spanjaard Xaverius, die de Chinese missie had gesticht en in Kanton gestorven was. De jezuïeten waren volgens Herman de stoottroepen van de paus, die de heilige leer te vuur en te zwaard moesten uitdragen. Hij kon vooral niet tegen de blinde volgzaamheid en kadaverdiscipline die er door de jezuïeten werden ingestampt.

Maar Felix had daar minder moeite mee. Ze boden een veilig referentiesysteem, en hij bewonderde hun inzet voor de naasten.

'Kijk elke morgen in de spiegel, haal het beste uit uzelf naar boven, en stel dat ten dienste van de maatschappij,' leerden ze hem.

Plus est en vous.

Herman maakte een verhandeling over de populaire volksschrijver Lode Zielens, wiens boek *Moeder, waarom leven wij?* grote indruk op hem had gemaakt. Hij ging hem zelfs interviewen op de redactie van de socialistische *Volksgazet*, waar hij als journalist werkte. Zielens schreef veel over de kommer en kwel van het havenproletariaat. In het Engelsch Kamp, een barakkenkamp tussen de dokken, leefden duizenden mensen in mensonterende omstandigheden...

'Een tendentieus en slecht doorwrocht werkstuk,' kreeg Herman als kritiek op de verhandeling. Vier op tien.

Dezelfde dag werd hij in de refter met een liniaal op de handen geslagen door de superior, omdat zijn vingernagels nog zwart waren van het kruit. De avond voordien had hij zijn vader geholpen met het monteren van een groot vuurwerk. Arthur Vidal had zijn zonen wel op het hart gedrukt om veiligheidshalve altijd hun nagels schoon te maken.

'Au, vuile jezuïet,' schreeuwde Herman, die doodmoe was, en vooral gefrustreerd om zijn slecht ontvangen verhandeling. Hij had zijn stoel omgegooid en was de school uit gerend.

En Felix, die had ook zijn stoel achteruitgeschoven, en was hem achternagelopen. Urenlang hadden ze in een havenkroeg zitten praten. Daarna hadden ze hun straf manmoedig ondergaan.

Later hadden ze de hele oorlog, op het begin na, toen ze enkele dagen naar Frankrijk gevlucht waren, in het familiehuis doorgebracht met ooms en tantes en neven en nichten. Ze leefden van de boomgaard en moestuin en aten al het familiekapitaal op. Wat vooral een beproeving was voor Felix' moeder, die een teer gestel had. Toen had hij zich het meest verbonden gevoeld met zijn broer. Ze spelden de oude boeken uit en probeerden nieuwe mengsels en vuurwerkstukken te bedenken. Het idee voor de regenboogfonteinen was zo geboren. Het was een idee van Herman.

Na de oorlog kwamen nog de vliegende bommen, ook op het Laar. In Cinema Rex werden meer dan vijfhonderd mensen gedood. En toen Herman en Felix op een dag naar het centrum van de stad gingen, sloeg een v-bom in. Het was een overweldigend gebeuren. Een verblindende schicht, een oorverdovende slag en een zwarte rookkolom. Een van de doden was Lode Zielens. Met een flits en een knal was hij weg.

28

Het was een ongeschreven wet dat er maar één de vuurwerkfabriek kon overnemen, zeker nu de zaak er na de oorlog beroerd voor stond en van nul moest herbeginnen. De zoon die het eerst trouwde, moest ander werk gaan zoeken. Wie het dus het langst uithield, bleef in het bedrijf. Hun zus Adèle kwam überhaupt niet in aanmerking, dat sprak vanzelf.

De broers waren allebei begeesterd van vuurwerk, en de ongewilde en onuitgesproken rivaliteit zorgde voor spanning. *Gatlikker*, noemde Herman zijn broer zelfs ooit, toen hij voor zijn vader het vuur uit zijn sloffen liep. En als Herman misschien al ergens verkering had, dan kreeg Felix het zeker niet te horen.

Zo ging veel tijd voorbij. Met een taai, verbeten geduld.

Op een zomerse middag zaten Felix en Lea aan de oever van de Schelde. Hij had enkele vuurpijlen meegebracht, zoals hij wel vaker deed. Als hij ze in de lucht schoot, vlogen duizenden eenden en ganzen kwakend en snaterend omhoog en scheerde een vloedgolf van klapwiekende vleugels over hun hoofd. De zeehonden, die op de schollen als vette varkens in de zon lagen, doken verschrikt het water in.

Toen hoorde hij een slag als een donder uit de richting van Antwerpen komen. Hij stapte op zijn fiets, nam haastig afscheid van Lea, en reed naar huis.

Toen hij de weg naar het Laar insloeg, riep iemand: 'De fabriek! De fabriek!' De angst sloeg hem om het hart.

Een donkere rookpluim stond als een appelboom aan de horizon.

Op de Heirweg kon hij nauwelijks door de brandweerwagens en toeschouwers komen. Het statige huis was nog intact, maar de veranda was vernield, en enkele werkhuizen lagen plat. Het enige slachtoffer was zijn broer Herman, die tussen brandende balken beklemd was geraakt. Hij was al weggevoerd.

Het vermoeden was dat hij nog resten van het levensgevaarlijke chloraat onder zijn vingernagels had gehad, toen hij met andere mengsels begon te experimenteren. De combinatie had tot een fatale ontbranding geleid.

Zijn vuile vingernagels kostten Herman zijn leven.

Felix had gewonnen.

Hij, de *gatlikker.*

Het was de zwaarste slag die Felix ooit had gekregen. Nog maanden later dacht hij: Moeder, waarom leven wij?

Zijn zwakke moeder wist het ook niet, haar levenskracht was gebroken, en het jaar daarna was zij gestorven 'van verdriet', zoals zijn vader zei. Het verdriet had de gedaante aangenomen van een bloedklonter in haar hoofd.

Zo kwam het dat Felix en Lea pas in 1953 konden trouwen, toen de polder onder water stond. Niet met een groots bruiloftsfeest zoals Lea gedroomd had, maar in mineur. En met laarzen aan.

De enige uitspatting was dat enkele dorpelingen, naar oud gebruik, met klakkebussen vol carbuur kwamen schieten. Om de kwade geesten te verjagen. En dat was nodig.

29

De jaren daarna bloeide de vuurwerkhandel onverwacht op, zodat weer meer mensen aangetrokken moesten worden. Na de zwarte jaren kwam er stilaan weer vertrouwen in de toekomst, en met een mooi vuurwerk wilden de bedrijven en besturen dat in de verf zetten.

De fabriek achter het huis was heel anders dan wat Lea zich bij een fabriek had voorgesteld. Het was een domein van vijf hectaren groot, met een lange dreef van oude bomen en tientallen witte paviljoentjes, die door aarden dammen van elkaar gescheiden waren. De ateliers hadden een licht dak dat er los bovenop lag. Achteraan stonden badkuipen met water.

'Dat is voor de veiligheid,' zei Felix, toen hij haar voor het eerst rondleidde. 'Als er een ontploffing is, wordt de druk door het dak weggeleid. Omdat alle ateliers afzonderlijk staan, kan een brand niet overslaan. En in de badkuip kun je je brandende kleren doven.'

Maar zijn broer Herman had geen kans gekregen om in bad te springen. Na zijn dood had de familie Vidal met vereende krachten de vernielde werkhuizen weer opgebouwd. Ook al had tante Adèle met nadruk gevraagd of het niet beter was te stoppen. Maar dat was uitgesloten. Een familiebedrijf van tweehonderd jaar zette je niet zomaar stop.

Voor de veiligheid werd alles gedaan wat toen mogelijk was. Er kwamen gescheiden lokalen voor mengsels met chloraat en mengsels zonder chloraat. De vloeren waren spiegelglad om geen wrijving op te wekken. De vensters waren van matglas en de deuren draaiden naar buiten open. Alle ijzeren gereedschap werd geweerd. De chemische materialen en springstoffen werden in betonnen bunkers opgeslagen.

Tijdens die eerste rondleiding was Lea in het atelier van de bommenmaker voorgesteld aan Krekel, die haar toonde hoe hij de bomschalen met sterren vulde, van een lont voorzag, en dan de twee helften als paaseieren aan elkaar plakte. Een knokige man, die nauwelijks kon lezen of schrijven, maar die precies wist welk effect zijn kruitmengsels konden hebben.

'Je moet het vooraf al in je geest zien ontploffen,' zei hij.

Volgens hem was vuurwerk nog altijd een proefondervindelijk gebeuren, iets van vallen en opstaan, en nog eens vallen en nog eens opstaan.

'Vuurwerk is als koken, madame,' zei Krekel op samenzweerderige toon. 'Een snuifje van dit, een snuifje van dat, en veel proeven en proberen. Uren werken aan een maaltijd die in enkele minuten wordt opgegeten. En daarna de afwas.'

Lea lachte. Zij dacht dat zij het wel zou kunnen vinden met Krekel.

In het atelier van de menger beweerde Felix echter dat modern vuurwerk een zaak van chemische formules en atomen was. Hij toonde de tientallen materialen die ze gebruikten: strontium voor een rode kleur, barium voor groen, natrium voor geel, calcium voor oranje, koper voor blauw... Tijdens het mengen mocht zo min mogelijk materiaal aanwezig zijn: slechts genoeg voor één uur productie. En in een klaarstaande emmer werd al het afval gegooid, dat regelmatig door een loopjongen werd opgehaald, om 's avonds op de afgelegen stookplaats verbrand te worden.

In het magazijn van de kartonnage zaten enkele meisjes hulzen te pappen en te plakken. In het vuurwerk werkten vooral meisjes omdat zij met hun smalle, soepele vingers het fijne werk beter aankonden.

'Dag madame Vidal,' knikten ze. Maar Lea bezwoer hen haar met haar voornaam aan te spreken. Ze zeiden toch ook Felix tegen haar man en Arthur tegen Vidal senior. Zo was het hier altijd gegaan.

In ieder lokaal hing naast de deur een koperen plaat, die de werknemers bij het binnenkomen moesten aanraken om statische elektriciteit af te leiden. Om die reden mochten ze binnen zelfs hun haar niet borstelen en moesten ze ook katoenen kleren en geitenleren handschoenen dragen.

'Zeker geen nylon kousen of synthetisch ondergoed,' zei Felix.

'O nee?' vroeg Lea lachend, en kneep in zijn zij. Maar hij keek zo ernstig terug dat ze ervan schrok.

In het magazijn van de montage zag ze hem geblakerd en geschonden in een hoek liggen. De paljas.

30

De Heirweg, vroeger een landelijke kasseiweg, was nu een geasfalteerde winkelstraat en maakte een welgestelde indruk. Er waren textielzaken, hoedenwinkels, delicatessenwinkels, parfumerieën, autozaken, een goudsmid, een begrafenisondernemer, supermarkt De Welvaart, de patisserie Vanderborgt, de vishandel van Alphonsine, de pralinefabrikant Haemer & Cie. En het restaurant De Lange Muur, de eerste Chinees en de enige buitenlander in de Heirweg voorlopig.

De etalages trilden wanneer de tram in de middenberm voorbijreed. De rijtuigen waren in een gelige crèmekleur geschilderd. De *wattman*, die altijd goedgeluimd achter het stuur zat, belde luid als hij de halte aan de fabriek passeerde.

Het was goed volk op het Laar. De burgerij was vol begrip voor de hardwerkende arbeidersgezinnen, die in kleine huisjes in de zijstraten woonden. Na de oorlog hadden ze zelfs de processiegewaden verknipt tot kleren voor arme kinderen.

Het was een deftige omgeving waar Lea in het begin moeilijk aan wende. Op zondagmiddag zat ze verkrampt in de fauteuils met fluwelen bekleding, terwijl haar man en schoonvader in een gewijde stilte en een walm van sigarenrook naar de radio luisterden. Klassieke muziek stemde hen rustig. Elk ivoren beeldje, siermeubeltje of bijzettafeltje was van de familie Vidal, niets was van haar. Tante Adèle haalde het porseleinen familieservies uit de buffetkast en offreerde gebak van Vanderborgt en pralines van Haemer & Cie.

Omdat Adèle het huishouden zoals vroeger bleef bestieren, was er voor Lea in die tijd, toen ze nog geen kinderen had, niet veel te doen. Het werk in de fabriek kende ze niet, en niemand leerde het haar ook, want dat zou blijkbaar afbreuk doen aan haar status. Ze nam soms de telefoon op en verzond de facturen, maar ze wou meer doen. Op een dag raapte ze al haar moed bijeen en ging naar haar schoonvader. Ze vroeg hem of ze op de verwilderde gronden tussen de werkhuizen geen planten en bloemen kon zetten.

'Dat zou de boel wat opvrolijken.'

'Opvrolijken?' vroeg Arthur verbaasd.

'Ja, kleur brengen. Dat past toch bij een vuurwerktuin?'

'Een vuurwerktuin, dat is misschien een idee. Ga er maar met Krekel over praten, die kan je wel helpen.'

Krekel, zelf zoon van een keuterboer, was meteen enthousiast. Hij kende vrienden die machines hadden om de grond te bewerken en gereed te maken. Hij reed met Lea naar een tuinbedrijf en laadde planten en struiken in de bestelwagen van Kunstvuurwerken Vidal.

Dat voorjaar werkte Lea dag in dag uit aan haar vuurwerktuin. Ze zaaide, plantte, snoeide, bemestte en besproeide. Ze zette snelgroeiende struiken en langbloeiende heesters tussen de paviljoenen, zodat ze het hele seizoen door bloemen zou hebben. Ze maakte borders van rozelaars, toverhazelaars en vuurdoorns die een voortdurend wisselend kleurenspel moesten bieden. Ze legde perken aan van varens en hosta's die goed in de schaduw gedijden. Ze liet zoetgeurende kamperfoelie, clematis en klimrozen tegen de gevels van de magazijnen opkruipen. Ze plantte zelfs een bosje met Japanse kerselaars, esdoorns, kweeperen en dwergmispels.

Het was geen rationeel ontworpen siertuin gebaseerd op grote theorieën van contrast en evenwicht, maar een zinnelijke tuin op basis van instinct en boerenverstand. En zo vruchtbaar dat hij die eerste zomer al meteen bloemen en bessen begon te leveren.

Arthur Vidal was er zo mee in zijn schik dat hij op zaterdagavond de hele familie meenam naar de Chinees van De Lange Muur. Lea koos nummer 32 op de kaart, varkensballetjes in zoetzure saus, haar eerste exotische gerecht, en vond het heerlijk. Haar schoonvader besloot prompt om er een wekelijkse familieavond van te maken.

'Op Lea en de vuurwerktuin,' proostte hij. 'De Vidals hebben veel verloren. Maar ze hebben ook veel gewonnen. Bedankt, Lea.'

31

'Overal met je *pollen* afblijven,' zei Lea later tegen haar dochtertjes Barbara en Marie, maar dan had ze het niet over haar struiken en bloemen. 'Nooit met vuur spelen.'

Dat probleem gold sowieso niet voor Marie, die een stil, verlegen en gehoorzaam meisje was. Ze was in huis bezig met haar poppen, puzzels en kleurboeken en kwam zo weinig mogelijk in de fabriek en de boomgaard. Maar de jongere Barbara was niet binnen te houden. Zodra ze lopen kon, trok ze naar buiten, en zelfs als het hek van de fabriek gesloten was, kroop ze tussen de spijlen door. In de boomgaard vond ze een fantastische wereld van vogels, dieren, insecten en planten die allemaal een eigen kleur hadden die anders was dan alle andere.

Ze zag de natuur om zich heen en wou wel applaudisseren van verrukking. Of zoals een dirigent met een stokje de melodie aangeven.

De winter was nauwelijks voorbij of de lente barstte al open in het juichende geel van forsythiastruiken, sleutelbloemen, krokussen en narcissen. Dan kwam het hele witte gamma van meiklokjes, magnolia, seringen, waterlelies en alle mogelijke bloesems. Het ging stilaan naar de zomer en een orgie van rood brak uit in de rozen, rododendrons, azalea's en geraniums. Het werd herfst, en de boomgaard hing vol oker, bruin, oranje, roest en goud...

Haar kleurgevoel had Barbara duidelijk niet alleen van haar vader, maar ook van haar moeder geërfd. Want niemand kon zo bloemen schikken, een fruitschaal samenstellen of een tuin aanleggen zoals Lea.

Vol vervoering ging Barbara door het achterhek naar de velden, die nog openlagen achter de fabriek. De wereld was nog vertrouwd, en kleine meisjes konden die nog ongestoord verkennen.

In de slootkant vond ze de braambessen waar ze zo verzot op was. Van tante Adèle had ze een kinderrijmpje over braambessen geleerd:

Eerst wit als was
Dan groen als gras
Dan rood als bloed
Dan zwart als roet

Op een dag zag ze boven het bruine aardappelveld een regenboog staan met een perfecte kromming. Dikke druppels pletsten op haar gezichtje, maar ze voelde het niet. Ademloos ging ze alle tinten na van rood aan de buitenzijde tot blauw aan de binnenzijde.

Het viel haar op dat er in de wilde natuur weinig blauw voorkwam. Ook voedsel was nooit blauw, en het menselijk lichaam had al even weinig blauw.

Blauw was blijkbaar onnatuurlijk. Tegennatuurlijk. Bovennatuurlijk.

Alleen voorbehouden voor grootse, ongrijpbare dingen zoals de hemel en de oceaan.

32

Ze was een jaar of vijf toen ze met haar grootvader in de tram zat en naar het Centraal Station reed. Hij hield haar hand vast en stapte de Keyserlei op. Voorbij de bonte reclameaffiches van Cinema Rex. Voorbij de juweliers van de Pelikaansstraat met hun etalages vol glans en glitter. Naar het diamantkwartier met zijn gebouwen als paleizen.

Het leek wel een ander continent. Hier droegen de mannen zwarte bontmutsen en de vrouwen opzichtige pruiken. De jongetjes pijpenkrullen en de meisjes kapjes. Er waren speciale bakkers en slagers die volgens grootvader 'koosjer' waren. Een kleine, gesloten gemeenschap, die al eeuwen de ziel van de handel was en daarom altijd welwillend werd getolereerd. Behalve tijdens de laatste oorlog, toen er vele duizenden met de hulp van de Antwerpse politie waren gedeporteerd.

'Joodse mensen,' zei grootvader zachtjes. 'In deze straten worden bijna alle diamanten ter wereld verhandeld.'

Haar eerste diamanten kreeg ze te zien toen ze een kantoor binnen stapten en Salomon opstond om hen een hand te geven. Hij had dikke brillenglazen, een volle baard en een keppeltje. Op zijn bureau lag een opengevouwen papiertje met fijn glas dat fonkelde en schitterde. In de steentjes werd het licht gevangen en naar alle kanten weerkaatst.

'Hoe gaan de zaken?' vroeg hij.

'Zoals de Antwerpenaars zeggen: als het met het steentje goed gaat, gaat alles goed,' lachte grootvader.

Hij gaf Salomon de factuur voor het vuurwerk dat de Vidals op een bar mitswa-feest hadden afgestoken. 'En die *transparant* met de Davidster was door Barbara geschilderd,' voegde hij eraan toe.

'Prachtige kleuren,' prees Salomon, en hij haalde een geldkoffertje uit de lade van zijn bureau.

Toen zag hij hoe Barbara gefascineerd naar de diamanten staarde. Hij liet haar door een loep naar een steentje kijken.

'Wat zie je daarin, jongedame?'

Ze duwde de loep weg. Ze kneep haar linkeroog halfdicht. Ze spande haar pupil.

'De regenboog,' zei ze.

'Juist, dat is het vuur binnen in de diamant,' zei Salomon, terwijl hij de steen beademde en oppoetste. 'Maar wat is de kleur van de diamant zelf?'

'Piskleur,' zei ze.

Grootvader schokschouderde, maar de diamantair knikte goedkeurend: 'Wat een talent. Die lichte gele kleur is bijna niet waarneembaar. Jij bent voorbestemd voor iets bijzonders, jongedame!'

Hij nam een envelop, waaruit hij een kettinkje met een blauw torentje te voorschijn haalde. 'Kijk eens hoe we die edelsteen van u geslepen hebben, meneer Vidal.'

'Het torentje van Sint-Barbara,' zei grootvader, terwijl hij het sieraad voor het licht hield. 'Blauw vuur!'

En toen keken ze allebei weer naar haar.

Barbara ging naar buiten met een vreemd gevoel. Alsof ze niet iemand was met een gebrek, maar met een gave. Een soort wonderkind.

Op de tram naar huis mocht zij het kettinkje vasthouden en vertelde grootvader het verhaal dat ze al eerder gehoord had. Hoe de Heilige Barbara in een torentje met drie ramen woonde en de schutspatrones van de vuurwerkmakers geworden was...

'Dat weet ik,' zei Barbara, toen ze weer thuis waren. 'Maar dat blauw? Dat blauw van dat torentje? Dat is toch het blauw van het vuurwerk?'

'Dat is ultramarijn,' zei grootvader, en hij toonde haar een van de bestofte boeken, waarin de tekst nog in sierlijk handschrift was opgetekend. 'In onze oude recepten van blauw vuurwerk was ultramarijn verwerkt...'

'En in het torentje ook?'

'Dat torentje is gemaakt uit lapis lazuli. Dat is een edelsteen die al duizenden jaren ontgonnen wordt in de Blauwe Berg in het Verre Oosten. De stenen kwamen vroeger over de zijderoute naar Europa. Daarna werden ze verpulverd tot de mooiste blauwe kleurstof ooit. Ultramarijn. Alle grote schilders hadden het nodig voor het kleed van de Heilige Maria. En van de Heilige Barbara.'

33

De vlammen in de haard straalden in een sfeer van mysterie, en Barbara zat bij haar grootvader op schoot in de schommelstoel.

'Je weet toch dat het vuurwerk uit China komt?' vroeg hij. En hij vertelde: 'Er was eens een kok die vuur maakte om voedsel te koken. Dat deed hij op houtskool. In het eten strooide hij zout. In China was dat toen salpeterzout. In de keuken was er ook zwavel als brandmiddel. Op dat moment kwam er een enorme steekvlam. De kok had per ongeluk buskruit uitgevonden: salpeter, zwavel en houtskool. Ideaal volgens de Chinezen om boze geesten weg te jagen...'

'Maar hoe is het uit China bij ons geraakt?'

'Dan moet je dit boek lezen,' zei grootvader, en hij nam weer een oud boek uit de glazen kast. 'De verhalen van Marco Polo. Dat was een koopman uit Venetië. Hij reisde in de dertiende eeuw naar China, waar hij zeventien jaar bleef. Hij schreef alles op wat hij meemaakte. Prachtige verhalen, bijvoorbeeld over de Blauwe Berg. En over de enorme knallen van het Chinese vuurwerk.'

'Wat schreef hij dan?'

'Luister, hier, ik heb het aangestreept. *Het is het ergste om voor het eerst te horen. Daarom worden de oren met katoenwol dichtgestopt, en paarden worden aan hun vier poten vastgebonden...*'

'Heeft hij dat meegebracht naar Italië?'

'Dat staat in de oude boeken. Maar in Europa werd buskruit vooral voor kanonnen en geweren gebruikt. Toen de Hollanders in de zestiende eeuw de Parelrivier opvoeren, werden ze door de vreedzame Chinezen met vuurwerk begroet. Ze schoten terug met kanonnen, en de Chinezen vluchtten van de schrik.'

'Ben jij in China geweest, grootvader?'

'Nee, meisje. Maar ik weet nog goed hoe we hier in 1930 de grote Chinese vuurwerkhandelaar Jimmy Wang een week lang ontvangen hebben, toen hij naar de wereldtentoonstelling in Antwerpen kwam. Hij sliep boven in de kamer waar jij nu slaapt. Hij zei dat hij altijd zo zacht mogelijk sprak om de ziel van het buskruit niet te storen. En achteraan in de fabriek stak hij een paar Chinese vuurwerkbommen af. De mooiste die we ooit gezien hebben. Perfect rond en symmetrisch. Chrysanten, noemde hij die. En pioenen. Meneer Wang was een bloemenkweker zoals je moeder, maar dan met vuurwerk.'

'Welke taal spraken jullie?'

'Wat Engels. En gebarentaal. En hij tekende altijd. Als hij een nieuw vuurwerk ontwierp, schetste hij eerst op papier wat hij in de lucht wou doen. De inspiratie haalde hij uit de natuur: de vlucht van een vlinder, een zwerm vogels, de bewegingen van een school vissen. En de kleuren moesten gevoelens uitdrukken: opwinding, romantiek, passie, trots...'

'Had hij ook een fabriek zoals wij?'

'Ja, in Vuurwerkstad. Een wondermooie stad in de bergen, met prachtige tempels en pagodes, waar de Chinese vuurwerkmakers wonen. Zonder Vuurwerkstad zou er geen fabriek van Vidal geweest zijn. Want het was in Vuurwerkstad dat het buskruit werd uitgevonden.'

Maar buskruit werd er bij Vidal al lang niet meer geproduceerd, na wat grootvader in zijn kinderjaren had meegemaakt. Hij zuchtte diep, staarde mijmerend in de vlammen, en vertelde haar over de ramp van Corvilain.

34

Het was het jaar 1889 en grootvader was vijf jaar oud, toen op een middag de kruitfabriek Corvilain met overdonderend lawaai de lucht in vloog. In de buurt van de Royerssluis hing een rookkolom die zich op grote hoogte uitspreidde tot een reusachtige paddestoel. Daarna kwam een zwarte roetdeken aan, die traag over de huizen, over de fabriek van Vidal en over een groot deel van de stad dreef. Angstaanjagend voor een kind van vijf.

De schuld van Ferdinand Corvilain, een Antwerpse sjacheraar volgens grootvader. Hij had van het Spaanse leger vijftig miljoen oude kogels opgekocht. In een loods liet hij tientallen jonge meisjes het buskruit uit de hulzen peuteren, ook al had hij daarvoor geen toelating. Het gerecupereerde kruit werd 's nachts clandestien op een boot geladen.

Op 6 september 1889 kwam die enorme explosie, gevolgd door een eindeloze reeks kleinere ontploffingen. Van de fabriek bleef alleen een metersdiepe krater over. Er ontstond een vreselijke brand in de naburige petroleummagazijnen, die nog twee dagen zou blijven laaien. Talrijke huizen werden platgelegd of brandden af. Tot in het centrum van Antwerpen werden daken afgerukt en ruiten verbrijzeld. Niemand in de fabriek overleefde. Er waren 95 doden en 150 gewonden. De internationale pers schreef er weken over en grote liefdadigheidsacties kwamen op gang.

'Sindsdien heb ik heilig ontzag voor vuurwerk,' besloot grootvader. 'Lees het maar in de oude boeken: buskruit is onbetrouwbaar en achterbaks zoals de duivel. Daarom zijn vuurwerkmakers zo vroom.'

Barbara probeerde zich voor te stellen hoe gruwelijk de doodsstrijd van de meisjes moet zijn geweest. Ze werden verkoold teruggevonden, in een verkrampte houding, met de armen voor hun gezicht geslagen...

❧

35

Ze was zeven toen ze in een boek opzocht hoe je buskruit maakt. Vijfenzeventig delen salpeter, vijftien delen houtskool, tien delen zwavel. Fijnmalen en mengen, een fluitje van een cent. Maar hoe je blauw maakt, stond er niet bij.

Op een zaterdagmorgen ging Barbara schoorvoetend naar het atelier van de menger, waar ze haar vader aantrof in een katoenen overall en met een stofkap over zijn hoofd. Hij was helemaal gemaskerd. Op de rekken stonden flessen en bokalen met poeders en vloeistoffen. Hij goot ze door een trechtertje in een mengkom, roerde en zeefde. Er hing een zware geur, die tegelijk zoet en zuur was.

'Papa, hoe maak je ultramarijn?'

Met een schok draaide hij zich om. Hij greep haar bij de arm en trok haar ruw naar buiten, voorbij het hek van de fabriek, tot aan de achterdeur van de keuken.

'Ik wil dat je uit het atelier blijft, heb je dat goed gehoord?' zei hij. 'Niet met vuur spelen, hebben we je gezegd!'

'Jij speelt zelf met vuur!' riep ze.

Barbara was ontzet. Waarom mocht zij daar niet komen? Omdat zij geen jongen was?

Zij was geen meisje dat van poppen of kleedjes of touwtjespringen hield. Ze hield meer van jongensdingen zoals kikkervisjes vangen en in bomen klauteren en voetballen in het veld achter de fabriek. Ze was helemaal aanvaard als vliegende kiep. Ze leerde niet thuis maar bij de jongens hoe ze lucifers moest aanstrijken. Ze keek langdurig naar het vlammetje dat geel en blauw werd, tot ze haar vingers schroeide. En toen ze op een dag een stuk lont meebracht, dat ze in de fabriek op de grond had gevonden, was ze de held van de dag. De lont knetterde luid en stak een deel van een stoppelveld in brand. Het vuurtje rende voort van stoppel naar stoppel, tot het in een gracht verdronk. Wat een kick. De jongens kraaiden van de spanning en de pret.

Maar wat later ging de achterpoort op slot en mocht Barbara niet meer naar de velden en grachten. Haar vader las uit de krant voor over de Wurger van de Linkeroever. De Wurger van de Linkeroever verkrachtte en vermoordde vrouwen en zorgde voor angst in heel Antwerpen. Het leidde tot een verdere begrenzing van haar wereld. Vanaf de eerste schemering moesten meisjes thuisblijven. Voor de jongens was er blijkbaar geen probleem. Konden die dan niet verkracht en gewurgd worden?

Dat jaar deed ze haar Eerste Communie in het afschuwelijkste jurkje dat ze ooit gezien had, sneeuwwit tot op de grond, met een kleine sleep en een sluiertje, als een bruidje. Ze zag nauwelijks waar ze liep en de sleep bleef overal achter haken. In de kerk werd ze weer misselijk van de wierookgeur. Meisjes zaten in de linkerbeuk en jongens in de rechterbeuk. Vanaf die dag zouden ze in de mis elke zondag apart moeten zitten.

Geknield voor de communiebank, ontving ze voor het eerst het lichaam van de Heer. Ze dacht aan de mossel die ze ooit drie uur in haar mond gehouden had. De hostie bleef aan haar verhemelte plakken, tot ze stiekem met haar pink in haar mond kon pulken. Een doodzonde vermoedelijk.

Voor haar communiefeest had Barbara een Zwitsers zakmes met zestien functies gevraagd. Ze kreeg een paternoster en een pakket Tiny-boekjes met een strikje eromheen.

Tiny doet boodschappen
Tiny gaat winkelen
Tiny speelt moedertje
Tiny speelt toneel
Tiny gaat op reis
Tiny viert feest

Tiny pist in haar broek!
Tiny is een trut!

36

De zaken floreerden zo voor Kunstvuurwerken Vidal dat haar vader nauwelijks tijd meer had om nieuwe composities te maken, laat staan om Barbara te schommelen.

De regenboogfonteinen Vidal® waren een groot succes in Europa. Voor de productie werden voor het eerst machines gebruikt: een soort handpers om sterren te kneden en een vulmachine die de fonteinen op gestandaardiseerde wijze vulde. Massaproductie, zij het op bescheiden schaal. Maar het meeste werk bleef handenarbeid. Dat viel niet te mechaniseren, en dat wilden de Vidals ook eigenlijk niet. Artisanaal bleef toch het mooist.

De blauwe sterren van Expo '58 had Vidal vreemd genoeg nooit gecommercialiseerd. Hij lachte wat raadselachtig toen collega's hem ernaar vroegen. Dus dachten ze dat hij, naar oude traditie, weigerde de sassen te verkopen om te voorkomen dat anderen ze zouden namaken.

Vidal mopperde nu al over de 'oneerlijke concurrentie' van de kleine vuurwerkmakers in Italië en Spanje, die in achterhuizen zwart werkten en hun mensen hongerlonen betaalden. De welvaartstaat bracht mee dat hij zelf zijn werknemers, een zestigtal arbeiders en bedienden, een hoger loon moest geven, en daar bovenop een flink stuk voor hun sociale zekerheid. Een bommenmaker die een hele dag aan één bom werkte, hoe prachtig die bom ook mocht zijn, viel nauwelijks meer te betalen.

En goed personeel was bijna niet meer te vinden. Voor het vuile werk werden al gastarbeiders aangetrokken.

Dat bracht Vidal ertoe de Turk Mustafa aan te nemen. In de zijstraten van de Heirweg, waar de Chinees tot voor kort de enige buitenlander was, waren Turkse en Marokkaanse families in de oude arbeidershuisjes komen wonen. Er werd weliswaar gezegd dat de mohammedanen hun kinderen besneden. Dat ze schapen slachtten in hun badkuip. Dat ze fokten als konijnen. Maar er werd zoveel gezegd en gezeverd, antwoordde Vidal dan.

Mustafa was jong en sterk en met weinig tevreden. Hij rook naar Sunlight-zeep en vond de geur van buskruit even lekker als muskaat en kaneel.

37

De jaren van groei en glorie vonden dus hun orgelpunt in het fameuze muzikale vuurwerk dat de Vidals voor de opening van de Kennedytunnel op 31 mei 1969 mochten afsteken. Het budget kon niet groot genoeg zijn. Het kon niet op.

Duizenden Antwerpse schoolkinderen waren nog voor de officiële opening door de meer dan één kilometer lange ondergrondse koker gestapt, de grootste tunnel ter wereld op dat moment. Barbara had in het begin de stapliederen nog duchtig meegezongen, maar deed er na een tijdje het zwijgen toe. Het was een moeilijk te bevatten gedachte dat zij zich onder die enorme watermassa van de Schelde bevond. Er lekte geen druppel. De nieuwe weg rook naar teer en petroleum. De grijze muren gleden voorbij zonder dat er een einde aan leek te komen. Het was onder de grond een donker, kleurloos bestaan.

De tunnel ging recht naar de Linkeroever, en was dat niet het terrein van de meisjes verkrachtende wurger? Ze greep de hand vast van tante Adèle, die toen nog als onderwijzeres op de nonnenschool op het Laar werkte.

Tante Adèle had een paar weken eerder verteld dat jongens een *dingetje* in hun broek hadden en dat in het *gaatje* van een meisje naar binnen stopten. Uit dat dingetje kwamen zaadjes die eruitzagen als de kikkervisjes in de sloten. En daar kreeg je een baby van.

Hoe lang had ze als kind niet gedacht dat er een boompje in je buik groeide als je de pitten van een appel inslikte? Dat vond ze nog wel een mooie gedachte. Zo moest het ook met baby's gaan. Maar toen ze op de ouderlijke boerderij van haar moeder een schuimbekkende stier op een loeiende koe had zien klauteren, had ze wat anders gedacht.

En de Wurger van de Linkeroever?

'Hard tussen zijn benen stampen, daar kunnen ze niet tegen,' zei tante Adèle in de tunnel.

Op de Linkeroever zagen ze alleen maar een klaverblad van snelwegen en opritten. Geen wurger.

Barbara was een groot meisje van elf met een jongenskopje en ze mocht met haar oudere zus Marie naar de Sinksenfoor, terwijl haar ouders meevoeren met de Flandriaboot. Er waren het feestelijk verlichte reuzenrad en de achtbaan van de *Montagnes Russes*, maar ook nog monsterachtige mensen, oosterse buikdanseressen, boksende vrouwen, griezelhuizen en spiegelpaleizen. Marie hield als een veertienjarig moedertje haar zus stevig bij de hand. Na drie of vier attracties was hun zakgeld al op en stonden ze watertandend naar de kramen met smoutebollen te kijken.

'Hé, willen jullie oliebollen?' vroeg iemand.

Het was Victor, die Barbara de voorbije jaren nog enkele keren gezien had, wanneer hij met de toiletwagen van zijn ouders naar grote vuurwerkspektakels was gekomen. Nu een pukkelige jongen van een jaar of dertien, met meer zakgeld dan zij en Marie samen.

Achter de kramen gooide hij een paar miezerige rotjes tegen de grond. Ze pruttelden wat, sprongen twee keer op, en vielen dood neer.

'Vuurwerk uit China,' zei Victor. 'Van mijn vader gekregen.'

'Noem je dat vuurwerk?' vroeg Barbara. 'Wij thuis hebben vuurwerkbommen en vuurpijlen en fonteinen en...'

'Barbara, doe niet zo eigenwijs,' zei Marie.

'Dat is juist, mevrouwtje Vidal,' lachte Victor. 'Daarom wil ik je in de zomervakantie eens komen bezoeken. Want wij zijn toch de valentijnskinderen, weet je wel?'

Hij nam haar mee in een overdekt bootje door de Toverachtige Tunnel. Om van te griezelen.

38

En ineens waren er overal goedkope televisies en transistors en koelkasten en andere gerieflijkheden des levens.

Ook haar vader had een televisie van Philips gekocht. Het was een grote, brede kast met een dubbele rij knoppen en een batterij lampen binnenin. Als je hem aanzette, begon hij zacht te ronken en warm te lopen. Dan duurde het nog secondelang voor het eerste sneeuwige beeld op het scherm verscheen. Met de antenne kon je Brussel Vlaams, Brussel Frans, Hilversum en Rijsel ontvangen. Het geluid klonk hol en galmend. Het beeld was zwart-wit, wat betekende dat je alle mogelijke grijswaarden zag. De wereld van de televisie was onmiskenbaar grijs.

Toch zat Barbara er betoverd naar te kijken. Als ze de beelden zag, werden ze in haar hoofd automatisch ingekleurd. Het enige storende was dat haar vader altijd commentaar bij de beelden meende te moeten geven, net zoals hij voorlas uit de krant.

Het grootst was de betovering toen de Apollo-raket vanaf Cape Kennedy naar de maan vloog en de astronauten door dat mythische landschap van kraters en kloven sprongen en zweefden. Ze verzamelden maangesteente, plantten de Amerikaanse vlag, en lieten een plaquette achter met de tekst: '*Hier zetten mensen van de planeet aarde voor het eerst voet op de maan – juli 1969 A.D. Wij kwamen in vrede namens de gehele mensheid.*'

De hele familie Vidal zat 's nachts in de fluwelen fauteuils voor het scherm, ook grootvader Arthur met een dekentje over zijn knieën.

'Een raket is niet meer dan een groot uitgevallen vuurpijl,' zei Felix.

'Ja, het is dezelfde werking, dezelfde stuwkracht,' zei Arthur.

'Daarom is de vuurpijl de belangrijkste uitvinding uit de geschiedenis.'

'Hoezo?' vroeg tante Adèle slaperig.

'Omdat het de enige uitvinding is die ons toelaat de ruimte in te trekken als de aarde helemaal naar de knoppen is,' zei Felix.

Hij had er een dubbel gevoel bij, zoals bij veel sinds de dood van zijn broer. De technische vooruitgang verrukte hem, maar stemde hem ook onrustig. Hij voelde achting voor machines, maar ook minachting.

Met troebele ogen keek hij naar het scherm waarop het felle wit van de astronautenpakken scherp contrasteerde met de gitzwarte leegte achter hen.

Barbara zag dat de maan okerbruin was. En de aarde, vanuit de ruimte gezien, oceaanblauw.

39

Het woord raket lag toen iedereen in de mond bestorven. Geen wonder dat Barbara die zomer samen met Victor de ene raket na de andere ontwierp. Tot hij zijn kont aanstak.

Victor woonde met zijn familie in een oud huis aan de rand van Bergen op Zoom, op een goed uur fietsen van het Laar. Maar dat fietsen had hij er graag voor over, want hij was bezeten van vuurwerk. Hij kon niet vatten dat er zo veel potentie in die kleine hulzen stak, zelfs in een gewoon rotje. Of het summum: de vuurwerkbom. Hoe een nietige handeling zoals een lont aansteken zulke waanzinnige effecten had. De brandende lont kroop dan tot in de mortier, tot de kruitlading ontplofte. Daardoor werd de bom de hoogte in geschoten. Intussen begon in de bom een tweede lont te branden, de *vertrager*. Op het hoogste punt deed die de bom uiteenknallen, zodat de sterren werden uitgestrooid. Die schoten in brand en barstten open tot een kleurige stralenkrans.

Wat een opbouw van spanning en opwinding, en wat een onmiddellijke bevrediging. Pure passie voor een jongen als Victor.

Hij vertelde Barbara dat hij tijdens een vuurwerkshow altijd wenste dat hij zelf de vlam aan de bom kon houden. Hij had op zijn tiende jaar een scheikundedoos gekregen en zijn eerste proeven zonder veel succes opgezet. Toen hij ouder werd, kreeg hij een boekje te pakken en kon hij stiekem enkele stoffen bij de drogist kopen. Hij maalde ze in een oude koffiemolen, mengde en roerde, en het volgende moment kwam er een kleine steekvlam en een droge knal. Zijn vader stormde de trap op en gaf hem een oorveeg, maar dat deed niets af aan de pret. Nog meer voldoening had hij gevoeld toen hij op school een kleine vuurwerkbom door het toilet gesast had. De buizen sprongen en het lokaal zat vol strontspetters. Zo ontdekte hij dat vuurwerk de weldenkende burgers niet alleen kon verrukken, maar ook tot razernij brengen.

Naast Kunstvuurwerken Vidal was er op de Heirweg een afvalbedrijf gevestigd, waarmee de Vidals altijd op goede voet hadden geleefd. Theo, de joviale baas, haalde met zijn vrachtwagen ouwe rommel op en recupereerde daaruit wat nog bruikbaar was. Hij was voortdurend op de baan en intussen groeide de afvalhoop achter zijn huis uit tot een immense vuilnisbelt. Vanaf Vidal kon je er door een gat in de haag naartoe.

De vuilnisbelt was het Cape Kennedy waar Barbara die zomer enkele warme namiddagen doorbracht met Victor en Kareltje, het bebrilde en bebeugelde zoontje van de stortbaas. Ze was blij met hun gezelschap, want als ze de laatste tijd de jongens op straat vroeg of ze mee kon voetballen, schoten ze in de lach. Haar dagen als vliegende kiep waren voorbij.

Achter de vuilnishoop installeerde Victor een laboratorium van wat buisjes en blikjes, en een uur later had hij al zijn eerste raket klaar. Het was een aluminium sigarenkoker van Vidal, gevuld met buskruit dat ze bijeengeschraapt hadden uit de opengesneden lonten die Barbara had meegenomen. Een in de grond ingegraven conservenblik diende als lanceerbasis.

'Ten, nine, eight, seven, six, five, four, three, two, one... zero en lift-off,' telde Barbara af.

De sigarenkoker steeg puffend een metertje omhoog, draaide als een gek in het rond en dook toen rakelings over hun hoofd met een flits en een plof in de buik van de vuilnisbelt.

'Super!' juichte Kareltje en hij danste over het stort.

'Dat scheelde niet veel,' zei Barbara.

Ze keek bewonderend naar Victor, maar die was nog lang niet tevreden. Hij vroeg aan Barbara of ze uit de afvalemmertjes, die op een speciale plaats in de fabriek bewaard werden, wat kruit in enkele blikjes kon schudden. Ze wou zich niet laten kennen en knikte van ja.

Misselijk van de spanning wachtte ze in de struiken bij het atelier van de menger, totdat Mustafa achteraan op de stookplaats bezig was, en toen schepte ze snel het poeder uit. Het prikte aan haar huid.

In hun laboratorium achter het stort rook Victor aan het goedje en knikte goedkeurend. Hij roerde en mixte alles tot een gladde pasta. Toen voegde hij er nog een snuf suiker aan toe. Hij stopte de kleverige brij in een kartonnen ruimtecapsule die hij gemaakt had van oud kardoespapier. Het leek meer op een lekke voetbal. Die stak hij in een afvoerbuis die hij op het stort gevonden had.

'Apollo 12 is klaar voor lift-off,' zei hij.

Barbara telde af. 'Drie... Twee... Een... Klaar-over. Vuur!'

Hij streek de lucifer aan. Maar in plaats van de lont schoot het karton in brand.

'Wegwezen!' riep Victor. Ze zetten het op een lopen en doken in de vuilnishoop.

De Apollo steeg brandend omhoog en spatte tien meter boven de grond in een gloed van vonken uit elkaar.

Het sneeuwde blauwe vlokken.

'Godverdomme,' hoestte Victor, verblind door de rook, en op de tast greep hij naar Barbara en trok haar tegen zich aan. 'We hebben het gedaan.'

40

De vuilnisbelt was in die zomer van '69 haar paradijs. De rommel van oude apparaten, ijskasten, autowrakken, wc-potten, badkuipen, speeltuigen, tuinstoelen en meubels leverde briljante kleureffecten op. Vooral in het volle, goudgele namiddaglicht ging alles schitteren. Ouderdom en verval leidden tot iriserende, weerschijnende kleuren, zoals van parelmoerschelpen of dekschilden van lieveheersbeestjes. Kleuren die leefden, die gelaagd waren, die diepgang hadden.

Het was zoals de Chinese vriend van haar grootvader gezegd had: kleuren hadden intense gevoelens. Het mistige blauw van een porseleinen bedpan was koel en ongenaakbaar. De roestrode glans van oude ketels en het verweerd patina van mahoniehouten kasten was zinnelijk en zinderend.

Op een hete namiddag, ze voelde de zon diep in haar binnendringen, lagen ze achter het stort op de grond. Victor had haar honderd uit gevraagd over het leven als dochter van een vuurwerkmaker. Vooral van het verhaal over haar ongeval kreeg hij niet genoeg. Geboeid kon hij naar haar blinde oog staren alsof hij jaloers was.

Kareltje was aan de andere kant van de vuilnisbelt met een kapot treintje aan het spelen.

'Weet je wat '69 in het Frans betekent?' vroeg Victor.

'Soixante-neuf,' zei Barbara, want ze had dat jaar haar eerste Frans op school gekregen.

'Ja, maar wat het echt betekent, weet je dat?'

'Wat bedoel je?' zei Barbara, en ze draaide zich op haar buik.

Victor zag er vuurrood uit. Zijn rosse stekelharen vlamden op in de zon. Zijn gezicht vol acné gloeide tot in zijn nek.

'Draai je om,' zei Victor. 'Ik zal het je tonen.'

Het volgende moment ging hij op haar liggen, maar omgekeerd. Hij wroette met zijn tong tussen haar benen. Het kriebelde.

'Je moet bij mij hetzelfde doen,' zei hij.

Toen zag ze pas dat zijn rits openstond. Daarachter zat een dikke bobbel. Meteen gaf ze er een keiharde mep op.

Schreeuwend sprong hij op.

'Klootzak,' zei Barbara, en ze hapte naar adem.

'Hé, wat doen jullie?' vroeg Kareltje, die net kwam aanlopen.

Victors broek was tot op zijn knieën gezakt. Zijn verschrompeld dingetje zag eruit als een kleine zieke slang die aan het vervellen was.

'Een experiment,' lachte Victor, die snel weer bij zijn positieven was. 'We doen een test. Kijk maar!'

Hij boog door zijn knieën, spande zijn billen, hield een brandende lucifer voor zijn reet, en liet een krakende scheet. Een flauwe vlam schoot naar achter.

41

Diezelfde namiddag werden ze betrapt door twee agenten, die door haar vader naar het stort gestuurd waren, waar het knalde en knetterde. Vidal vreesde voor de veiligheid van de vuurwerkfabriek. Victor werd tot 's avonds laat op het politiebureau gehouden, voor zijn ouders hem kwamen halen. Hij kreeg de aframmeling van zijn leven.

Barbara werd naar haar kamer gestuurd met een preek van haar vader die eindigde met: 'We zijn diep, diep teleurgesteld in jou.'

'Waarom kan je niet gewoon een braaf meisje zoals je zus zijn?' vroeg haar moeder.

Alleen Marie had medelijden met haar. Ze kwam naast haar op bed zitten en sloeg haar arm om haar heen. Ze leende haar haar barbiepop. Het was er een met een lang wit jurkje dat Barbara aan haar communie deed denken. Ze had blonde lokken die je goed kon borstelen. Ze kon spreken: '*I am so happy.*' En ze had onderaan een gaatje waar je dingetjes in kon stoppen.

'Barbie zal je troosten,' zei Marie.

‘Volgend jaar kan je met je zus naar het college. Dan zal je wel kalmeren,’ knorde haar moeder.

Het jaar daarna zou het gedaan zijn met de lagereschooltijd voor Barbara. Dan moest ze naar *De Dames*, een strenge meisjesschool in het centrum van Antwerpen. Wel een uur trammen en lopen.

Enkele dagen later maakte Barbara helemaal alleen haar eerste bom. Ze gaf haar moeder een papiertje met een uitnodiging om te komen kijken naar de Grandiose Show, aan het vijvertje, om twee uur precies.

Na lang aandringen kon Lea haar man overtuigen om te komen. Een kwartier te laat kwam Vidal met een lusteloos loopje uit de fabriek aan. Ze namen plaats op de bank die Barbara bij de vijver had gezet.

Aan de andere kant had ze een poppenkast opgesteld. Voor de kast stond een stoeltje waarop Barbie zat. Haar witte communiejurk bolde op alsof ze zwanger was.

‘Dames en Heren, zijn jullie klaar voor de show?’ begon Barbara, en ze keek naar haar vader.

Hij beet op zijn sigaar en zei niets.

Het volgende moment zag hij haar tot zijn ontzetting vliegensvlug een lucifer aanstrijken. Van onder het poppenkleed stak een stukje lont uit, dat met wat kauwgom in het gaatje tussen de beentjes van Barbie was vastgemaakt.

‘*I am so happy*,’ zei de pop toen de vlam sissend in haar binnenste verdween.

Barbie spoot een straal vuur uit, knalde van de grond en schoot in een walm van rook en stof schuin over het huis weg.

IV Intermezzo. De veranderingen

❧

42

Terwijl Barbara in de erkerkamer staat, de vroegere slaapkamer van haar grootvader, hoort ze weer wat hij lang geleden zei, toen hij voor haar een scheut van een notenboom plantte. '*Boompje groot. Mannetje dood.*'

De kamer is voor haar altijd de paarse rouwkamer gebleven waarin het sterfbed van haar grootvader stond. Ze was nog klein, maar ze moest van haar moeder naar zijn lijk gaan kijken, want dat zou goed zijn voor haar opvoeding. Hij lag er met vroom gevouwen handen, een paternoster tussen zijn vingers geklemd. 'Een schone dode,' zo werd gezegd.

Nu is Barbara zelf van middelbare leeftijd, en de notenboom een grote, gespierde boom. Ontroerd glijdt haar blik over de brede stam en de welige kruin. De schors komt in bruine repels los van de bast, zoals een kip die aan het ruien is.

Barbara kijkt uit het raam en ziet weer de 'lelijke doden' met zwarte, loskomende vellen die de laatste tijd in haar nachtmerries opduiken. Altijd dezelfde gruwelbeelden van vuurpijlen en mortierbommen die inslaan op de Metropolis. Het dak van de grootste cinema van Antwerpen brandt als een fakkel. Binnen zitten honderden mensen in de zalen. Buiten is de paniek algemeen. Bejaarden tuimelen over fietsen die op de grond liggen. Gehandicapten rollen van de trappen. Mensen stormen naar de bus- en tramhaltes.

Een klein meisje met bruine krullen zit op een bank voor een eethuis naast de bioscoop en beeft over heel haar lichaam. Ze krijgt geen woord over haar lippen. Op de tafels staan de drankjes en borden die de gevluchte klanten hebben achtergelaten.

Dan komt uit de richting van de dokken een zwaar, naar geroffel.

Barbara sleurt het meisje mee in de portiek van het restaurant, gaat op het kind liggen, trekt haar jas over hen heen.

Er komt een verschrikkelijke klap die de bodem secondelang doet trillen zoals een aardbeving.

De ruiten en glazen deuren van de cinema vliegen in miljoenen splinters uiteen. Het plafond van het restaurant komt naar beneden. De muren zakken in. De kasten vallen om. Barbara wordt door de luchtverplaatsing enkele meters naar binnen gezogen, maar wordt beschut door twee deuren die als een tent boven haar blijven staan.

Het stof koekt samen in haar mond. Ze ruikt verbrand mensenvlees.

Op handen en voeten kruipt ze uit haar spelonk.

Het kind is weg. Ze zoekt en tast en graaft onder het puin, maar vindt niemand.

Ze sleept iemand weg die vastzit onder een omgevallen kast. Ze helpt nog andere gewonden uit het restaurant. Maar het meisje met de krullen is er niet bij.

Ontredderd loopt Barbara naar het parkeerterrein dat nu één groot autokerkhof is. Op de grond ligt een tapijt van vertrapte brillen en schoenen.

Een radeloze moeder grijpt Barbara met bebloede handen vast. 'Waar is mijn kind? Waar is mijn kind?' huilt ze.

'Ik weet het niet,' zegt Barbara.

'Help me dan! Help me dan!' roept de vrouw.

Barbara trekt zich los en loopt in de richting van het kruispunt. Alle bomen zijn door de schokgolf op een hoogte van twee meter afgeknapt als lucifers. Uit het puin van een huis wordt een jongen gesleurd die de afstandsbediening van de televisie nog stevig in zijn handen houdt. Aan de kant van de weg zit een vrouw ineengezakt op de grond en twee kindjes liggen tegen haar aan zoals biggen tegen een zeug. En voorbij het kruispunt ligt een vormloze, mensachtige kolos als een aangespoelde potvis, een gruwelijk verminkt lijk dat Barbara tot haar ontzetting herkent, een verkoolde vrouw in een verkrampte houding, met de armen voor haar gezicht geslagen…

43

Huiverend verdringt Barbara de beelden en denkt terug aan de 'schone dode' die haar grootvader was. Haar moeder had hem samen met tante Adèle afgelegd. Ze hadden hem geschoren, gekamd, gewassen, opgemaakt en zijn beste pak aangetrokken. Hij blonk als een rozige baby. De vrouwen waren zichtbaar trots op hun werk. Ze droegen zwarte rouw en snikten met veel misbaar.

De kamer werd met purperen luifels als een rouwkapel ingericht. De spiegel omgedraaid. Barbara moest met een palmtakje wat wijwater over hem sprenkelen en hem een kruisje geven. Zijn ogen waren gesloten alsof hij sliep. Hij had, in tegenstelling tot sommige collega's, een gaaf, ongeschonden lichaam behouden, en ging daar altijd prat op. Hij was zijn hele leven nooit echt ziek geweest en als een kaars uitgegaan. Hij hoefde nooit naar het Tehuis voor Oude Lieden, zoals hij als weduwnaar soms had gevreesd, maar was thuis in het familiehuis gestorven.

Na bijna een halve eeuw het bedrijf geleid te hebben, had hij enkele maanden eerder, na het Kennedy-vuurwerk op de stroom, eindelijk de zaak op naam van zijn zoon gezet. Voor Felix een moment van groot gewicht.

Maar Barbara had de hele tijd zitten mokken op het feest waarmee de overdracht gevierd was. Zij was niet vergeten wat haar vader na het incident met de barbiepop tegen haar gezegd had. Zijn ogen stonden ijskoud, zijn stem klonk bitter.

'Je hebt onze familie te schande gemaakt,' zei Felix Vidal, die echt boos was woedend was razend was.

Omdat zijn dochter met vuur gespeeld had. En met Victor.

'Alla, Felix,' had haar grootvader nog gesust. 'Elk kind moet toch ongehoorzaam zijn en net als Prometheus het vuur stelen.'

De stokoude Arthur had haar altijd in het verhaal willen betrekken. Hij was een ontwikkeld en belezen man, ook al had hij niet de kans gehad om te studeren. Zoals zijn voorvaders had hij geen theoretische kennis van scheikunde nodig om schitterend vuurwerk te maken. Hij voelde wanneer een kruitmengsel goed was, zoals een bakker zijn deeg kent. Die empirische kennis schreef hij nauwkeurig op in boekjes en agenda's die hij zorgvuldig bewaarde. Dat waren de familiegeheimen die hij aan niemand wou prijsgeven. Zelfs als inspecteurs van de overheid naar een samenstelling kwamen vragen, hield hij zich van den domme.

'Ze vroegen Michelangelo ook niet wat er in de verf voor de Sixtijnse kapel zat,' zei Vidal senior theatraal.

Hij was nog in de oude stijl begraven. De rit naar de kerk ging met een *corbillard*, overvloedig versierd met goud en zilver, getrokken door twee paarden met zwarte dekkleden. De burgemeester, de schepenen en honderden mensen kwamen naar de uitvaart.

'Arthur Vidal was een van de laatste artisanale vuurwerkmakers van Europa,' hoorde Barbara haar vader met gebroken stem zijn afscheidstoespraak beginnen.

Barbara voelde een verdriet dat ze nog niet eerder gevoeld had.

Haar Arthur de Grote was geveld. Maar ze wist dat de dood hem nooit afgeschrikt had, want dan zou hij als een vuurpijl in duizelingwekkende vaart naar boven schieten, had hij haar monkelend gezegd. 'De dood is geen einde, meisje, want dan wordt je ziel bevrijd uit het lichaam, en die ziel leeft voort voor *al-tijd al-tijd al-tijd,* zoals de klok tikt...'

44

In het studeervertrek staat nog de antieke staande klok van vroeger. Een pompeus meubel in kastanjehout van ruim twee meter hoog, met bovenaan, in een kapelletje, de gouden wijzerplaat achter glas. Onderaan is er een deurtje, waarachter de lange slingers en loden gewichten hangen. De klok is stilgezet op halftwaalf, het moment dat haar grootvader, gesterkt met de laatste sacramenten, de geest gaf.

Waarom kan Barbara de klok van haar leven niet stilzetten, of zelfs terugdraaien? Ze heeft gewoon geen zin in oud worden en aftakelen en doodgaan. Als kind al kon ze soms erg bang zijn voor de dood, vooral nadat haar grootvader gestorven was. Ze kroop dan diep onder de dekens en stelde zich voor dat de nacht nooit meer zou overgaan, dat de zon nooit meer zou opkomen, dat het altijd zwart en grijs zou blijven.

Ze was bang van haar eigen fantasieën. Werkelijkheid en waan liepen soms helemaal in elkaar over.

Ze kon zichzelf toen ook krankzinnige proeven opleggen, en daarna onbarmhartige straffen als ze faalde. De avond na de begrafenis had ze zichzelf gedwongen om een voetbal vijf keer omhoog te schoppen zonder dat hij de grond raakte. Ze trapte de bal omhoog, en hij viel meteen neer. Ze probeerde het met haar knie, maar kon hem maar twee keer in de lucht houden. Ze ging andere schoenen aandoen, maar dat hielp niet. Ze riep en snikte en bleef het nijdig proberen, urenlang, in het donker, van lieverlede razend op zichzelf en op iedereen, tot haar moeder haar om elf uur 's avonds naar binnen haalde. Behuild viel ze in slaap. Met voetballen zou het nooit meer lukken.

De volgende morgen had ze zich als straf opgelegd om een uur lang in de kast van de klok te blijven zitten. Ze was mager als een lat, en er was plaats zat tussen de slingers.

Ze zat er rustig haar zelfkastijding te ondergaan, knabbelend op een wortel, toen ze ineens flarden van een gesprek opving tussen haar ouders. De stem van haar vader luid en bezwerend. Haar moeder snotterend, wat Barbara schokte. Ouderlijke emoties kregen de kinderen anders bijna nooit te zien of te horen.

'Waarom heb je Benjamin op de doodsbrief van je vader gezet? Iedereen roddelt er nu over,' jammerde Lea.

'Hij was onze zoon,' riep Vidal.

'Hij was een foetus van vijf maanden. Niet levensvatbaar.'

'Hij heeft geleefd. Ik heb een foto van hem genomen.'

Barbara zat te zweten in de klok. Ze had in de ouderlijke slaapkamer ooit een kodak-fototje gezien van een verfrommeld wezentje zonder ogen en met een afschuwelijk grimas. Ze had nooit kunnen denken dat dit uit de schoot van haar moeder was gekomen.

'Ze hebben hem als proefkonijn gebruikt,' snikte Lea.

'Dat hebben we toch uitgepraat. We hebben zijn lichaam aan de wetenschap geschonken. Dan heeft hij toch nog iets betekend voor de maatschappij.'

Barbara herinnerde zich, op een van die zaterdagavonden bij de Chinees, dat haar vader ook tegen haar en haar zus gezegd had: 'Je moet in de spiegel kijken en vinden wat diep in jezelf zit, en daarmee moet je iets doen voor de samenleving.'

Maar hoe ouder ze werd, hoe meer ze het gevoel had dat ze niets vond en alleen maar stukjes van zichzelf verloor. Haar kwajongensachtige kant moest ze laten schieten, want haar vader zag haar liever als een echt meisje, ook al had hij oorspronkelijk liever een jongen gehad. Vanaf haar verwekking was ze anders dan ze had moeten zijn.

Dat besefte Barbara toen ze die dag in de klok zat. Ze dacht aan de foetus, die volgens de kerk al een ziel had vanaf de derde maand. En dat die ziel van Benjamin Vidal nu ergens in het oneindige voortleefde voor *al-tijd al-tijd al-tijd...*

45

Het duurt een eeuwigheid voor Barbara in de werkkamer vindt wat ze zoekt. Ze rommelt ongeduldig in de grote glazen kast met de collectie boeken die de Vidals in de loop der tijden hebben verzameld. Op een van de rekken ligt nog een foto van haar ouders op huwelijksreis in Lourdes, bij de ingang van de grot van Bernadette. Haar vader ernstig als altijd, haar moeder met de lippen preuts op elkaar, en daarnaast een stralende tante Adèle, die, vreemd genoeg, gewoon mee op reis was gegaan met het bruidspaar. Pas na de dood van Vidal senior was Adèle getrouwd met oom Walter, een benige handelsreiziger die met haar in de zijvleugel kwam wonen.

Op de foto van Lourdes ziet Barbara hoe zij nu dezelfde taaie trekken heeft als haar vader. Zij lijkt meer op hem dan ze ooit heeft kunnen denken of vrezen.

Zij bladert door de oude boeken en schriften over vuurwerk,

springstoffen en andere zaken die van dichtbij of van ver iets met de Vidals en hun bedrijf te maken hebben. In het Nederlands, Frans, Engels, Italiaans, en veel Duitse boekjes in kleine gotische letter. Sommige bladen niet eens opengesneden, maar andere beduimeld en met ezelsoren, en hier en daar een passage aangestreept of van een notitie voorzien.

In het boek *Pyrotechnia of Konstige Vuurwerken* uit 1672 hangen de uitklapbladen met schetsen van spektakels aan losse draadjes. Opwindende prenten voor een tiener zoals Barbara was. Een magische wereld van vuurspuwende draken, demonen en gedrochten, zeeslagen en riddertoernooien, saters op olifanten en zeemeerminnen en vliegende schotels. Het mooist was dat in de Italiaanse traditie. Zij bouwden een vuurwerk op rond een *machina,* een in hout opgetrokken gebouw, dat op het eind in vlammen opging. Het decor voor grootse spektakels zoals *De Laatste Dagen van Pompei, De Smid van de Vulkaan, De Afdaling in de Onderwereld, De Verovering van het Gulden Vlies...*

Lustvuurwerk, werd het toen nog genoemd. '*Een konst die dient tot vermaeck.*' Zo werd het onderscheid gemaakt met het ernstvuurwerk voor militaire doeleinden.

Toen Barbara die boeken vroeger las, kon ze begrijpen waarom vuurwerk eeuwenlang een prestigezaak geweest was aan koninklijke hoven, die hun eigen vuurwerkmakers in dienst hadden. Zij konden er hun macht mee versterken en het volk imponeren. Alsof zij de controle over het vuur van de goden zelf gekregen hadden. Zij konden de duisternis verdrijven en hemel en aarde verlichten wanneer zij het maar wilden. En dat het zo nu en dan misging, versterkte die mythische dimensie. Zoals in 1770 in Parijs, toen bij een vuurwerk van Ruggieri honderden mensen omkwamen.

De Italiaanse stroming werd de zuidelijke school genoemd. Daarnaast was er de noordelijke school, die haar centrum in de

Lutherse stad Neurenberg had en die Barbara minder aansprak. De vuurwerkmakers van de noordelijke school wilden geen decor als trompe-l'oeil, maar legden alle nadruk op de vuurwerkstukken zelf, die open en bloot werden uitgestald. De noordelijke nuchterheid won het. In de twintigste eeuw verdwenen de grote machina's definitief van het toneel. Jammer.

Nerveus neemt Barbara nu een lange, zwarte agenda door, die haar grootvader haar ooit getoond heeft toen ze terugkwamen uit de joodse wijk. Geen drukwerk, maar een met de hand geschreven tekst van een van de voorvaders: '*Differente compositiën om kruyt te maeken*.'

Vreemde stoffen werden toen nog gebruikt. *Zagemeel. Zeezand. Keersvet. Lampzwart. Hamerslag. Feyn cristalglas. IJzerroest in azijn. Scheersel van blauwe plaagen. Gemaelen potlood. Gestampten geelen amber. Geraspten kampher. Pekel van keukenzout. Met Franschen brandewijn opgemaekt...*

Maar ultramarijn staat er niet bij.

En het blad voor *Blauwvuer/Feu Bleu* is zelfs uit de agenda gescheurd.

Barbara vloekt. Het recept met ultramarijn is verdwenen.

Hoe kan dat nu?

46

Ook de oude catalogussen, met hun flamboyante kleuren, verlokkelijke prenten en uitbundig proza, hadden vroeger altijd tot haar verbeelding gesproken. In de verkoopfolders van Vidal van voor de oorlog werden de verschillende vuurwerkeffecten nog geïllustreerd door ingekleurde tekeningen in een pointillistische stijl.

De felle rode, groene en blauwe puntjes, op een zwarte achtergrond, stippelden de baan uit van elke ster, alsof het een schilderij van Seurat was.

Na de oorlog waren die tekeningen vervangen door glanzende foto's in vierkleurendruk. Maar ook in Barbara's geboortejaar 1958 klonk zo'n catalogus met zijn hoogdravende stijl nog altijd als magie. Barbara had er als kind uit geleerd dat de werkelijkheid altijd wat kleiner en schraler is dan in de reclame wordt getoond. Als men over een vuurslang van twee meter sprak, moest je er minstens de helft aftrekken. Als een duizendklapper honderd keer knalde, had je al geluk.

'Al onze vuurwerkstukken zijn van prima fabrikaat gewaarborgd en vervaardigd volgens de allerlaatste vindingen. Enkele exclusieve nieuwigheden zullen sensatie verwekken,' beloofde de folder van 1958.

Licht- en knalsignalen voor de scheepvaart.

Bengaalse illuminatie voor tuinen, parken, kastelen en openbare pleinen. Fakkels voor lichtstoeten. Zonder reuk noch smoor.

Rookbommen om ratten en vossen in hun holen te vergassen.

Vuurpijlen La Royale. Ook voor het reddingswezen.

Vuurpijlen die als dolfijnen in en uit het water duikelen.

De Grote Molen van Don Quichote. Vuurkring van grote omvang. Buitengewoon prachtig effect.

Romeinse kaarsen met multicolore sterren.

De Grote Zegegloria.

De Gouden Merveilleuse.

De Snorrende Vuurmolens (sissen en fluiten).

Olifantendressuur in kleurlansen. De fratsen van Jumbo en Jumba.

Allegorisch stuk. De Spuitende Pompier.

De Grote Draaiende Spiegelzon.

De Venetiaanse Triangel.

De Vurige Kameleon.

Figuurbommen uitwerpende diverse objecten. Goudvis. Broedhen. Sneeuwman. Krokodil. Roodkapje. Wolf. Zwijn. Zwaan. Schoorsteenveger. Dwerg. Dienstmaagd. Heks. (Ook mogelijk met snoepen.)

De Waterval van Coo. Neerkletterend vuurgordijn.

Scherts- en fopartikelen. Knalsigaren. Niespoeder. Jeukpoeder. Stinkbommen. Vuurspuwersvloeistof. Indische slangeneieren (waaruit zich na het aansteken een zwarte reuzenslang van twee meter ontwikkelt).

Nieuwe Fabrikaten. Luchthuiler, die vijftig meter fluitend vliegt. Lollebol, de nieuwe fluitenbatterij. Stormvogel, dwergvuurpijl met zilverstaart.

Robijnrode Vuurwaaier.

Hemelsblauw Bloemvuur…

En achteraan de gebruikelijke waarschuwingen die de tekst altijd wat spanning meegaven: '*Het is wenselijk een Romeinse kaars of mortier vooraf in een pot met zand of in den grond te plaatsen. Ontsteken aan de zwarte lont en spoedig enige passen zijwaarts gaan. Zoo het vuurwerk weigert en niet ontbrandt, gelieve U nooit ofte nimmer over het projectiel te buigen.*'

47

Het is bijna middag en Barbara gaat met moeizame tred door het roestige hek van de vuurwerkfabriek. Rechts, waar ze vroeger door het gat in de haag naar de vuilnisbelt ging, staat nu een betonnen muur. Achter die muur een front van flatgebouwen met honderden appartementen. Maar beschut door de bomen, hoopt Barbara dat de bewoners haar niet zien.

Aan de andere kant van het terrein zijn er voorlopig nog geen huizen. Daar is het kerkhof waar haar grootvader ligt. '*Kunstvuurwerkmaker der stad Antwerpen*' staat op zijn witte, marmeren zerk. Barbara is er in geen jaren meer geweest.

Ondanks de talrijke appartementen is het merkwaardig stil, zoals wanneer het net gesneeuwd heeft. Haar passen knerpen in het gras. De geluiden van de straat worden gesmoord door de dreef met eiken en beuken.

Ze ademt de lucht diep in. Ze meent even weer de scherpe geur te herkennen van smeulende stoppelvelden. Geen bedwelmende bloemengeuren meer zoals in haar kindertijd. Een lusthof is het niet meer. Een wildernis van distels en dovenetels. Dichtgegroeide paden. Diepe konijnenpijpen. Dood hout. Zwammen. Pissebedden.

De bloemperken en struiken zijn overwoekerd door onkruid. Zo veel jaren heeft haar moeder erin geharkt en gewied. Op een bepaald moment begon ze op het domein zelfs krielkippen te houden, die zich razendsnel voortplantten. De door incest verziekte kippen sliepen in de bomen en kraaiden in het holst van de nacht. Soms hingen hun poten en snavels vol buskruit. Toen er een haantje letterlijk de lucht in vloog, had Vidal tegen zijn werkmannen gezegd dat ze ze allemaal mochten vangen om er soep van te koken. Maar de arbeiders hadden toen al een goed loon, *congé payé* en een dertiende maand, en haalden hun neus op. Alleen de Turk, zoals Mustafa genoemd werd, had er uren achteraan gezeten en was 's avonds met een kakelende baal naar huis gegaan.

Voor Barbara lijkt de fabriek nu, net als het huis, veel kleiner dan in haar kindertijd. De ateliers liggen dichter bij elkaar dan in haar herinnering.

Het atelier van de menger ruikt nog altijd naar zwavel en ammoniak. Barbara schrikt van de ravage. Scheefgezakte deuren. Vensterloze ramen. De vloer bezaaid met glasscherven, vuilnis en zelfs lege portemonnees en drugsspuiten. Blijkbaar komen jongeren uit de buurt hier drugs gebruiken of bier uit blik drinken. Of vrijen, zoals aan de condooms te zien is.

Ook de andere ateliers liggen vol glas en gruis. Roestende mortieren. Rottende draaizonnen. Doorweekte hulzen. Kapotte bloembakken waarin ooit geraniums stonden. De muren vol obscene graffiti. De lichttunnel nu door ratten en vleermuizen bevolkt.

Omgewaaide bomen liggen over de bunkers waar vroeger het kruit en vuurwerk bewaard werden. De oude moerbeiboom is nu helemaal vermolmd. Dertig jaar geleden was zijn stam al gespleten door een bliksem, die gelukkig niet in de gebouwen was ingeslagen. Wel was de elektriciteit uitgevallen. Volgens Vidal had de moerbeiboom toen in feite de fabriek gered. Uit dankbaarheid had hij de opengescheurde stam met zware kabels weer dichtgesnoerd, en de boom was er weer bovenop gekomen. Op het terrein werd een enorme mast met een bliksemafleider gezet.

Hier ongeveer moet de plek geweest zijn waar Barbara als jong meisje achter een bunker hurkte en begon te bloeden. Ze rook aan haar vingers, die rood zagen. Haar moeder had haar daarna uitgelegd dat ze haar *veranderingen* had.

Terwijl ze naar het huis teruggaat, ziet ze hoe de oude rozelaars doorgeschoten zijn. Dan hoort ze haar moeder weer tegen haar vader tekeergaan. Hij was stiekem buiten gaan plassen, wat hem blijkbaar veel verlichting en een geruststellend gevoel gaf. Alsof hij zo zijn territorium afbakende.

'Jullie mannen zijn net als honden,' riep Lea. 'Vanaf nu ga je op het toilet zoals wij. Alle bloemen stinken naar pis, en wat erger is, de rozelaars kunnen er niet tegen. Ze verschroeien gewoon. Alles gaat dood.'

48

Terug in de kamer aan de voorkant van het huis dringt het straatlawaai van toeterende auto's en denderende trams plotseling weer in alle hevigheid tot Barbara door.

De kopjes van de Vestaalse Maagden trillen. Gesluierde vrouwengezichtjes, als herinnering aan de tijd dat jonge maagden in een tempel in Rome het eeuwige vuur moesten onderhouden. Ze genoten veel aanzien, maar werden levend begraven als ze geen maagd bleven.

Barbara staat voor de spiegel en is met huidcrèmes en zalfjes in de weer om haar vermoeide lichaam in te vetten. Ze is met een ondraaglijke jeuk uit de tuin gekomen en heeft daarom weer een koude douche genomen. De tintelingen in al haar vezels gingen pas over nadat ze zich tegen de ijzige tegels van de douche had aangewreven zoals een schurftig paard tegen een weidestaak.

In de spiegel monstert ze opnieuw haar geschonden lichaam. Haar borsten had ze altijd een maatje te groot gevonden, alsof ze voor een talrijk kroost was voorbestemd. Maar nu is er veel meer dat haar stoort. Onlangs heeft ze zich zelfs een nieuwe kin laten aanmeten. Met flinterdunne plakjes huid die met een soort kaasschaaf van haar dijen en billen waren geschuurd. De schaafwonden doen nog pijn. Het eindresultaat is niet wat ze verwacht had, maar na verschillende operaties en transplantaties in enkele dagen tijd, legt ze zich er nu bij neer. De natuur krijgt het laatste woord.

Jammer genoeg heeft de chirurg voor haar kin een stukje huid uit haar liesstreek gebruikt. En in de lies zitten nogal wat haartjes die snel en welig groeien. Zodat ze al een licht dons van schaamhaar kan zien. Vroeger had dat misschien niet misstaan voor wie een baan wou als vrouw met sik op de Sinksenfoor...

Terwijl ze met een gepijnigde uitdrukking aan het epileren begint, hoort ze het steeds luidere gelach en getier op straat. Brommers die met gierende banden aankomen. Een tram die driftig belt.

Ze kijkt door het raam en ziet tussen de takken van de beuken door dat een groepje Marokkaanse jongeren zich bij de pitabar aan de overkant heeft verzameld. In plat Antwerps, doorspekt met Arabische woorden, staan ze te roepen naar de tram, die geblokkeerd is omdat enkele brommers te dicht bij de sporen staan. De bestuurder schrijft de nummerplaten op en grijpt zijn mobiele telefoon.

Tja, de sleur en slenter van een werkloos leven op het Laar. De tijd doden als voornaamste bezigheid. En straks misschien vuurpijlen gooien in de x-side van de voetbalploeg.

Een jongen in leren jekker steekt de straat over en probeert de tekst te lezen die op een bord bij het smeedijzeren hek van de vuurwerkfabriek staat.

Bovenaan staat in vette letters: VERKAVELING.

De jongen richt zijn wijsvinger als een denkbeeldig geweer op het bord, mikt met één oog dicht zoals in een schietkraam, en trekt dan de trekker naar beneden. 'Pang, pang, pang.'

V Tweede tableau. De kussende koppels

49

De nagalm van een donderslag, teruggekaatst door de bergen rond de baai van Cannes. Kometen van vuur, lichtgevend genoeg om op het strand de krant te lezen als onder een leeslamp. Romeinse kaarsen, een nevel van goud vormend, en daarboven een waterval van kleuren, een draaikolk van explosies, en wel vijfhonderd blinkerbommen kronkelend en zigzaggend, en een gekraak als van ijsbergen die over elkaar schuren...

'Brrr,' rilde Barbara, die vooral van vuurwerk hield als ze het in haar buik kon voelen.

Oh! en ah! riepen de tienduizenden toeschouwers in Cannes, en het was niet de eerste keer dat Barbara een hekel had aan die obligate kreetjes. Alsof ze ertoe verplicht waren. Alsof het tijdens een vuurwerk nu eenmaal tot de afspraken hoorde dat er oh en ah geroepen werd. Zelfs wanneer het vertoon erbarmelijk was. Zoals dit zielloze vuurwerk van het legendarische Britse bedrijf Brock, dat nu een gooi deed naar de Vestale d'Or van 1976. Wie met de Vestaalse Maagd uit de mondaine badstad aan de Azurenkust terugkwam, werd als Europees kampioen gezien. Haar vader had er al twee op het buffet staan.

'Wat een salade van kleuren,' zei de kleine, rimpelige Giuseppe Pantone uit Firenze.

Pantone werkte al jaren samen met Felix Vidal en sprak hem in brieven graag aan als '*Beste collega en desalniettemin goede vriend*'. De gebruikelijke nijd en rivaliteit in het wereldje waren hem vreemd. In Firenze waren nog kleine vuurwerkmakers bezig in kelders en achterkamers, maar de Pantones hadden een modern bedrijf opgebouwd. De Romeinse kaars was hun grote specialiteit.

'En ze zeggen dat die hier móeten winnen,' zei Vidal hoofdschuddend.

Hij zinspeelde op de brief die hij van de organisator had gekregen: '*Dit jaar lijkt onze Engelse deelnemer erg goed geplaatst om te winnen.*'

'Een kwestie van sponsors,' knikte Pantone.

'Twintig jaar geleden was ik op stage in de fabriek van Brock, toen nog de grootste ter wereld. Die fabriek is al drie jaar gesloten, en nu begint Brock alles in te voeren uit China. Hoe is het mogelijk.'

'Zij hebben vuurwerken gemaakt voor koningshuizen, keizers, sjahs en sultans in de hele wereld. En nu dit,' zuchtte Pantone.

Vidal vroeg zich hardop af hoe de juryleden – een architect, schilder, choreograaf en andere kunstzinnige personen – deze vertoning op hun puntenformulier zouden beoordelen. Hij kende de criteria: compositie, kleurenharmonie, muzikaliteit, synchroniciteit, originaliteit. De jury bevond zich op een paar honderd meter van het vuurwerk, dat op pontons in de baai werd afgevuurd. De zorgvuldig geselecteerde deelnemers hadden allemaal hetzelfde budget van 70.000 Franse franc gekregen om hun spektakel in elkaar te steken. Daarmee kon je het vuurwerk voor een grote show al lang niet meer betalen. Tenzij in China blijkbaar, zoals Brock had ontdekt.

Vidal vroeg zich ook af hoe de toeschouwers zouden reageren. Hij wist dat het publiek van Cannes erg blasé was na al die jaren dat ze hier het beste vuurwerktoernooi ter wereld hadden. Hij monsterde de eerste rijen mensen en somde de verschillende types op die hij meende te herkennen. Je had de *flegmatieken*, die dachten dat het allemaal de natuurlijkste zaak ter wereld was. Je had de *melancholieken*, die altijd vonden dat het vroeger toch beter was. Je had de *kolerieken*, die van tevoren al kwaad waren omdat ze te lang moesten wachten. Je had de *artistieken*, die de kleuren op de hemel onderzochten zoals op een schilderij. Je had de *fanatieken*, die met brandende ogen toekeken en het gevaar wilden ruiken en voelen.

En je had natuurlijk de duizenden koppeltjes, die elkaar in het donker omhelsden en kusten, en die altijd bij een vuurwerk gehoord hadden zoals kwezels bij de vroegmis.

Neem nu Barbara, die daarnet nog stond te flikflooien achter de tent.

Toen het gekrijs op de muziekband stopte – *The Great Gig in the Sky* van Pink Floyd – en de vertoning van Brock erop zat, begon het publiek geestdriftig te applaudisseren. Het stoorde hen blijkbaar niet dat er nog enkele vergeten bommen links en rechts bleven ontploffen. Die laatste, doelloze knallen hielpen wel om de applausmeter met een schokje de hoogte in te jagen.

'Een ernstige kandidaat voor de titel,' zei de omroeper op het hotelbalkon, waar ook de jury zat. 'Maar om daarover zekerheid te krijgen, moeten we nog wachten op onze laatste deelnemer van dit jaar: de beroemde vuurwerkmaker Vidal uit Antwerpen.'

50

De Vijf Seizoenen, een vuurwerkstuk in vijf tijden, was zeker niet het beste dat Vidal ooit gemaakt had. De suggestieve brief van de organisator over de Britse rivaal had hem niet bepaald gemotiveerd. Vidal had dan ook nauwelijks een paar dagen op de compositie gewerkt.

Het stuk begon met de *Lentejubel*: de terugkeer van de zwaluwen, het ontluikend groen, de gele en witte bloemenpracht. De *Zomerhitte* bracht de rode gloed van de zon en het blauw van de op het strand rollende golven. De *Herfstsonate* toonde vallende bladeren in alle tinten en tonen. De *Winterkou* toonde hevige sneeuwval en een dreigend onweersfront. En dan nog de *Dag des Oordeels* voor het overdonderende boeket. Daaronder had Vidal in het script fijntjes genoteerd: '*Het Laatste Oordeel zal de jury van Cannes dit jaar wel extra moeilijk vallen.*'

Het scenario was niet bijster origineel, maar liet Vidal wel toe om alle mogelijke effecten en kleuren te demonstreren: een totaal van liefst drieduizend vuurwerktuigen. En daarbij kwam de geraffineerde cocktail van klassieke muziek: Vivaldi, Tsjaikovski, Stravinsky en Beethoven. Toegegeven, een nogal stereotiepe keuze, maar de opzwepende medley van fragmenten leende zich uitstekend voor een spetterende finale.

Vidal durfde zichzelf wel eens de uitvinder van de *pyromusical* noemen, hoewel ook Pantone daarover in zijn bedrijfsfolder repte. Maar was ook het buskruit niet verschillende keren uitgevonden?

Het vuurwerk op muziek had voor een nieuw elan in de eeuwenoude vuurwerksector gezorgd. Maar het synchroniseren was een aartsmoeilijke en tijdrovende taak. De knallen en lichteffecten moesten precies in het ritme van de muziek passen. Niet makkelijk, al was het maar vanwege het verschil in snelheid waarmee geluid en licht zich voortplanten. Maar ook omdat er een interval was tussen het afschieten van een bom en het openbarsten ervan op zijn hoogtepunt.

'Het moet nu kloppen tot op de seconde,' placht Vidal te zeggen.

Het klopte vandaag helaas niet. Twintig minuten ging het goed, maar daarna begon het op te vallen dat sommige stukken te vroeg afgingen, andere te laat, nog andere helemaal niet. Lijn 53 bleef gewoon staan op het ponton in de baai.

Vidal zag met zijn verrekijker hoe Mustafa enkele mortieren overboord gooide. Sinds Krekel te oud en te zwak was geworden, had de Turk al veel taken van hem overgenomen. Hij was leergierig, wou zich altijd inzetten en groeide stilaan uit tot een van de beste en meest gedreven werknemers die Vidal had. Maar nu was hij duidelijk in paniek.

Toen het hele spektakel in duigen dreigde te vallen, riep Vidal in zijn walkietalkie: 'Mustafa, in godsnaam, begin aan het boeket, steek het desnoods met de hand aan!'

Het volgende moment ging, alsof de duivel zich ermee bemoeide, het hele slotarsenaal in één daverende klap de lucht in. Het Laatste Oordeel.

Vidal liep met trillende knieën naar het strand en keek naar het publiek dat verbluft omhoog staarde. Toen de rook was weggetrokken, zagen ze dat de lucht vol glinsterende en knetterende kruisjes hing.

'Opgedragen aan drie generaties Vidal: Arthur, Herman en Benjamin,' stond in het programmaboekje. 'Wij weten dat zij vanuit de hemel toekijken.'

Terwijl een brandweerploeg een brandje op het strand bluste, begonnen de toeschouwers uitgelaten te juichen. Voor hen kon het niet anders zijn dan dat het allemaal zo was bedoeld.

51

'Ik denk niet dat je een kans maakt om te winnen,' zei Barbara, toen ze later met de hele ploeg in de vip-tent zaten.

‘Je weet maar nooit,’ zuchtte haar vader, terwijl hij een sigaar opstak en zijn whisky dronk. ‘Maar na zo’n kortsluiting...’

‘Kind, er is maar zelden een vuurwerk waar niets misgaat,’ zei Lea, die al na één glas wijn een rode kop had gekregen.

‘Ik heb het niet alleen over de finale die te vroeg afgegaan is,’ zei Barbara. ‘Ik heb het ook over die golven die kwamen aanrollen in het tweede tableau. Het wit van de schuimkoppen zat nog goed, maar het blauw leek nergens op.’

Dat stralende blauw dat ze bedoelde, het laatste dat ze nog met twee ogen had kunnen bewonderen, zag ze tegenwoordig nooit meer.

‘Ik vond het mooi. Echt de zee,’ zei Lea.

‘De Noordzee in Blankenberge dan. Al die felle kleuren van vroeger lijken wel weg,’ zei Barbara.

Het waren de futloze jaren zeventig waarin Barbara elke zomer tegen haar zin met de familie mee moest met vakantie. Meestal naar zee of naar stompzinnige oorden in Oostenrijk. Maar dit jaar zou die last haar voor het eerst bespaard blijven, op voorwaarde dat ze meeging naar het vuurwerkfestival van Cannes en zich voorbeeldig gedroeg.

Ze had de werkmannen geholpen in de montagetent, onder supervisie van de kortademige Krekel. Doodsaai werk: elektrische ontstekers aanbrengen, fonteinen op houten latten bevestigen, alles afplakken tegen de regen, en vooral lonten precies afknippen.

Toen Barbara in haar vinger sneed, schroeide het buskruit uit de lonten in de wond. De oude Krekel spoot er meteen een ontsmettingsmiddel op. Op zijn eigen handen had hij grauwgele plekken. Net lijkvlekken, dacht Barbara. Hij hoestte zich de longen uit het lijf.

‘Kijk, die heeft bommen van kaliber 300. En die van maar 75 millimeter,’ grapten de jonge arbeiders uit de ploeg van Krekel, telkens als er in de vip-tent een vrouw met een gedecolleteerde japon passeerde.

Tot aan de vertoning mochten ze nooit alcohol drinken, maar daarna zopen ze zich te pletter en kwam er geen einde meer aan de gore praat. Vuurwerk werd door hen altijd met seks geassocieerd.

'Weet je,' begon Barbara weer tegen haar vader. 'Die kleuren pasten ook helemaal niet bij de muziek.'

'Wat zeg je?' vroeg Vidal.

'Ik bedoel dat de muziek van Tsjaikovski meer rood en bruin is.'

'Rood en bruin?'

'Dat hoor je toch. En dat fragment van Stravinsky was volgens mij meer geel met groen.'

'O, ja?'

Krekel begon weer te hoesten, en de arbeiders konden zich amper inhouden van het lachen. Haar moeder keek bangelijk toe.

'Barbara, je hebt gewoon te veel fantasie,' probeerde Lea een einde te maken aan het gesprek.

'Of te veel gedronken,' lachte Vidal.

'Of slechte paddestoelen gegeten,' zei de Turk.

Misschien was dat wel zo.

Er was er maar één die begreep wat ze bedoelde.

52

Maandag was lichtgrijs. Dinsdag citroengeel. Woensdag gifgroen. Donderdag donkerblauw. Vrijdag purper. Zaterdag zwart-wit. Zondag okerkleurig.

Januari was oranje. Mei vermiljoen. September lila.

Antwerpen was grijsblauw. Rome scharlakenrood. Parijs paars of fuchsia. Brussel romig wit.

De grote letter A was obsceen rood. De i mirabellengeel. De o azuurblauw. De r donkerbruin. De s platinablond. Het hele alfabet was een bonte stoet met primaire kleuren voor de klinkers en mengkleuren voor de medeklinkers.

De tweeklank au was appelblauwzeegroen.

De z was roze en ook veel woorden die met z begonnen. Zeep was roze. Zoenen was roze. Zwart was roze.

Het woord kleur klonk lavendelblauw.

De 1 koraalrood. De 6 saffraangeel. De 9 violet.

1976 opaalwit.

Het telefoonnummer van Vidal geel-rood-roze-zwart-wit-blauw.

De beltoon van de telefoon was mosgroen.

Een sirene bloedrood. Piepende banden snotkleurig.

Trompetten waren rabarberrood. Klarinetten zonnebloemgeel. Violen pimpelpaars.

Pink Floyd was oranje. Velvet Underground antraciet.

Het gekef van een schoothondje was krijtwit. Het geblaf van een Duitse herdershond leigrijs.

Hoofdpijn was geel.

Haar moeder was grasgroen. Tante Adèle zalmkleurig roze. Haar vader kastanjebruin.

Barbara diepblauw met een zweem van rood.

53

De school van *De Dames*, een elitair meisjescollege op de Meir, dat in de oorlog nog door een vliegende bom was platgelegd, had al generaties welopgevoede juffrouwen afgeleverd. Maar met Barbara lukte dat minder goed.

Ze had van het begin af een hekel aan de grijze plooirok die ze als schooluniform moest dragen, aan de strenge nonnen die katholieker dan de paus wilden zijn, aan de grauwe gangen die altijd naar de snertsoep uit de refter leken te ruiken. Naar 'afgekookt oudenonnenvlees', zoals haar vriendin Tine lachend zei. Het enige leuke eraan was dat ze met Tine na de lessen naar de tavernes op de Meir kon, die 's lands mooiste winkelstraat was geworden.

Tine keek de grote jongens al na, had het over hun *buik-met-blokjes*, wist dat vrijen bij volle maan de beste garantie op zwangerschap bood, en andere zaken waar Barbara nog niet in geïnteresseerd was. Barbara had er zelfs nog geen benul van dat er zoiets als een schoonheidsideaal voor meisjes bestond.

Het was op school al snel verkeerd gegaan voor Barbara toen ze door zuster Orphelia naar voren was geroepen.

'Dames,' zei de non met een liefdadig lachje. 'Wij willen dat jullie een oogje op Barbara houden, want ook al zien jullie het niet: zij heeft een licht gebrek. Haar rechteroog is blind.'

Ze zakte bijna door de grond van schaamte en woede. Dit had ze op de lagere school nooit meegemaakt. Bijna niemand had ooit iets aan haar oog gemerkt. Trouwens, wat was blind? Als ze haar afwijkende oog scherp opzij trok met haar vinger, zag ze soms ineens een flits. Maar was het een flits in haar oog, of een soort elektrische schok in haar hersens?

Toen een meisje in de gang voorstelde om haar naar de kapel te helpen, alsof ze een geleidehond was, duwde Barbara haar over de boekentassen. De volgende morgen riep een jongen aan de schoolpoort Eenoog tegen haar. Ze schopte hem in zijn kruis, en toen hij dubbel gebogen naar adem hapte, mepte ze nog eens hard op zijn ogen.

Barbara had een paar middagen in het straflokaal moeten doorbrengen, maar daarna had niemand haar nog durven naroepen.

Ook later kreeg ze nog vaak straf omdat ze de lessen stoorde. Volgens haar waren de lessen slechts bedoeld als tijdverdrijf in afwachting van hun ware lotsbestemming, het huwelijk. Een voorbeeldige echtgenote, dat moesten ze worden.

Maar Barbara was niet van plan om haar leven te vullen met onderbroeken soppen, kousen stoppen, aardappelen jassen, baby's wassen, en haar lieve 'echtgenoot', 'kostwinner' en 'gezinshoofd' behagen.

Zij was een meisje dat nog altijd droomde van de Blauwe Berg. Van Marco Polo. Van Vuurwerkstad.

Toen ze op een dag apetrots met een tien voor scheikunde naar huis kwam, zei haar vader alleen maar dat ze beter haar best moest doen. Ze kon haar oren niet geloven.

'Je haat mij. Je ziet nog liever een dode foetus!' schreeuwde ze.

Ze kreeg de klap die ze zocht. Met slaande deuren rende ze naar haar kamer.

Haar moeder kwam haar jammerend achterna. 'Waarom ben je altijd zo brutaal en kan je niet braaf zijn zoals je zus?'

Ze werd altijd weer met haar zus vergeleken. Marie was een zoet meisje dat alles rustig over zich heen liet komen. Dat met kleedjes en breien en andere tuttige dingen bezig was.

Trut. Trien. Trees.

'Ik kan nooit iets goeds voor hem doen,' snikte Barbara.

'Je vader had het niet over je cijfers, maar over die opmerking op je rapport,' zei haar moeder.

Op het rapport had Moeder-Overste voor de zoveelste keer genoteerd: 'Barbara zet de klas op stelten.'

❧

54

Toen ze vijftien werd, was het ineens omgeslagen. Ze was uitgeraasd en stilgevallen. Ze had de behoefte niet meer zichzelf te bewijzen door herrie te maken. Dat soort geldingsdrang was over. Bijna van de ene dag op de andere veranderde ze in het andere uiterste: ze werd het stilste meisje ter wereld. Althans in de klas en thuis bij haar ouders.

Ach, ze kwam gewoon uit een bekrompen familie van benepen burgers. En de kleingeestige school had haar niets meer te leren. Als kind werd je opgevoed door je ouders, je leraren, je omgeving. Allemaal mensen die zelf stijfkatholiek opgevoed waren in een totaal andere tijd, nog voor de oorlog. Wat zou ze hen dus kwalijk nemen? Maar ze zou er ook niet meer naar luisteren. Voortaan voedde ze zichzelf op.

Op school koesterde ze zich nog wel in de liefdevolle aandacht van de jonge, langharige leraar natuurkunde. Hij was van de nieuwe lichting afgestudeerden uit de hippieperiode in Leuven. Alle tafels in een kring, en dan maar een boom opzetten over om het even wat. Eerlijk gezegd, aan die lesmethode had Barbara ook een hekel. Maar hij was knap en kwetsbaar en alle meisjes keken hem vochtig aan.

Barbara was erg blij toen ze een prijs voor natuurkunde won, ook al was het maar een blikken medaille. Voor een spreekbeurt over de regenboog. Ze toonde met behulp van een prisma hoe een witte lichtstraal gebroken werd in een spectrum van kleuren.

Ze legde uit dat kleuren alleen maar elektromagnetische golven waren. Weerkaatste trillingen. Ze bestonden niet echt. Het blauw van de lucht was het licht dat verstrooid werd doordat het door allerlei zwevende partikeltjes werd gereflecteerd. En als het regende, vormde de reflectie van de druppels het beeld van een regenboog. Daarna had ze een toestel gedemonstreerd: de kleurenmeter, die ze uit de fabriek van haar vader had meegepikt zonder hem iets te vragen. De leerlingen waren in de wolken. De leraar ook.

Hij had haar na de prijsuitreiking nog apart genomen om over haar verhandeling na te praten.

'Indrukwekkend,' zei hij. 'Dat heeft je veel tijd gekost?'

'Nee hoor,' lachte Barbara. 'Allemaal thuis in de vuurwerkboeken gevonden.'

Hij kwam dichterbij. Hij lachte schaapachtig. Hij wreef over haar borst.

'Onze Barbara wordt groot,' zei hij.

Ze duwde zijn hand weg.

'Kaliber 150,' zei ze. 'Dat is in elk geval meer dan die natte voetzoeker in uw broek.'

Ze haalde nog net de tram van vijf uur naar huis. Haar vader had nog niet gezien dat de kleurenmeter weg was. Haar moeder vroeg waarom ze zo laat was.

'O, niets,' zei Barbara, terwijl ze haar tranen probeerde te verbergen.

De medaille gooide ze over de haag op het stort.

De jaren daarna haalde ze alleen nog maar zessen en zevens. Ze ging naar de Muze, een kroeg waar openlijk geblowd werd. Ze droeg een lange, olijfgroene parka, die haar moeder haatte. Ze liep mee in een betoging tegen de F-16-straaljagers, de omstreden 'koop van de eeuw'.

Het toeval wilde dat ze na die betoging zag hoe een grote jeep voor Kunstvuurwerken Vidal stopte. Een hoge piet van de luchtmacht stapte uit. Samen met haar vader liep hij naar de lichttunnel die Vidal enkele jaren eerder had laten bouwen. De modernste lichttunnel van het land.

55

Het vuurwerk ging minder goed in de jaren zeventig. Er werd na de oliecrisis bezuinigd op het feestbudget van de gemeenten. Er werd weer geklaagd over al dat geld dat zomaar in de lucht geschoten werd.

Vidal investeerde in moderne machines en een laboratorium om nieuwe producten te ontwerpen. Hij produceerde nu ook kleine klappers om in noodsituaties op de sporen te leggen: als een trein erover reed, gaf het een geweldige knal en wist de machinist dat hij moest remmen. Hij maakte noodfakkels met Bengaals vuur die de politie langs de nieuwe snelwegen gebruikte.

De grote Franse vuurwerkmakers waren al voor het leger aan het werk. Lichtkogels. Oefenbommen. Tot anti-persoonsmijnen toe.

'Verschrikkelijk. In plaats van vermaak brengen ze nu de dood,' zei Barbara, toen ze het daar op een zaterdagavond in De Lange Muur over hadden.

'Barbara, bedenk eens hoeveel mensenlevens gered worden door al de reddingsfakkels die wij al gemaakt hebben?' antwoordde Lea.

Vidal zei niets. Dat hele weekend niet.

De week daarna vroeg hij oom Walter om verkoopdirecteur te worden bij Kunstvuurwerken Vidal. Walter woonde sinds zijn huwelijk met tante Adèle in de zijvleugel van het grote huis en werkte nog altijd als handelsreiziger. Bij Vidal kon hij nu de marketing voor zijn rekening nemen. Hij liet fraaie folders drukken en naar duizenden adressen sturen. Naar het voorbeeld van Ruggieri wou hij een verkoopnet opzetten om de gemeentebesturen in Nederland en België af te lopen. Maar zijn 'buitendienst' bestond slechts uit één gepensioneerde mijnwerker. Het bleef behelpen.

Luchtmachtkolonel Stoffelen, die Vidal al eerder in het bedrijf had uitgenodigd, was erg onder de indruk van de lichttunnel. In de lange, vensterloze koker kon je met moderne apparaten exact meten hoeveel candela licht een vuurstuk produceerde en wat de precieze kleurcoördinaten waren.

Het eerste contract dat Vidal met het leger tekende, was er één voor gekleurde rook voor straaljagers. Het leger had een stuntteam dat bij feestelijkheden de nationale kleuren door de lucht trok. Met F-16's.

'Zie je, het blijft vermaak?' zei een gespannen Vidal tegen zijn vrouw in bed.

Lea draaide zich met een mengeling van bekommernis en vertedering naar hem om. Ze voelde zijn bezwaard gemoed. Hij was uit zijn doen.

56

Marie Vidal had al drie jaar een relatie met Diederik Bernaers, haar studievriendje op de Handelshogeschool, maar had het voor haar ouders stilgehouden tot ze afstudeerden.

Alleen Barbara had van Marie het familieverhaal van de Bernaers gehoord, en ze had Diederik in de stad ontmoet toen ze in de Rex naar de film gingen. Het bleek een magere jongen met een scherpe neus en zwart piekhaar te zijn, die handenwringend van de ene voet op de andere wipte. Toen hij na de film drankjes ging halen, stond hij wel een kwartier aan de bar te dralen, en dan nog kwam hij met de verkeerde bestelling terug. Een zenuwpees. Een chaoot.

'Maar hij danst goed,' zei Marie toen hij naar het toilet was. 'Wat vind je van hem?'

'Hm, kan beter,' zei Barbara tegendraads.

'Zég!'

'Hij valt wel mee,' suste Barbara. 'Ga je met hem trouwen?'

'Ja, ik wil mijn eigen huis en mijn eigen huishouden.'

Barbara zag dat haar zus zich voorgenomen had tot over de oren verliefd te zijn en zo snel mogelijk het ouderlijk huis te verlaten. Ze identificeerde zich al helemaal met Diederik en zag kritiek op hem als kritiek op haarzelf. Ze was gevleid door de aandacht die hij haar schonk, en gaf hem altijd gelijk. De film durfde ze alleen goed te vinden toen ze hoorde dat hij hem goed vond. Misschien ging ze ook wel met hem naar bed om zijn instemming te krijgen, dacht Barbara.

Het viel haar al een tijdje op dat Marie 's morgens en 's avonds een douche nam. Dat ze haar handen wel tien keer op een dag waste. Dat ze haar tanden poetste en floste alsof haar leven ervan afhing. Dat ze haar kamer wel driemaal in de week stofzuigde. In de fabriek had ze in geen jaren een stap meer gezet. Een kwestie van hygiëne volgens Marie.

Toen haar vriend eindelijk aan haar ouders zou worden voorgesteld, had ze samen met haar moeder uitgebreid gekookt. Ze haalden het beste servies uit de kast en dekten de tafel alsof het een kunststuk was.

Diederik Bernaers bleek voor Lea een ruiker vlezige, rode tulpen mee te hebben. Voor Vidal dure Cubaanse sigaren. Hij leek wel de gedroomde schoonzoon: hij rookte niet, dronk niet, was netjes en beleefd.

Alles verliep goed. Marie deed haar best om de conversatie niet stil te laten vallen. Ze had zorgvuldig de gespreksonderwerpen voorbereid. Maar Vidal kwam veel te snel ter zake.

'Wat ga je doen voor de kost?'

'Euh,' zei Diederik. 'Na mijn studie begin ik waarschijnlijk bij mijn vader in de haven...'

'Ja?'

'Als kind speelde ik al het liefst met meccanokranen en -trekkers,' lachte Diederik zenuwachtig.

'Zo,' zei Vidal, en trok aan zijn sigaar. 'En wat doet je vader?'

'Hij is natiebaas bij de Zijdewormnatie.'

Het begon Vidal ineens te dagen.

Ook Lea. Haar eerste gedachte was wat haar familie zou zeggen.

'Diederik schreef een interessante scriptie over containerbehandeling, de revolutie van de volgende jaren,' kwam Marie nog vlug met een van haar vooraf geoefende zinnetjes.

Haar ouders leken haar niet te horen. Lea dacht terug aan de *zwarten* die in de laatste dagen van de oorlog ternauwernood ontsnapt waren aan een aanslag op de dijk in de polder. Vidal dacht terug aan de jongen die hij in de leeuwenkooi opgesloten had gezien, toen hij voor het eerste vuurwerk na de bevrijding naar de dierentuin was gegaan.

'Zo,' zei Vidal. 'Dat is díe Bernaers.'

Marie had even een blik alsof ze het servies door de kamer ging gooien. Maar met een bitterzoete glimlach vroeg ze: 'Nog iemand koffie?'

57

De havenuitbreiding had de grondstoffen gebracht die Vidal nodig had voor zijn vuurwerkmengsels. Tientallen internationale mastodontbedrijven, zoals Bayer en BASF, hadden er chemische fabrieken gevestigd. En de Zijdewormnatie was een van de firma's die zich in de overslag van al die chemische korrels en poeders was gaan specialiseren.

Toen Oswald Bernaers zich enkele jaren na de oorlog met zijn erfdeel een werkplaats in de Zijdewormnatie had gekocht, ging het nog over waren zoals cacao, koffie en katoen. De *natie* was een groep werkende vennoten die zich verenigden om goederen te laden en te lossen, een eeuwenoud Antwerps fenomeen waar sinjoren met veel trots over spraken.

De kleine Zijdewormnatie had de oude tradities en structuren nog behouden. De zaak was in handen van twaalf *natiebazen*, die aan het roer stonden van de dagelijkse operaties in de haven. Ze hadden alle twaalf evenveel werk, evenveel aandelen, evenveel winst en evenveel stemmen.

De eerste keer dat Oswald Bernaers zijn kandidatuur had gesteld, was hij door de bestuursraad afgewezen met zeven zwarte koffiebonen. Er werd nog op de folkloristische wijze gestemd. Na een gesprek met de opperdeken en een oude natiebaas uit Lillo, haalde Bernaers bij de tweede stemming een meerderheid van zeven witte koffiebonen en werd zijn aanvraag aanvaard. Hij gaf naar oud gebruik een mosselsouper en alle natiebazen kregen een fles jenever om zijn intrede te vieren.

Het werken op de kaaien in weer en wind was zwaar, en Bernaers maakte lange dagen. De laatste schonkige natiepaarden verdwenen uit de haven, en de invoer van de pallets leidde tot een eerste standaardisering van de ladingen. Bernaers was niet te beroerd om zelf met de heftruck de pallets rond te rijden. Hij werkte met een verbetenheid die zijn collega's ontzag inboezemde. Veel natiebazen waren net als hij boerenzonen met wat geld onder de matras, die geen toekomst meer hadden in de landbouw. Harde werkers die *vooruit* wilden komen en veel geld verdienen, zonder valse schaamte.

Laden en lossen, dat was toen zijn leven.

Maar er moest meer zijn dan alleen laden en lossen. Gaandeweg kreeg Bernaers de oude natiebazen zover dat de bedrijvigheid werd uitgebreid tot een ruimer dienstenpakket. De *logistiek*, zo noemde hij het voortaan. De goederen werden nu ook door hen ingeklaard, gesorteerd en omgepakt, gestockeerd in de eigen magazijnen en met eigen vrachtwagens naar de bestemming gevoerd.

De logistiek had de toekomst. In de jaren zeventig kregen ze aan een van de nieuwe dokken een kleine concessie voor een stuk kaai, dat ze zelf met kranen en loodsen moesten uitrusten. Bernaers kreeg het van de andere natiebazen gedaan om een tankpark te bouwen voor de opslag van vetten, oliën en vooral chemische producten. Met die handel was meer winst te behalen dan met koffie en cacao.

Meteen kaapte hij een belangrijke klant weg bij de concurrentie, een raffinaderij waar een oude kameraad uit de oorlog kaderlid was geworden. Natuurlijk betaalde hij leergeld. Kort na de ingebruikname van de tanks was de omgeving bedekt met een laagje wit poeder. 'Bij Bernaers sneeuwt het in de zomer,' lachten de natiebazen.

Na jaren in een anoniem rijtjeshuis gewoond en zo veel mogelijk geld gespaard te hebben, bouwde Bernaers zich een kast van een villa in een noordelijke randgemeente van Antwerpen. Daar trouwde zijn zoon Diederik in 1976 met een groots feest in de duurste feestzaal. Honderden gasten uit de havengemeenschap stroomden toe, en een kleiner aantal uit de vuurwerkerij. Het bruidspaar kwam met een helikopter aan. Lea pinkte een traan van ontroering weg toen Marie in een witte bruidsjurk uitstapte. Diederik liep er struikelend met de sleep achteraan.

Het was een spraakmakende entree, maar de bruid zat wel onder het opwaaiend stof. Na de openingsdans, Diederik bewoog als een hark, liep Marie naar de toiletten en waste en schrobde een kwartier tot haar huid helemaal rood zag.

Vidal en Bernaers hadden die avond een goed gesprek over chemie. Familiair zouden ze niet worden met elkaar, maar als ondernemers vonden ze dat ook niet nodig. Over de oorlog zouden ze het nooit hebben. Voor Vidal was een mens een historisch wezen, het resultaat van de geschiedenis, maar de geschiedenis moest je soms ook laten rusten. Zeker als er zaken te doen waren.

Tijdens een kort vuurwerk had Vidal toen voor het eerst de krijsende kruisen gedemonstreerd. Het resultaat was verbluffend. De monden van de natiebazen en havenbaronnen vielen open. Alsof de hemel hun een waarschuwing gaf.

58

De stad dankte de Schelde aan God en al de rest aan de Schelde, had Bernaers gezegd tijdens een pathetische tafeldronk. Hij zag er opgelucht uit, alsof hij nu definitief verlost was van de animositeit tussen witten en zwarten, die nog decennia na de oorlog was blijven woeden. Hij had het gemaakt.

Lea dacht terug aan haar ouderlijk erf in Lillo, waarover nu zes meter baggerzand was gespoten. Door de economische crisis in de jaren zeventig bleven duizenden hectaren industriegebied braak liggen, maar voor Lillo was het onherroepelijk te laat.

Enkele jaren geleden was zij er met haar ouders en Barbara een laatste keer naartoe gereden. Haar ouders woonden nu in een nieuwe verkaveling, een keurig huis met alle gemakken van het moderne leven. Op het gazon voor de deur stond een zwart paard van polyester.

Vanaf de dijk aan het fort van Lillo, het enige stuk dat bewaard was gebleven, zagen ze de chemische fabrieken, die giffen en gassen en polyester produceerden. Verderop de dokken, waar nog volop gebaggerd en gepompt werd. Een verminkt landschap zonder ziel. Onmogelijk om een precies referentiepunt terug te vinden waar ooit de Wilgenhoeve was geweest. Laat staan de mooiste kreek van de polder.

'De zwaluwen die elk jaar naar onze schuur terugkeerden,' vroeg Lea's vader, die met glazige ogen naar al het gepomp en gegraaf keek, 'zouden die het nog vinden?'

De enige vogels toen waren aalscholvers op de roestige baggerbuizen. De enige geur die van bedwelmend ethyleen. Het enige geluid het gezoem van de haven.

Het was iets anders geworden.

's Middags was Lea doorgereden naar zee, want die hadden haar ouders nog nooit in hun leven gezien. Ze volgden de rit met spanning. Op de nieuwe E3 schoven de auto's bumper aan bumper aan.

'Op foto's uit de ruimte kan je Vlaanderen herkennen aan zijn verlichte snelwegen,' zei Lea trots. 'Net als de Chinese Muur.'

Haar oude moeder ging met opgeschorte rok pootjebaden in het lauwe strandwater. 'Als kind droomde ik hiervan,' zei ze aangedaan.

Barbara zag de zachte grijzen van de zee en de lucht.

De volgende maanden kwijnden Lea's ouders in hun verkaveling zienderogen weg en gingen vliegensvlug dood. 'Van verdriet,' zei Lea. Het raakte Barbara minder dan de dood van Arthur.

59

Plotseling had ze grote haast om ontmaagd te worden. Op haar achttiende kreeg Barbara het gevoel de laatste van haar jaar te zijn, en in de hete zomer van 1976 kon zij bijna aan niets anders meer denken. Ze keek nu in de spiegel met mannenogen naar zichzelf en zag dat ze het lichaam van een vrouw kreeg. 's Morgens vroeg kroop de zon in dat lichaam, de hele dag laadde het op, en 's nachts gloeide het nog na in bed, zoals na die ene klap die ze ooit van haar vader gekregen had. Bij de vuurwerkfabriek hingen de struiken slap en dor, en het werk werd 's middags zelfs stilgelegd om niet het risico op zelfontbranding te lopen.

De heetste periode was precies tijdens het vuurwerktoernooi in Cannes, en daarom zochten Barbara en haar moeder die dagen afkoeling op het strand. De eerste monokini's doken op aan de Azurenkust, wat Lea ergerde.

'Kom,' zei ze. 'Dat is niet ons slag volk.'

'Wat is ons slag dan wel?' vroeg Barbara uitdagend, maar haar moeder schudde alleen maar het hoofd. Barbara herinnerde zich dat Marie ooit gevraagd had tot welke stand ze hoorden, en toen had Lea na lang nadenken '*het patronaat*' geantwoord, waarna Vidal was gaan grinniken.

Toen ze terugliepen naar de Croisette, kwamen ze de Italiaan Pantone en zijn zoon Francesco tegen. Pantone vroeg of hij geen aperitief kon aanbieden in de Fouquet's, waar ze die avond ook zouden eten. Lea stemde toe, maar zag toen het verveelde gezicht van Barbara.

'Francesco, toon jij Barbara de stad eens, anders ligt ze maar de hele tijd op het strand,' zei Lea.

'Toe nou, mama,' zuchtte Barbara.

Ze herkende de toon waarop haar moeder sprak. Lea had al eerder gevraagd waarom ze nooit eens wou afspreken met Karel. De zoon van de stortbaas naast hen op het Laar was een veelbelovende student economie met puilogen en vetrollen onder zijn kin.

Maar Francesco had lang, zwart haar met een lok naar links, glanzende bruine ogen en een gespierde buik-met-blokjes, zoals de meisjes van De Dames dat noemden.

Na een uur door het centrum van Cannes geslenterd te hebben, waren ze op een terras in de jachthaven verzeild. Op de boten lagen kortgebroekte patsers, die waarschijnlijk zelfs in bed hun Ray Ban niet afzetten. Ze leken zich stierlijk te vervelen.

In de jukebox zette Barbara '*Je t'aime, moi non plus*' van Jane Birkin en Serge Gainsbourg op. Daar was ze een fan van.

'Vind je dat mooi?' vroeg Francesco, die zelf meer met de Sex Pistols bleek te hebben. 'Punkers zeggen dat je niet moet opkijken naar anderen maar het zelf doen.'

'Ik kan zelf niets,' zei Barbara, terwijl ze van haar glas koele Mateus dronk.

'Dat is het juist. Iedereen is goed in iets. Wat kan jij?'

'Kleuren zien,' zei Barbara.

'Dat kan iedereen die niet kleurenblind is.'

'Nee, ik zie zelfs woorden in kleur.'

'Ja,' zei Francesco. 'Zoals in dat liedje van The Beatles. *Listen to the colours of your dreams...*'

'Het woord café is okerkleurig met geel.'

'Klopt. Bruin met een glans van goud.'

'Het cijfer 9 is violet.'

'Of donkerblauw.'

'De sirene van een schip is een streep zilver.'

'En het geroep van een meeuw heeft net dezelfde krijtkleur als de stront van een meeuw...'

Of het nu van de wijn was of niet, maar Barbara had het gevoel te zweven toen ze naar het vuurwerkfestival teruggingen.

Eindelijk iemand die haar niet gek verklaarde. Tijdens de show omarmde en kuste hij haar voorzichtig, en daarna vroeg hij haar of ze niet meeging naar zijn tentje in de duinen. Ze voelde zich begeerd. De warmte was alomtegenwoordig.

Op het strand toonde Francesco haar de *girandola's* die hij zelf gemaakt had. Vliegende schoteltjes van mooi geverfd transparantpapier, in de vorm van grote, glimmende vlinders, met een lontje in hun kont. Toen hij ze aanstak, stegen ze snorrend omhoog, om dan vuursproeiend weg te zoeven en in het blauw van de Middellandse Zee te verdwijnen.

'O, wat mooi,' zei Barbara, die de poëtische girandola's van Firenze nooit eerder gezien had.

Francesco vertelde haar dat er in Firenze, de bakermat van het vuurwerk in Italië, al op 14 februari 1464 door Bartolomeo Benci een groot vuurwerk aan zijn geliefde werd aangeboden, de eerste opgetekende vuurwerkshow in Europa. Hij liet op Valentijnsdag een triomfboog bouwen voor Marietti di Lorenzo's raam, volgestouwd met vuurwerkstukken, die voor een groots spektakel zorgden.

'Romantisch, hè?'

Toen Barbara zei dat zij net op 14 februari geboren was, vertelde hij haar dat de patroonheilige van die dag, Valentinus, een priester uit Rome was die, ondanks een keizerlijk verbod, geliefden in het geheim voor de kerk liet huwen. Maar in sommige delen van Europa werd 14 februari ook herdacht als de verjaardag van Judas, die Christus met een kus had verraden, in ruil voor dertig zilverlingen.

'Zo zie je maar, alles heeft een positieve en een negatieve pool,' lachte hij.

Hij zat vol verhalen. Hoe wist hij dat allemaal?

Daarna schonk hij haar zijn Palestijnse sjaal als laat verjaardagscadeau. 'Volgende zomer ga ik vakantiewerk doen bij een pater in Jeruzalem.'

Zij zei dat ze Vuurwerkstad wou zien. En de Blauwe Berg. En de palazzo's van Firenze. En nog zo veel meer.

'Kom dan mee naar Firenze,' zei hij, en begon haar bloesje open te knopen. En dan: 'Wat fantastisch, Barbara, dat je van speed en LSD een veel grotere kleurgevoeligheid krijgt. Vind je niet?'

Hij bleek veel te stoned om haar te ontmaagden. Het was onbegonnen werk. Hopeloos gewoon.

60

Tijdens het toernooi in Cannes vond ook de stichtingsvergadering van de Regenbooggroep plaats. Felix Vidal had het initiatief genomen om de Europese vuurwerkmakers bijeen te roepen ter voorbereiding van het *Oranje Boek*, het VN-verdrag voor het vervoer van gevaarlijke stoffen.

Er waren maar een dozijn bedrijven vertegenwoordigd in het zaaltje van de Savoy. Barbara, die met haar moeder achter in de zaal zat, zag de ontgoocheling op het gezicht van haar vader.

'Het gaat er tegenwoordig niet meer om hoe goed je bent, maar hoe goedkoop,' zei Vidal in zijn inleidend woord. 'Het bedrijf Ruggieri, dat de voorbije tijd verkocht en doorverkocht werd, moet al met een *prêt-à-tirer* van een paar honderd Franse franc op de markt komen. Een kant en klare vuurwerkset in een standaardkoffertje.'

Het was geen toeval dat hij met dit voorbeeld kwam. Ruggieri, die een filiaal in Brussel had geopend, had hem daar de viering van het feest van de dynastie afgesnoept, en dat had Vidal zwaar gekrenkt. Hij had toen boos een journalist gebrieft, en 's anderendaags had de krant gekopt: 'Vieren wij de koning met vuurwerk van de Fransman?'

'Zelfs met zijn koffertjes zal ook Ruggieri geen stand houden tegen de goedkope import uit het Verre Oosten,' riep een Britse dominee, die zelf ook een vuurwerkbedrijfje runde. Hij werd in het wereldje de *Pastor Blastor* genoemd.

'Bij ons worden steeds meer stoffen schadelijk verklaard en moeten we naar dure alternatieven zoeken,' zei Giuseppe Pantone.

'Maar onbetrouwbaar vuurwerk uit China mag gewoon als bananen ingevoerd worden,' zei de dominee. 'Vakkennis en toewijding moeten wijken voor commercialisering en massa-import.'

'We moeten voor het eerst in de geschiedenis afstand doen van de geheimhouding in onze sector en de problemen openlijk bespreken,' zei Vidal. 'Zonder fabrieksgeheimen prijs te geven.'

Hij sloot de eerste vergadering van de Regenboogroep af met een oproep om informatie uit te wisselen om de ongevallen te beperken. Daarna liet hij de champagne en ganzenlever aanrukken.

61

Een dikke, kneedbare warmte hing op het bordes van het Festivalpaleis, waar de prijzen werden uitgereikt door de burgemeester van Cannes. De Vestale d'Or ging naar de Britten, zoals aangekondigd.

Tijdens de Britse hymne, de vlaggenceremonie en de saluutschoten, vlijde Barbara zich onopvallend tegen Francesco aan. 'Wat een nationalistisch gedoe, hè?'

'O, dat is een kwestie van traditie.'

Barbara dronk enkele glazen champagne, tot haar zwaar geparfumeerde moeder haar kwam berispen.

'Let ditmaal wat op jezelf. En waarom heb je niet iets deftigs aangetrokken zoals ik gevraagd had?' keef ze. 'Overdag mag je desnoods in aardappelzakken rondlopen, maar hier moet je gekleed zijn!'

Een jeansbroek had ze misschien nog net kunnen aanvaarden, maar een jeansjasje, dat nooit.

'Ja, dat is meer iets voor het gepeupel,' zei Barbara, en ze imiteerde het scherpe stemmetje van haar moeder. '*Dat doet een Vidal niet*!'

De enige die ook een jeans droeg, zag Barbara toen, was Victor, de vuurwerkmaniak uit Bergen op Zoom. Ze had hem de laatste jaren weinig meer gezien. Hij was nu twintig, breed uitgegroeid, met een rosse stoppelbaard. Zijn vader was met de invoer van consumentenvuurwerk uit Hongkong begonnen. Hij had zelfs zijn kandidatuur gesteld om een show te geven in Cannes, maar dat was resoluut afgewezen. Het toernooi was er alleen voor gevestigde vuurwerkmakers, niet voor dubieuze importeurs en handelaars.

'Wel, wel, Barbara,' kwam Victor lachend naar haar toe. Hij zei dat hij in Cannes was als redacteur van het vakblad *Pyro News*. Het in schabouwelijk Engels geschreven blaadje werd uitgegeven door een clubje Hollandse vuurwerkfreaks, die zelf bommen maakten en hun huisvlijt op een maandelijkse bijeenkomst aan elkaar demonstreerden.

Bij Vidal in Antwerpen was Victor nooit meer geweest na dat incident op de vuilnisbelt in de zomer van '69. Alleen had hij, werkloos na zijn middelbare schooltijd, nog een sollicitatiebrief gezonden: 'In bewondering voor uw composities zou ik graag het vak leren.' Felix had kurkdroog geantwoord dat hij geen amateurs kon gebruiken.

'Wie is die man naast je vader?' vroeg Victor langs zijn neus weg.

'Een kolonel van de luchtmacht,' zei Barbara.

'Wat komt die bij een vuurwerk doen?'

'De fabriek maakt nu ook rookbommen en fonteinen voor het leger,' flapte Barbara er uit.

Toen draaide hij zich met gespeelde verbazing naar Francesco, die achter haar stond. 'En wie is je nieuwe vrijer, als ik vragen mag?'

Enkele tellen later voerden Victor en Francesco al een geanimeerd gesprek over de artikels in *Pyro News*.

62

In de oude vuurwerkboeken had Barbara gelezen over het raadselachtige Griekse vuur, waarvan niemand nog de precieze samenstelling wist. Grieks vuur bestond al lang voor buskruit bestond. Het was onblusbaar. Het brandde zelfs onder water.

Die hele, lange, zwoele zomer voelde ze het Griekse vuur in zich branden.

Kalverliefde, lachte haar zus Marie.

Francesco was haar gouden kalf. Ze aanbad hem.

Ze dacht voortdurend aan hem. Aan zijn bruine ogen die haar konden betoveren. Aan zijn handen die haar lichaam pianozacht aanraakten. Aan zijn expressieve mond en zijn Florentijnse accent.

Het was zinnelijkheid troef.

Ze kon die zomer eindeloos lang naar Firenze telefoneren, bijna zonder iets te zeggen. Ze kreunde van de hitte en belde hem op.

'Ciao, Barbara.'

'Hi, Francesco.'

'Como esta?'
'Stoor ik niet?'
'Nee, fijn dat je belt.'
'Ik had niets te doen. Ik stoor toch echt niet?'
'Nee, je stoort me nooit.'
'Ik zat wat te lezen. Maar je meent het, hè? Ik stoor niet?'
'Nee, echt, echt niet.'
'Omdat je zo stil bent. Hallo?'
'Pronto, Barbara.'
'Je zegt niets?'
'Haha, ik geniet van je stem.'
'Waarom?'
'Daarom.'
'Waarom lach je?'
'Lach ik?'
'Daarnet.'
'Zomaar. Ik voel me gek.'
'Ik stoor je, ik ga opleggen.'
'Hmm.'
'Ciao.'
'Va bene.'
'Arrividerci.'
Klik.

Ze kreeg het van die Italiaanse woordjes en van die hijgende zinnetjes nog warmer dan ze het al had.

Maar daar bleef het bij.

Ze stopte ermee toen ze het laatste nummer van *Pyro News* las.

63

Barbara zat in Antwerpen op de tram en luisterde in haar walkman naar '*No Future*'. Sinds haar vader de walkman ooit verketterd had als een van de uitwassen van het ik-tijdperk, droeg ze hem voortdurend. Zelfs om naar niets te luisteren.

Vanmorgen was hij woedend geworden om een artikel in het blad *Pyro News*, dat naar alle vuurwerkfabrieken in Europa gestuurd was. Natuurlijk een artikel van Victor. '*Stomvervelend. Dat is het woord dat we mogen gebruiken voor het vertoon van Vidal in Cannes...*' Dat was nog niets. Daarna schreef hij dat Vidal het kampioenschap verkocht had aan de Britten! Dat Vidal wel driemaal het afgesproken budget had gebruikt om een commercieel visitekaartje af te geven! Dat de beroemde vuurwerkmaker nu ook brandbommen en vlammenwerpers voor het leger maakte!

'Hij zal ervan lusten als ik hem nog eens tegenkom,' riep Vidal, terwijl Barbara zwijgend naar de stad vertrok om te gaan shoppen.

Na het winkelen tramde ze naar de Stadswaag, want ze wist dat Victor daar op vrijdagnamiddag vaak zat met zijn maat Jack, een puisterige slungel die hij kende uit Bergen op Zoom. Ze zaten inderdaad in de Cinderella, het café van de Antwerpse punkers. Zelfs om vijf uur 's middags stond de muziek al loeihard. Enkele jongens met zwarte oliejekkers en spelden in hun oren sprongen op en neer alsof ze iets in de grond moesten heien.

'Is er iets?' vroeg Victor blij verrast, toen hij haar zag staan zwaaien met het verfrommelde exemplaar van *Pyro News*.

'Klootzak, ik heb nooit over brandbommen of vlammenwerpers gesproken,' zei Barbara. 'Het gaat alleen maar om de nationale kleuren van het stuntteam van de luchtmacht.'

Glimlachend gaf Victor haar een biertje, dat ze meteen half leegdronk. Glimlachend bladerde hij door zijn tijdschrift en toonde haar een artikel op de voorlaatste pagina.

'Kijk, kijk,' zei Victor. 'Een column, waarin een zekere Francesco Pantone beschrijft hoe hij met zijn vakantieliefje het toernooi in Cannes beleefde.'

'Wat?'

'Hij suggereert wel veel,' zei Victor. 'Heb je het met hem gedaan?'

'Tuurlijk. Wel tien keer.'

Ze begon het artikel van Francesco te lezen. Het was niet eens slecht geschreven. Hij schreef dat vuurwerken niet voor niets orgastisch zijn opgebouwd naar een hoogtepunt. Dat vrouwen er daarom zo wellustig en hitsig van werden, '*zoals mijn vakantieliefje in Cannes*'. Een Vlaamse griet goed voor '*een vurige one-night-stand*'.

O.

Dat veranderde de zaak.

64

'Kruis of munt?' vroeg Victor. 'Kruis is de kaai, munt de binnenstad.'

Het geldstuk klom de hoogte in, viel op de grond, rolde over de keien.

'Munt,' zei Barbara opgelucht.

'Nee, laat je niet belazeren door het lot,' zei hij resoluut. 'We gaan naar de kaaien.'

Barbara had de laatste tram naar huis moeten nemen, maar Victor en zijn maat lieten haar niet gaan en trokken haar mee.

De stad zinderde van opwinding. Ze zwalpten door de straten en kotsten tegen de kathedraal. Ze gooiden een Chinese ratelband tegen de Pauluskerk en lieten de voetzoekers knallen onder de bordelen in het Schipperskwartier. De reporters van *Pyro News* hadden hun zakken vol Chinees knalgoed.

'Weet je zeker dat je als baby niet in een ketel buskruit bent gevallen?' vroeg Barbara, toen ze een bar binnen gingen waar 'Tamara' op het raam stond. Nog meer bier.

'Het zat in de papfles,' lachte Victor.

De felle kleur van de rode lichtjes en het rode pluche was vol vuur en vitaliteit. Ook Victors haar straalde onder het neonlicht roder dan ooit. Het trok haar aan en stootte haar af.

'Bij rood licht gaat de tijd sneller,' beweerde hij hoogdravend. 'En dat is toch de zin van het leven! Het leven zo snel mogelijk voorbij laten gaan! Daarom willen we gelukkig zijn, rijk worden, succes hebben...'

'En verliefd worden,' zei Barbara.

'Vergeet die Italiaan. Na hem komt een ander. Weet je wat liefde is? Liefde is dat ik een type zoals jij graag heb, en dat jij zo'n type meesterlijk kunt nabootsen...'

'Wat een tapkastfilosofie,' lachte Barbara. 'Ach man, waarom zouden wij de tijd zo snel mogelijk willen doorkomen? Als je weet dat het leven zo snel voorbijgaat, kan je er toch ook niet van genieten?'

'Als je wilt dat het lang duurt, moet je in een blauwe wachtzaal van een tandarts gaan zitten,' zei Victor. 'Dan duurt elk uur een eeuwigheid.'

'Ja, ik wil een blauwe kamer. Van dat mooie blauw dat mijn vader vroeger had...'

Barbara zag met een scheef oog dat Jack naar achter verdween met een hevig bepoederd bikinimeisje. Hij betastte haar als een ding.

'Ja, vroeger deden ze overal chloraat bij,' zei Victor. 'Daarmee kon elke knoeier de kleuren laten schitteren. Maar bij de minste wrijving ontplofte de boel. Daarom is het nu verboden.'

'Maar die blauwe kleurstof...'

'Dat was Parijsgroen, een insecticide. Vol arsenicum! Fataal voor alle bladluizen!' lachte Victor. 'Vroeger gingen mensen dood van het behang, omdat het met Parijsgroen geverfd was. Ook al verboden nu. Kankerverwekkend.'

'Maar dat blauw was een familiegeheim. Mijn grootvader heeft me een recept getoond met ultramarijn...'

Toen kwam die Jack ineens aangerend met zijn broek nog halfopen. 'Kom,' riep hij. 'We zijn hier weg. Snel.'

Het mollige hoertje kwam hem achterna en eiste met schrille stem haar centen. Het volgende moment knalde een deur open en spatte een stinkend vocht tegen de muren. Terwijl ze door het Schipperskwartier renden, zei Jack dat hij een vuurwerkbom in het bidet gegooid had.

'Wat denkt die stinkhoer wel.'

65

Wat een zomer. De rivier stond te dampen en te stomen. Barbara liet zich suf op de oever neervallen, en Victor kwam naast haar liggen. De vriend was ineens verdwenen.

Pas 's avonds laat luwde de hitte. Het was bijna september, maar Barbara had nog een maand vakantie. De middelbare school zat erop, en ze moest begin oktober naar de universiteit.

'Barbara is zo'n mooie, zwoele naam,' fluisterde Victor in haar oor. 'Echt iets voor een mooi, rijk en geprivilegieerd meisje...'

Ze was best aantrekkelijk, dat wist ze, maar op dat moment, na net nog gekotst te hebben tegen de kathedraal, voelde ze zich gewoon smerig.

Hij gaf haar een rood pluchen hart dat hij uit de hoerenbar had meegepikt. 'Speciaal voor jou!'

Ineens was hij aan haar kleren aan het pulken. Ze probeerde hem af te houden, maar aangeslagen door de drank voelde ze geen kracht meer. Er zat een ondoordringbare nevel om haar heen.

'Wat wil je toch,' riep ze, en duwde hem in gedachten weg. Maar Victor was zo zwaar en zo lomp.

'Vuurwerk,' zei hij, en hij begon over het verschil tussen perchloraat en potassiumchloraat terwijl hij haar kleren lostrok. De godverdomde maniak.

Ze voelde de drift in zich opkomen.

66

Zo kwam er een einde aan haar jeugd op het Laar. Ze was bij De Dames afgestudeerd '*met voldoening*', en met iets minder voldoening ontmaagd op de kaaien. Ze was achttien en begon aan een nieuw leven. De bestelwagen van Kunstvuurwerken Vidal bracht haar spulletjes naar de studentenstad Leuven.

De Turk zat achter het stuur. Krekel lag ziek te bed, anders had hij wel gereden.

'Arme Barbara,' jammerde Mustafa. 'Waarom zo ver van huis?'

'Hoe verder van huis, hoe beter voor iedereen,' zei Barbara, die om die reden niet in Antwerpen naar de universiteit wou zoals haar zus.

'Niet goed! Beter blijven bij familie!'

Nee, Barbara dacht dat ze maar beter weg kon uit het kleinburgerlijke milieu waarin ze zich niet meer thuis voelde. In de fabriek had ze de laatste tijd geen stap meer gezet. Er stond nu een groot hek met prikkeldraad omheen. Een zwarte waakhond, die ze als puppy nog liefdevol verzorgd had, moest het geboefte van het terrein houden.

In zijn hok bij de poort beet hij een groot pluchen hart aan stukken.

VI Intermezzo. Heilige Barbara

67

De wind is gekeerd en gitzwarte wolken komen met hoge snelheid aandrijven. De lucht is vol gesuis van klapwiekende vleugels. Kraaien en duiven strijken neer in de vuurwerktuin alsof het hun laatste toevluchtsoord is. Twee langwerpige spreeuwenzwermen botsen tegen elkaar op. Een autoalarm gaat loeiend af.

Barbara ziet dat in het glas van de regenmeter naast de vijver een olieachtige substantie drijft. Een compleet weerstation heeft haar vader daar opgesteld. Pluviometer. Hygrometer. Barometer. Thermometer. De weerman was altijd de vedette in huis. Een oneindige bron van gesprekken, van lapidaire opmerkingen over de motregen tot zwaarwichtige beschouwingen over de zure regen. Voor het vuurwerk was het maar al te vaak te winderig, te nat, te mistig. Geen wonder dat Vidal het meest weerbestendige vuurwerk ter wereld leerde maken.

Barbara heeft een hekel gekregen aan die donkere dagen waar Antwerpen steeds meer van te lijden heeft. Aan die sombere luchten die alles wat blauw is, grauw doen lijken. Misschien zijn het wel haar voorouderlijke Spaanse genen, maar zij verkiest de klaarte van het zuiden. Voor Barbara moet een dag in stralend licht baden en het donker voorbehouden blijven aan de nacht. De afwisseling van licht en duister is toch de pendule van het leven. Daarmee wordt het leven afgeteld.

Het is vrijdagnamiddag halfvier, en Barbara hoort een zwaar geronk en gedaver rond het huis. De ruiten zingen in de ramen. De gesluierde hoofdjes van de Vestaalse Maagden knikken weer, zoals wanneer de tram door de straat dendert. Maar als Barbara voorzichtig door de gordijnen kijkt, ziet ze geen tram maar een gele bulldozer, die op rupsbanden en donkere rook uitbrakend op het huis af komt. Uit een bestelwagentje stappen twee arbeiders met schoppen en houwelen.

Barbara schrikt. Blijkbaar hebben ze de sloopvergunning al te pakken. De bulldozer rijdt voorbij het huis, tot bij de loods aan de zijkant van de fabriek, waar vroeger de kartonnen hulzen gemaakt werden. In de gevel van de loods zit de nis met het Barbarabeeld. Een van de arbeiders probeert het eruit te wrikken, maar het zit stevig vastgemetseld. Hij trekt en wringt aan het beeld, maar het komt niet los.

De bestuurder van de bulldozer roept dat hij godverdomme uit de weg moet gaan en zet de stalen tanden in de muur. Mussen schieten vanonder de golfplaten. De oude stenen bieden geen weerstand. Het afgeleefde gebouw valt puffend als een kaartenhuisje om. De loods zal voortaan geen plaats van misdaad en moreel verval meer zijn, zoals een lokale krant ooit heeft geschreven. Hier geen drugsspuiten en gebruikte condooms meer. De arbeiders kijken met zorgelijke blik naar de lucht, dan op hun horloge. De werkweek zit er bijna op.

Het stof en gruis dwarrelt tot tegen het verveloze raam, waarachter Barbara vertwijfeld toekijkt. Ze ziet de brokstukken van de Heilige Barbara liggen. Het torentje met de kantelen. Een scherf van de blauwe mantel. Het bruine engelengezichtje met de kroon.

Het opgerolde briefje van haar vader.

68

Terwijl de arbeiders nog aan het werk zijn, grijpt ze naar een boek waarin een uitgebreide versie staat van het Barbara-verhaal uit de derde eeuw na Christus. De vita van Sint-Barbara, die in de Middeleeuwen populair werd als patrones van de zalige dood.

De vader van de Heilige Barbara, de heidense satraap Dioscorus uit Nicomedia, in de buurt van het huidige Istanbul, was lange tijd kinderloos gebleven. Toen hij eindelijk een kind kreeg, was het een dochter, en een bloedmooie bovendien. Hij wou haar niet uithuwelijken, al waren er aanzoeken genoeg, en sloot haar op in de toren om haar maagdelijkheid te beschermen. Maar niet alleen daarom. Ook omdat hij haar voorbestemd had voor de dienst van de Romeinse vuurgodin Vesta.

Toen hij op reis was, bekeerde ze zich echter tot het christendom en liet ze een derde raam in de toren aanbrengen, als teken van de Heilige Drievuldigheid. Haar vader ontstak in woede en sleepte haar naar de rechter. Omdat zij bleef volharden, werd ze gruwelijk gemarteld. Ze werd over scherven en zwaarden gerold. Ze werd ondersteboven in het vuur gehangen en haar brandwonden werden met zout bestrooid. Ze werd naakt door de stad gevoerd en haar borsten werden afgesneden.

Zij doorstond het allemaal blijgemoed, haar wonden waren de volgende dag weer genezen, en ze werd op vier december terechtgesteld. Nadat haar eigen vader haar hoofd had afgehouwen, werd hij door de bliksem getroffen, hij verbrandde tot as en zijn ziel werd door de duivel meegevoerd. Het lichaam van Barbara werd begraven in een kapel. En natuurlijk gebeurden daar nadien ‘vele wonderliker mirakelen’. De lammen konden weer gaan, de doven horen, de blinden zien.

Verbazend. De Heilige Barbara was dus een christelijke versie van de Vestaalse Maagd. Toen haar borsten werden geamputeerd, werd zij naar eigen zeggen een man, die zo beter kon vechten tegen het kwaad. De ijzeren maagd was een manwijf, een virago. Haar aardse lijden droeg ze dapper in afwachting van het eeuwige. Haar brandwonden heelden vanzelf.

69

Nadat de arbeiders vertrokken zijn, gaat Barbara stapje voor stapje naar de hoop puin, waar nog enkele gereedschappen zijn achtergebleven. Het raakt haar meer dan ze vroeger zou hebben gedacht. Ze wrikt met een spade in de brokstukken.

Ze raapt het papiertje op, dat haar vader lang geleden in het voetstuk van het beeld heeft verstopt, en veegt er met haar mouw het vuil af. Met een van de vette koolpotloden uit de vuurwerkfabriek is er een korte tekst op geschreven, duidelijk in het grillige handschrift van haar vader. Die dag dat ze terugkwamen van de bedevaart naar Chartres.

De tekst luidt: '*Heilige Barbara, geef haar het licht terug en ik schenk u het mooiste glasraam van de stad. Dat heb ik gezworen in de kathedraal van Chartres.*'

Wat weet ze eigenlijk van haar vader? Hij zag er vroeger altijd zo vastberaden uit, maar was het niet. Hij klampte zich vast aan een heilige voor hopeloze gevallen, maar het was tegen beter weten in. Barbara had gisteren nog een brief gevonden waarin hij zinspeelde op een geloofscrisis na de dood van zijn broer Herman. Hij had het toen moeilijk gehad om in God nog een rechtschapen vader te zien. Maar uiterlijk bleef hij één en al geloof. Hij geloofde in de kerk en ging op zondag met de schaal rond. Hij geloofde in de menselijke vooruitgang, ook al was de vooruitgang onverbiddelijk als een bankschroef. Hij geloofde zelfs in de onzichtbare hand van de vrije markt, die de besten zou belonen en de beunhazen bestraffen.

'Het goede drijft boven zoals de vellen op de melk,' zei hij ooit.

'Eén keer roeren, en alles is weer weg,' reageerde haar moeder met haar gezond boerenverstand.

Vidal legde toen een frons in zijn voorhoofd en liet zijn stem een octaafje zakken. 'Het leven is geen lacheding, Lea.'

Willen is kunnen, zei zijn geloof. En hij wilde zo hard dat Barbara haar oog zou genezen, dat hij uiteindelijk een teken kreeg dat het misschien nog zou kunnen ook. Het gebeurde toen Barbara net aan de universiteit zat. Tijdens een slaapverwekkend college trok ze met een vinger aan haar slechte rechteroog en zag een kleurige lichtflits. Ze trok nog eens aan het oog, en zag het opnieuw. Ook op de middelbare school had ze dat een enkele keer gehad, maar nu zag ze de flitsen systematisch.

Ze kwam met de boemeltrein naar huis voor het weekend, stopte haar vuile was in de wasmachine, en vertelde het aan haar moeder. Lea schoot vol en rende naar de fabriek.

De scheurkalender gaf vier december aan, en dat was volgens de oude Roomse liturgie de feestdag van de Heilige Barbara. *Als Sint-Barbara het wil, staat de vriezeman stil,* luidde de weerspreuk van de dag. De dag stond bekend als het begin van de donkerste weken van het jaar.

's Avonds was er in de parochiezaal van het Laar het jaarlijkse teerfeest voor de werknemers van Kunstvuurwerken Vidal. Het feestdiner voorzag in wel vijf gangen, van een fazantenpastei vooraf tot een frambozensorbet na, en dan nog veel drank en muziek tot diep in de nacht.

Maar de avond begon zoals vanouds met een dankmis in het kerkje van het Laar. Vidal, Lea, Adèle, Walter, Barbara en Marie zaten vooraan. Daarachter de meestergast Krekel en het werkvolk en hun partners. Krekel piepte en hapte naar adem en had een stem als schuurpapier. Hij was vel over been. De arbeiders, die hem zo vaak in een walm van stof en rook zonder handschoenen of mondmasker hadden zien werken, vroegen zich ongerust af hoe lang hij het nog zou maken.

De week daarna wou Krekel, ondanks zijn ziekte, aan Vidal nog een nieuw blauw demonstreren dat hij zelf in de loop van de tijd had samengesteld. Ja, de queeste ging voort.

Toen hij op de stookplaats achter de fabriek de lont aanstak, ging de bom niet af. Het was de enige bom met het blauwe sas die hij had gemaakt. Dus deed Krekel wat hij iedereen altijd streng had verboden. Hij boog zich over de mortier om de tegensputterende bom te recupereren.

Hij zat vol splinters na de explosie. Ze werden niet eens meer uit zijn lijf getrokken, want hij was toch dood.

Vidal was diep getroffen. Het was het enige fatale ongeval dat in de fabriek onder zijn leiding ooit was gebeurd.

70

Nadat ze in de badkamer haar wonden verschoond en de verbanden ververst heeft, leest ze het briefje van haar vader opnieuw. Het mooiste glasraam van de stad? Ze trekt de laden van haar geheugen open. In het kerkje van het Laar is ze na dat Barbarafeest eind '76 toch nooit meer geweest?

Wel was ze met haar moeder die winter weer naar de oogarts gegaan. De bejaarde dokter scheen met een lichtje diep in haar ogen, zoals ze in haar kleuterjaren zo vaak had meegemaakt.

Kijk naar links.
Kijk naar rechts.
Kijk omhoog.
Kijk omlaag.

De oogarts kon alleen maar constateren dat haar rechteroog er heel normaal uitzag. Van de perforatie was geen spoor overgebleven.

'Maar het is voorbarig te zeggen dat ze rechts ooit weer zal zien,' besloot hij. 'Met haar andere oog daarentegen...'

In haar linkeroog was de gele vlek in het midden van het netvlies, waar de grootste concentratie is van cellen om kleuren te zien, ongewoon groot. Een test wees uit dat zij meer kleurnuances zag dan de gemiddelde mens. De gele vlek was haar waardevolste plek.

Volgens de oogarts ging het vermoedelijk om een compensatie, omdat haar gezichtsveld met één oog beperkter was. Als reactie had ze instinctmatig haar goeie oog geoefend in het onderscheiden van zo veel mogelijk details en schakeringen. Zo was zij dus een fijnproever van kleuren geworden.

Barbara vond het jammer dat de arts het allemaal nog vrij gewoon leek te vinden. Vroeger had ze graag gedacht dat ze iets unieks had en voor iets bijzonders was voorbestemd, zoals die joodse diamantair ooit had gezegd. Ook Lea was licht teleurgesteld, want van een mirakel van de Heilige Barbara bleek nog lang geen sprake.

71

Haar allerlaatste mis in het kerkje van het Laar had Barbara gevolgd toen haar zus Marie van een zoontje was bevallen. Een moeilijke zwangerschap, en omdat haar bekken te smal was, werd al vlug besloten tot een keizersnede. Het kind moest ergens midden februari komen, en Marie mocht de precieze dag zelf kiezen. Zij koos voor 14 februari.

Het had allemaal veel bloed, zweet en tranen gekost. Net zoals haar moeder had Marie moeite om zwanger te worden. Lea was in de jaren vijftig geholpen geweest met 'inspuitingen van een Duitse arts', meer had ze er nooit over willen zeggen. Barbara was het resultaat van de Duitse spuiten. Bij Marie waren er verschillende in-vitropogingen geweest voor het lukte. Haar zoontje was het meest gewenste kind ooit, zeker in de familie Vidal.

Het vroor dat het kraakte en er stond een snijdende oostenwind, toen Barbara in het *moederhuis* op bezoek kwam. De kamer werd gedomineerd door een groot kruisbeeld. Marie zag nog rood van de hormonen, en haar zenuwachtige man Diederik deelde doopsuiker uit en schonk mierzoete Elixir d'Anvers.

Toen ze de reageerbuisbaby in haar armen hield, had Barbara zich weemoedig gevoeld en zich afgevraagd hoe het zou zijn om zelf een kind te krijgen. Jonas, zo heette hij, zag er romig geel uit zoals de Antwerpse trams vroeger. Een stevig en gaaf kindje, dat een melkgeur uitwasemde. De zachte fontanellen op zijn kogelrond hoofdje hadden een schijn van blauw. Hij had witte wantjes aan om zich niet te krabben.

'Maar waarom net op 14 februari, mijn verjaardag?' vroeg ze.

'Omdat wij willen dat jij de doopmeter wordt,' zei Marie.

Dat weekend werd er thuis weinig gezegd. Niemand kon zo zwijgen als Vidal. Geen onschuldig zwijgen. Een beschuldigend zwijgen.

Haar moeder zat blazend in de zetel en beet op haar onderlip. Ze trok haar wangen vol lucht, maar zei ook geen woord te veel. Haar zorgzame, zichzelf wegcijferende moeder, altijd bang voor wat de buurt zou denken.

Marie had toch haar plicht vervuld en haar ouders een kleinkind geschonken? Haar genen doorgegeven. Voor continuïteit gezorgd. Maar Barbara was de meter. En de foute natiebaas de peter.

Toen het doopfeest plaatsvond, was het volop zomer. Marie en Diederik woonden nu in een containerhuis naast de villa van zijn vader, in afwachting van de bungalow die ze daar aan het bouwen waren. De grond hadden ze van zijn ouders gekregen. De containers waren krap maar comfortabel genoeg om de zomer te overbruggen.

Het was er kraaknet en stofvrij. Vol kinderkamerkleurtjes.

Marie ging helemaal in de baby op. Ze had er de littekens en striemen en slapeloze nachten duidelijk voor over. Het kind voeden, verschonen, kleden, baden en wiegen leek nu haar levensbestemming, ook al had ze een boeiende baan aan de universiteit. Ze lachte gelukzalig en noemde zelfs het cadeautje van Barbara 'grappig'. Een moderne versie van haar opgeblazen barbiepop van vroeger.

In de kerk had Barbara haar rol als doopmeter volgens de oude rite gespeeld. Schijnheilig, vond ze zelf, maar ze wou haar zus niet teleurstellen. Als kind was Barbara, zonder ouderwetse geloofscrisis zoals haar vader, spontaan van haar geloof afgevallen. Vanzelf. Zoals je op een bepaalde leeftijd ineens weet dat Sinterklaas of Sint-Barbara niet bestaat, maar slechts alibi's zijn om iets te vieren of te krijgen. Zo was dat toch?

Nadat de kleine Jonas in de doopvont was ondergedompeld, had Barbara de kaars vastgehouden en de doopgelofte afgelegd: 'Jonas zal ik eeuwig beschermen tegen de duivel en al zijn pomperijen...'

72

Ze staat weer voor de spiegel en kijkt naar de littekens op haar lichaam. Misschien zijn de wonden wel haar straf omdat ze al die tijd niets gedaan heeft om Jonas voor het kwaad te behoeden, ondanks haar gelofte. Misschien heeft ze het allemaal wel verdiend. Haar eenogigheid. Haar eenzaamheid. Haar brandwonden.

In de oude boeken beneden staat een waslijst van recepten tegen brandwonden, die haar grootvader ooit geamuseerd voorlas: rozenwater, andijviesap, nachtschade, gebrande duivenstront, geitenreuzel, groen varkensvet, fijn gesnipperde haren van een haas, gekookt posteleinsap, zolen van oude schoenen gewassen met rozenolie, eierdooier met sap van lindeschors...

Barbara smeert zich zuchtend in met paraffineolie en bodylotion. Vooral de wonden op haar bovenbenen beginnen weer te schrijnen.

Ze kan soms wel schreeuwen van de pijn. Maar toch, als ze moet kiezen tussen pijn en jeuk, waar ze ook last van heeft, kiest ze toch voor pijn. 's Nachts doet ze, zoals de boreling van haar zus vroeger, soms zelfs wanten aan om haar huid niet open te krabben.

Vooral het verversen van de verbanden is een gruwelijk proces. Normaal gezien zou ze daarvoor haar persoonlijke verpleger moeten bellen, maar ze durft niet.

Haar verpleger heeft haar gezegd dat ze positief moet denken. Aan zelfhypnose doen. Elke morgen herhalen: 'Het gaat mij in ieder opzicht steeds beter.' Met een geforceerde glimlach desnoods.

De tweedegraadsverbrandingen hebben rode zwellingen en perkamentachtige plekken achtergelaten. Gelukkig is de verbrande oppervlakte nog beperkt gebleven en is het nergens tot in de derde graad gegaan.

Maar wie zal nog willen omgaan met een vrouw vol vouwen en

kreuken? De laatste weken heeft niemand haar nog aangeraakt. Behalve de verpleger natuurlijk.

Ze trekt haar steunkousen en drukkleren weer aan.

Zo, ze is klaar.

Belt ze hem?

Het gaat haar zo goed als in de gegeven omstandigheden mogelijk is.

73

Dan gaat de zon onder en sijpelt het laatste licht weg. De zonsondergang lijkt feller dan in haar jeugd. Dat komt door de stofdeeltjes in de lucht, heeft ze op school ooit nog zelf in een spreekbeurt uitgelegd. En nu Antwerpen een van de meest vervuilde luchten ter wereld heeft, neemt de gloed van de ondergaande zon van jaar tot jaar nog toe.

Tegen zes uur schuifelt Barbara dicht tegen de huizen van de Heirweg naar de kerk, vijfhonderd meter verderop. Ze draagt een lange mantel en heeft een hoofddoek over haar haren geknoopt. De kans is klein dat ze zo wordt herkend.

Ze ademt de lucht diep in. Ze ruikt een brandgeur.

Boven het kruispunt van de Vergeten Brug hoort ze het geronk van een reusachtige file op de ring. Dat luie, stinkende, duizendkoppige monster, dat zich hier elke morgen en avond neervlijt.

Een dikke damp hangt over de straat en maakt de wijk nog mistroostiger dan anders. Wat een haveloze buurt is het Laar toch geworden. Een oude kasseiweg met putten en verzakkingen. Versleten riolen vol vuil. Vervallen panden die op de sloophamer lijken te wachten. Afbladderende gevels. En op oude reclamepanelen het zware bier van de slogan '*Sst... hier rijpt den Duvel*'.

Het is alsof de wijk twijfelt tussen verval en opstanding. Want er is verkommering en verkrotting, maar er is ook handel en vertier op straat. Vrouwen met hoofddoeken die wellustig graaien in de bakken met tweedehandskleren op de stoep. Druk beklante telefoonshops, snackbars, nachtwinkels. Rumoerige jongeren, die door een oude man in witte djellaba armenzwaaiend naar huis worden gepraat.

Van de deftige winkels uit de jaren zestig zijn er maar een paar meer over, en soms dan nog met neergelaten en met graffiti volgespoten rolluiken. Supermarkt De Welvaart is een Marokkaanse winkel met dozen olijfolie, blikken thee en zakken walnoten geworden. Patisserie Vanderborgt een Turkse bakkerij met warm ruikende, kruidige broden. Zelfs de Chinees van De Lange Muur is geweken voor pita- en kebabzaken.

De meeste winkels zijn weggeconcurreerd door het grote shoppingcenter buiten de stad. Maar de grafzerkenwinkel is gebleven. Pralinefabrikant Haemer ook. En Karel, de zoon van de stortbaas, heeft een kringloopwinkel geopend.

Terwijl Barbara naar de etalage kijkt en hem achteraan in de zaak in de weer ziet, hoort ze haar moeder weer op zeurderige toon vragen: 'Barbara, waarom spreek je niet eens af met Kareltje? Die jongen zou niets liever willen.'

'Mama...'

'Ik wil je alleen maar gelukkig zien!'

Een gezin was geluk voor haar, en geluk was hun roeping. Maar voor geluk heeft Barbara nooit veel talent gehad.

Hij ziet er nu rond, mals en gelukkig uit, Karel van de kringloopwinkel. Toen hij nog achter haar aan zat, rook hij altijd naar de avontuurlijke wereld van de vuilnisbelt. Maar daarna gingen ze naar andere jeugdverenigingen, naar andere scholen, en hadden ze elkaar weinig meer gezien.

Vroeger was de wijk verdeeld onder de socialistische en christelijke zuil, die elk hun eigen lokalen, verenigingen en fanfares hadden. Toen werd er het hele jaar door wel iets gevierd: pensenkermissen, mosselfestijnen, wafelenbak, teerfeesten, heiligenvieringen, stoeten en processies. Wat is er daar nog van overgebleven?

Ja, die enkele oude kwezels die de kerk nu aan het boenen zijn. Zodra Barbara aan de klink morrelt, komt er een gezette dame opendoen. Ze heeft een doorrookte stem en gebleekt haar als afwaswater.

'Ja?' vraagt ze achterdochtig.

'Ik wil een kaars laten branden,' zegt Barbara, beschroomd naar haar voeten kijkend.

De vrouw bestudeert langdurig en onbeschaamd haar geschonden gezicht.

'Kind,' zucht ze. 'Een kaars branden is goed. Maar laat er ook eens iets aan doen. De dokters zijn zo knap tegenwoordig.'

74

Roerloos staat ze in de zijbeuk van de kerk. Hoe veilig en rustig is het hier. Hoe stil. Zo stil zoals ze het in lange tijd niet meer gehoord heeft. Met behoedzame bewegingen pakt ze een foldertje met uitleg over de nieuwe glasramen, die een 'anonieme schenker' heeft laten maken, 'de mooiste van Antwerpen'.

Bijna niemand ziet het nog, op die paar kwezels na, maar als de zon 's morgens opgaat, openbaart het oostelijke glasraam in spetterende kleuren de schepping Gods. Onderaan een opengeklapt Boek Genesis met het vers: '*En God zeide: Daar zij licht. En daar was licht.*' En verder de weelde van planten, bloemen, dieren, vogels en vissen in al hun bonte verscheidenheid.

Naarmate de dag vordert, klimt de zon door het hoge koor en doorloopt ze enkele bijbelse taferelen. Aan de ene kant een orkest van engelen die muziekinstrumenten bespelen, de drie wijzen met geschenken, enkele heiligen en een witte duif. Aan de andere kant Gods stervelingen die zich te goed doen aan spijs en drank, in de velden werken, bruggen en huizen bouwen. In het midden een stralende Christus, gezeten op een regenboog, de verbinding tussen hemel en aarde.

Het is al namiddag wanneer de zon haar volle licht moet werpen op het blauw van de vrouwen Gods: de Moeder der Smarten, Maria Magdalena, en achter hen, met torentje, de Heilige Barbara.

En als de zon ondergaat in het westen, spat het licht tegen het raam van de openbaring. In een hallucinant tafereel zie je de beschaving in elkaar storten tegen de achtergrond van het Laatste Oordeel. Een poel van vuur met brandende mensen, gloeiende duivels, monsterlijke demonen en doodskoppen, bruisende heksenbrouwsels en andere verschrikkingen van de Apocalyps.

En daarna, net wanneer Barbara in de kerk zit, worden de laatste zonnestralen gevangen door het ronde glasraam van het doksaal, dat een vlammend beeld van het Alziend Oog toont en de inscriptie: '*Het is beter met één oog ten leven in te gaan, dan met twee ogen in het hellevuur geworpen te worden (Mattheus 18 : 7-9).*'

Barbara gooit een muntstuk in het offerblok en gaat naar buiten, waar een oranje waas over de straat lijkt te hangen.

Wat een bizarre boodschap heeft haar vader voor haar in glas-in-lood laten vereeuwigen.

Het blauw is lelijk.

Het tafereel affreus.

Het vers een vloek.

75

De duisternis slokt de straat meter voor meter op. Barbara blijft nog even in een portiek staan wachten tot de winkels gehaast de luiken sluiten, de laatste voorbijgangers de straat uit lopen, en zij ongemerkt het vuurwerkhuis kan binnengaan.

Afgemat komt ze terug in huis. Ze voelt zich opgejaagd en controleert alle sloten. Haar vader heeft in de jaren negentig duidelijk veel behoefte aan beveiliging gekregen: de deuren zijn gepantserd, de ramen getralied, de omgeving bewaakt met een alarmsysteem dat niet meer werkt.

Na de wandeling naar de kerk doet alles aan haar pijn. Ze kan geen stap meer verzetten. Barbara zweet en wordt bevangen door misselijkheid. Ze schudt een buisje pillen in haar hand en slikt zonder nadenken.

Liters wortelsap drinkt Barbara. De enige drank waarvan er hier nog een krat staat, ook al is de vervaldatum overschreden. Al haar leegtes vult ze met wortelsap, haar al dagenlang verwaarloosde maag, de overbodige spier die haar baarmoeder is, de steeds grotere luchtbel in haar hoofd. Tot ze beken wortelsap plast. Wortelsap braakt in grote gulpen.

Zij sukkelt haar bed in. Een oneindige behoefte aan slaap voelt ze, hoe koortsachtig die slaap ook moge wezen. Zodra ze tussen de lakens ligt, nemen haar zenuwen haar lichaam over. Krampachtig schokkend, trillend, met de voeten in de dekens schoppend. De zon gaat onder en komt op en gaat onder en komt op. De dag paart met de nacht, het leven met de dood, wit wordt zwart, alle kleuren vloeien in elkaar over.

Zij is in China. Ze zit in een lange tunnel in Vuurwerkstad. Ze ziet voor zich op de grond het wanstaltige lijfje van de foetus. Het kleine mormel schokt en beeft. Aan het uiteinde van de tunnel ziet ze geen licht maar vuur. De vlammen slaan naar binnen en komen als een enorme vuurbal op hen af. De foetus piept en krijst. Zijn zwarte puntjes van ogen worden steeds groter. Barbara legt zich over de foetus om hem te beschermen. De grote vuurbal blijft op hen af komen en neemt de gedaante aan van een Chinese drakenkop. Hij rookt en spuwt vuur. Zijn ogen zijn zwarte kolen. 'Verraadster,' sist hij tegen haar. 'Verraadster.' Dan valt het grote, plompe drakenlijf over haar heen. Ze heeft het gevoel te stikken. Ze voelt zijn hete adem haar wangen schroeien. Zijn klauwen trekken striemen over haar buik. Hij hijgt en kreunt. Ze wil de drakenkop wegduwen maar trekt zijn masker af. Ze herkent de grijns van Victor...

Met een schok schiet Barbara overeind in bed. Ze hoort een door merg en been dringende schreeuw. Waarschijnlijk een kind dat ergens met een gil uit een nachtmerrie wakker schrikt, tot het gesust en getroost wordt door zijn moeder.

Kwam er maar iemand bij Barbara aan het bed zitten om de trollen en saters uit haar hoofd te praten.

Ze baadt in het zweet, haar arme hart klopt en klopt, en vol beklemming denkt ze terug aan de droom. Het is alsof iemand anders waanbeelden in haar hoofd projecteert, zonder dat zij er zelf iets aan kan doen. Alsof iemand haar wil straffen met die beelden, haar hoofd laten barsten, haar borstkas platdrukken van ontzetting.

Maar het is wel haar eigen foetus die ze heeft gezien.

VII Derde tableau. Reis naar Vuurwerkstad

76

Nacht. Maar toch. Hoe klaarlicht de lucht. Hoe fleurig de straat. Hoe druk. De stoep vol walmende kraampjes, waarzeggers, wonderdokters, kaartleggers, goochelaars en potsenmakers. Krachtpatsers die bakstenen doormidden kliefden, ijzeren staven rond hun nek plooiden, blootsvoets over scherven liepen. In een oude tempel gooiden de mensen muntjes op een doek, en wie het laatste gaatje dichtgooide, mocht rekenen op een gezegend jaar. Het was Lantaarnfeest in Hongkong, de vijftiende dag van het Chinese nieuwjaar. Het begin van een goed jaar om zaken te doen, want 1984 was het jaar van de rat.

Achter de tempel, op een van de volkse pleintjes van de wijk Kowloon, drong Barbara door een menigte mensen, die zich rond een danser in drakenpak verzamelde. Ze was niet op haar gemak in het gewoel, ze voelde de opwinding door haar lijf gieren, maar ze beet op haar lip en zette door. Ze had er haar hele leven naar uitgekeken naar het Verre Oosten te gaan, en wou er nu zoveel mogelijk van meemaken.

De rode draak bewoog op en neer, kronkelde als een tol om zijn as, hield een schijngevecht met de maan. Achter hem zag Barbara een stel tuigen en mortieren op de grond staan, allemaal met een lange groene lont met elkaar verbonden.

De draak sloeg op een gong. Uit zijn muil schoot een vuurstraal, die de lont in brand stak. Ondanks het rumoer hoorde Barbara het kissen van de vlam. Het gekraak in de mortier.

Klabammm!

Een kleine bom wierp een waterval van rode lantaarntjes uit, die aan papieren parachutes traag naar beneden dwarrelden. Meteen daarop schoten enkele Romeinse kaarsen de lucht vol zilverspinnen. En tegen die zilveren achtergrond zag Barbara daarna een vuurvogel omhoogrijzen, majesteitelijk. Hij leek in een scheervlucht over de mensen te zweven, die zich instinctief bukten, schoot toen in een steekvlam omhoog, om ten slotte in een oorverdovende knal op te lossen.

Schitterend. Het spektakel duurde maar enkele minuten, maar Barbara vond het zo prachtig dat ze vergat te knipperen met haar oogleden. Haar ogen prikten en zwommen in het nat.

Toen de rook opgetrokken was, zag ze dat de vuurwerkmaker de drakenkop onder zijn arm hield en lachend in haar richting keek. Een jonge, pezige, katachtige Chinees met sluike haren en priemende ogen. Zijn naam was Steve Wang. Hij gooide een handvol crackers tussen de mensen, die gillend wegsprongen toen de rotjes ontploften.

Hij straalde alsof hij lachgas had ingeademd. Zijn gezicht gloeide en glom zoals na een onstuimige vrijpartij.

Misschien was het de opwinding van het illegale, dacht Barbara. Vuurwerk was verboden in Hongkong sinds de zware rellen van 1967, toen Chinese extremisten tijdens de Culturele Revolutie het buskruit uit vuurwerk hadden gepeuterd en aanslagen gepleegd.

Maar hoe kon je een traditie verbieden die zo oud en wezenlijk was? Al eeuwen werden op deze manier de kwade geesten en monsters verjaagd en geluk en voorspoed voor het nieuwe jaar afgesmeekt. Vooral met de befaamde crackers uit Vuurwerkstad.

De oude gewoonten lieten zich niet zomaar afschaffen, zo bleek, zelfs al moest men het nu doen met zwarte handel en eigen huisvlijt.

De katachtige jongeman zette zijn drakenkop weer op zijn schouders en schoot weg in een van de smalle straatjes die op het pleintje uitkwamen. Tientallen kinderen met fonkelende vuurstokjes renden achter hem aan en probeerden hem te pakken te krijgen. Ook Barbara volgde, straatje in, straatje uit. Overal gooiden mensen crackers in het rond en ratelden duizendklappers. Overal klonken gongs en trommels.

Barbara kruiste nog andere dansende draken en leeuwen met hollende mensen achter hen aan. Ze bleef hijgend staan en wist niet meer wie te volgen of welke straat in te slaan. Alle huizen waren met papieren lantaarns en lampions versierd en leken op elkaar. Ze was hem kwijt.

Ze hoestte en hield haar zakdoek voor haar mond. Er waren zo veel crackers dat de lucht niet meer in te ademen was. Er werd misschien wel genoeg kruit verschoten om een raket naar de maan te lanceren.

Zuchtend haalde Barbara een papiertje uit haar jaszak. Vanmorgen had ze lang met Steve Wang gebeld. Ze had hem gezegd dat haar grootvader bevriend was geweest met zijn grootvader. Ze had eraan toegevoegd dat ze een foto van zijn grootvader uit 1930 bij zich had.

Hij klonk verbaasd, behulpzaam, vriendelijk. Hij sprak met haar af. Tijdens het telefoongesprek had ze enkele opmerkingen van hem genoteerd. Bij de laatste aantekening had ze een vinkje gezet.

– Na de show in het eethuisje van Cheung Hung.
– Liuyang, Vuurwerkstad, met de trein van Hongkong.
✓ Een gevaarlijk en corrupt wereldje, opgepast!

77

Het eethuis van Cheung Hung, bij de ferryhaven van Hongkong, zag eruit als een goktent en drugshol. Het zat vol uitbundige jonge Chinezen in glitterkleren. Barbara had wel een uur moeten zoeken voor ze de zaak gevonden had.

'Barbara,' zei een lachende ober, en hij leidde haar naar een tafeltje bij het raam, waarop een briefje met haar naam lag. Er was warempel voor haar gereserveerd.

Ze kreeg warme meelballetjes en gestoomde dimsums, dronk een glas wijn, wachtte. De tijd kroop tergend langzaam voorbij. Buiten leek het gewemel in de haven stilaan uit de hand te lopen. Bangelijk. Hoe moest ze ooit een taxi vinden om weer naar haar kamer te gaan? Ze woonde sinds een maand in een gasthuis van Caritas tussen de wolkenkrabbers. Overdag zocht ze informatie in een koloniale bibliotheek. Ze studeerde sinologie in Leuven en was in Hongkong om haar eindverhandeling te maken.

Net nadat een van de bezopen jongens naast haar was komen zitten en met een walm van drank tegen haar begon te lallen, kwam Steve Wang het eethuisje binnen. Zonder drakenpak nu. Een aantrekkelijke man van tegen de dertig, die er al veel serieuzer uitzag dan daarnet.

Hij keek in de ogen van de ladderzatte jongen, waarna die zonder een woord afdroop.

'Sorry,' zei Steve, en hij gaf een verwarde uitleg over het vuurwerk dat hij nog had moeten opruimen en de politie die her en der aan het controleren was.

'Mei guan-xi,' zei ze. 'Dat geeft niets.'

'Jouw Chinees is erg goed,' zei Steve beleefd, om dan de rest van het gesprek toch maar liever in een vlot Engels met een Oxford-accent te voeren.

'Prachtig vuurwerk,' zei ze. 'Kort maar krachtig.'

'Ja. Maar je moet je snel uit de voeten kunnen maken,' lachte hij. 'Het verbod is absurd. Er worden toch ook geen auto's verboden omdat er ongevallen mee gebeuren.'

Hij vroeg hoe het met Vidal Fireworks ging, en daarop gaf zij hem een afdruk van de oude foto van 1930, waarop zijn grootvader Jimmy Wang in Antwerpen stond. Hij leek erdoor geroerd.

'Grootvader, zijn ziel ruste in vrede,' zei hij, en hij vertelde de hele familiekroniek alsof hij die net uit het hoofd geleerd had. Hij stamde uit een oude handelaarsfamilie in Vuurwerkstad. In China werd al sinds oudsher handel gedreven, maar de westerse 'barbaren' werden daarbij altijd geweerd. Tot de Britten een factorij verwierven in Kanton en opium begonnen in te voeren. Toen de gouverneur van Kanton een partij opium vernietigde, begonnen de Britten in 1840 de opiumoorlog. De Chinezen werden op de knieën gedwongen en moesten Hongkong afstaan en de westerse handelaars toelaten...

'En toen richtte mijn betovergrootvader in Vuurwerkstad de firma WangBang op, voor export naar het Westen,' zei Steve, die nu ook een foto uit zijn portefeuille haalde. 'Kijk, hier zie je hem nog zakendoen in een lang kleed met wijd uitlopende mouwen.'

'Mooi, maar niet handig,' zei Barbara.

'Toch wel. De handelaars hielden in die mouwen elkaars handen vast en spraken met vingerbewegingen de prijs af, zonder dat een buitenstaander er iets van zag.'

Barbara nam de foto en zag dat de oude Wang nog een haarvlecht had, teken van onderwerping aan de keizer. Achter hem zag ze het smeedijzeren hek van een bedrijf, en op de achtergrond een ruw berglandschap met op de top een hoge, slanke pagode. Vuurwerkstad.

'Toen werden crackers en vuurwerk via de havens van Kanton of Hongkong naar het Westen vervoerd,' zei Steve. 'Tot de communistische machtsovername in 1949. Toen trok de familie Wang zich noodgedwongen terug in de vestiging in Hongkong. Maar door het embargo tegen het China van Mao groeide Hongkong in de jaren vijftig en zestig uit tot hét handelsknooppunt. WangBang barstte uit zijn voegen en verdiende fortuinen met de handel in plastic bloemen, zaklampen, speelgoed én vuurwerk.'

'Waar werd dat dan gemaakt?'

'In goedkope fabrieken in Macao, Taiwan en Hongkong zelf. Met als basis de *vier-voor-éénregel*. Elk product van één dollar in de fabriek kost vier dollar in de winkel.'

'En wat is jouw rol daarin?'

'Ik?' lachte Steve. 'Ik heb economie gestudeerd in Oxford en ben daarna als loopjongen in het magazijn begonnen. Ik moest van mijn vader alle afdelingen van het bedrijf doorlopen. Op het ogenblik ben ik Tweede Aankoper.'

'En Vuurwerkstad?'

'Daar gaan we opnieuw vuurwerk kopen sinds de veranderingen die enkele jaren geleden begonnen zijn. Wij zijn nu een van de weinige door Peking erkende traders. Volgende maand moet ik er weer heen.'

Barbara boog zich nerveus naar hem.

'Mag ik dan enkele dagen met je mee, Steve? Voor mijn eindwerk?'

Hij zweeg even, leek neen te gaan schudden, begon toen te lachen, en rolde zijn hemdsmouwen naar beneden, tot zijn handen niet meer te zien waren.

'Stop je handen in mijn mouwen, en we maken een deal.'

Ze deed het aarzelend. Ze voelde zijn handen over haar handen strelen. Ze voelde zijn vingers naar haar vingers tasten.

'Fantastisch dat ik met je mee mag,' zei Barbara. 'Dan kan ik eindelijk mijn studie in Leuven afronden.'

78

Haar studententijd in Leuven was jaren eerder rampzalig begonnen. Op haar eerste dag in het universiteitsstadje, begin oktober 1976, ging ze 's avonds naar een *thé dansant* voor de nieuwe studenten. Ze had zich de hele dag zenuwachtig en verlaten gevoeld. Ze woonde voor het eerst in haar leven helemaal alleen. In een studentenhuis met een streng regime, zoals haar moeder gewild had. De huisbazin was een omvangrijke weduwe, die haar de regels voorlas, terwijl een dikke, besneden kater op de salontafel een bord melk aan het leegdrinken was.

'Geen jongens op de kamer. Binnen zijn voor elf uur. Verboden te roken in huis...'

Aan de deur van de danszaal stond een meisje in een parka strooibriefjes uit te delen voor een Mao-avond, want de Grote Roerganger was net in Peking gestorven. Barbara herkende Liesbeth, de dochter van een vroegere werknemer van de vuurwerkfabriek.

'Hé Barbara,' lachte Liesbeth. 'Wil je ook bommenmaker worden?'

'Hoezo?'

'Waarom studeer je anders scheikunde?'

'Gewoon. Om mijn vader te pesten.'

Ze dronken en dansten en praatten tot laat in de nacht. Liesbeth was aan haar tweede jaar sociologie begonnen, maar dat was volgens haar een klotestudie en er was toch geen werk en zij zette zich liever in voor de massa's.

'De massa's?'

'Ja, de uitgebuite arbeiders. Zoals bij jullie in de vuurwerkfabriek.'

Barbara had die zestig werknemers zoals Krekel en Mustafa

nooit als massa's of uitgebuite arbeiders gezien, maar ze vond het lief dat iemand als Liesbeth aan hen dacht.

Toen ze naar huis waggelden, bleek de deur van Barbara's studentenhuis natuurlijk op slot. Ze was vergeten dat ze tegen elf uur binnen moest zijn. De besneden kater zat op de schutting. Het maanlicht werd weerkaatst in zijn groene kattenogen.

In het gemeenschapshuis, dat Liesbeth met enkele anderen huurde, bracht Barbara de rest van de nacht met een misselijk gevoel op de sofa door. Op de muur hing het pompoengezicht van Mao met een Mona Lisa-*smile* naar haar te kijken.

Toen kotste Barbara een stapel Rode Boekjes onder. Eerst dacht ze nog dat het door de drank kwam. Maar toen ze bleef braken, werd ze bang dat er iets anders was.

Een week later sprong Barbara met vijf treden tegelijk van de trap naar beneden.

De huisbazin deed de deur van haar salon open en sprak haar bestraffend toe. De besneden kater lag achter haar in een mandje.

Barbara stak haar tong uit naar dat kattenwijf.

Ze kon nog maar aan één ding denken. Ze was over tijd.

In haar kamer stond de *Predictor* op de schoorsteenmantel. Ze had er enkele druppels van haar ochtendurine in gegoten. Na lang wachten zag ze de test verkleuren. Positief.

Ze was zwanger van een vuurwerkfreak.

79

De vader was dus Victor, die haar tijdens die hete zomer van '76 zo onstuimig ontmaagd had op de kaaien in Antwerpen. Hij kwam na haar telefoontje met zijn gifgele geit, een stokoude deux-chevaux, helemaal van Bergen op Zoom naar Leuven gereden en was vriendelijk en voorkomend. Hun lot was verbonden en ze begonnen een losse relatie.

Het nieuws van de zwangerschapstest nam hij schijnbaar luchtig op. 'Zo weten we dat we kinderen kunnen krijgen,' zei hij laconiek. Niet dat die kennis veel uitmaakte voor hem: in een wereld met vier miljard inwoners, waarvan al één kwart in China alleen, had het geen zin om nog meer kinderen te maken, vond hij.

Had hij daar toen op de oever van de Schelde niet aan kunnen denken? En waarom was Barbara zo hemeltergend vruchtbaar terwijl haar arme moeder jaren had moeten knoeien en zwoegen? En moest ze nu breinaalden in haar vagina stoppen of een clandestiene engeltjesmaakster opzoeken of anoniem gaan bevallen in Rijsel?

Liesbeth bracht haar naar het vrouwenhuis, waar ze enkele avonden per week een praatcafé openhield. Mannen mochten niet naar binnen. Op de bar stonden pastelkleurige dozen met condooms en tampons. 'Baas in eigen buik' schreeuwde een affiche. Het verbod van abortus stond toen nog bovenaan op de grievenlijsten.

Enkele weken later reden Victor en Barbara met de gele geit naar een adres in een Brussels achterafstraatje. Stapvoets door een spookachtig landschap vol plassen, terwijl een nieuwe regenvlaag zich al aanmeldde. Onder een lange, vieze brug door, waarover een goederentrein ratelde. Slierten mist, die in haar haren klitten. En achter de spoorwegdijk, in een klein, onopvallend huisje, eindelijk, de abortusarts die ze zochten. Barbara wou niet zoals de meeste andere studentes naar Amsterdam, waar abortus al lang toegelaten was, en had via Liesbeth dit adres in de *bas-fond* van Brussel gekregen.

'Het stelt toch nog niks voor, hè?' vroeg Barbara.

De abortusarts keek verstoord op.

'Acht weken, dat is toch een vrucht die alles al in aanleg heeft,' zei de jonge vrouw.

De instrumenten voelden koud en hard aan, maar de handen van de dokter waren zacht en warm.

Op de gynaecologische stoel staarde Barbara naar het craquelé in het plafond en probeerde de pijn te verbijten, terwijl haar baarmoeder met een pomp werd leeggezogen. En daarna verder leeggeschraapt.

'Mag ik het zien?' vroeg Barbara.

Ze zag een stuk navelstreng, een vruchtzak, een weke vrucht van een pink groot.

'Kijk, een handje. Hij heeft alles al.'

Twee handjes, twee voetjes, twee zwarte stippen als ogen, een piemel. Het deed haar denken aan de foto van de foetus in de slaapkamer van haar moeder.

Van toen af volgde ze bijna wekelijks de activiteiten in het vrouwenhuis. Zelfontplooiing, zelfrealisatie en zelfbeschikking, dat moest je daar als vrouw toen komen leren. Ze volgde zelfs samen met Liesbeth enkele therapeutische sessies in het alternatieve centrum Passage 144, dat zich afzette tegen 'de positivisten' en tegen 'het systeem'.

'Meisjes,' sprak de professor die het huis leidde, 'wij hebben allemaal een kosmische oorsprong, en dat is het moment van conceptie, wanneer het vrouwelijke en het mannelijke versmelten. Yin en yang. Daarom bestaat de beste therapie uit de terugkeer naar de baarmoeder...'

Ze kropen in de grote baarmoeder die de professor van zachte stoffen en kussens had gemaakt. Schemerig blauw kleurde de binnenkant van de tent. Klotsende baarmoedergeluiden en moederlijke harttonen klonken uit een luidspreker. Barbara voelde zich langzaam leeglopen. Alsof ze met een stofzuiger helemaal werd leeggezogen.

80

'Het is een studentenstadje, een klein, afgeschermd wereldje dat niets met het echte leven te maken heeft,' smaalde Victor voor de zoveelste keer.

Hij vond het kunstmatige karakter van Leuven een nadeel, zij een voordeel. Barbara had nog geen zin in dat 'echte leven' van beroepsactiviteiten, gezinsverantwoordelijkheden en dwingende keuzes. Alleen al de eeuwige vraag 'wat ga je worden?' hing haar de keel uit. Wat wil je worden? Bereiken? Doen? Zijn? Iedereen leek wel een precies toekomstbeeld te hebben, behalve zij. Zij wist het niet, en wou het niet weten. Dus had ze zich in een dwaze luim maar ingeschreven voor scheikunde, waar ze vroeger ooit plezier in had.

Maar na een halfjaar bleek het al een foute keuze te zijn. Wat had zij eraan om alle stoffen uit de biochemie en het periodiek systeem der elementen uit het hoofd te kennen? In het practicum liepen haar proeven zo fataal uit de hand dat het laboratoriumpersoneel met tranende ogen naar buiten moest rennen.

'Stop er dan mee,' zei Victor op een dag. 'Voor vuurwerk heb je het in elk geval niet nodig. Alles komt nu panklaar uit China.'

'Uit Vuurwerkstad,' droomde Barbara weg, 'waar mijn grootvader zo vaak over verteld heeft. Waar zijn vriend Jimmy Wang woonde.'

Victor schoot in de lach. Hij zei dat zijn vader Chinees vuurwerk uit Hongkong importeerde. De vracht werd via de haven van Antwerpen ingevoerd.

'Die Hongkongchinees zegt dat jouw Vuurwerkstad niet meer is dan een gore plek van teringlijders,' zei hij.

'Je liegt,' riep Barbara.

Die dag nam ze voor zichzelf de beslissing naar Vuurwerkstad te gaan. En ze liet scheikunde vallen en ging sinologie studeren.

Ook Victor liet ze vallen.

Na hem had ze nog andere liefjes, maar voor niemand voelde ze die warme gloed die ze voor de Florentijnse vuurwerkmaker Francesco had gevoeld. En als ze niet van haar moeder gehoord had dat hij een relatie met een 'Italiaanse schone' was begonnen, dan nam ze de telefoon en belde ze weer naar Firenze.

81

Honderden betogers liepen schreeuwend en met borden zwaaiend voorbij het stadhuis, terwijl overvalwagens met gehelmde politiemannen dreigend stonden te wachten in de zijstraten. Barbara droeg de Palestijnse sjaal die ze van Francesco had gekregen. Liesbeth gaf met een megafoon de cadans aan.

Toen ze bij de met standbeelden versierde gevel van het stadhuis kwamen, opende Barbara de mand die ze had meegebracht. Wel vijftig eieren lagen erin. Allemaal gemerkt met stipjes in verschillende kleuren.

Ze nam een korte aanloop en gooide het eerste ei tegen de gevel. Het spatte uiteen in een bordeauxrode brij. Het volgende ei trok mosgroene slierten door het rood. Gele verfeieren schoten er stralen van goud overheen. Het historische stadhuis veranderde in een carnavaleske ballentent.

'Dat vind ik nu knap van je,' zei Liesbeth, die met de anderen bewonderend stond toe te kijken.

'Vind je echt?' lachte Barbara verlegen.

'Ja, nu ben je toch bommenmaker geworden!'

Vijf minuten later was de oude gevel één grote omelet van

kleuren die met elkaar in strijd gingen of elkaar harmonisch aanvulden. Barbara had gelezen dat veel middeleeuwse gebouwen vroeger bont geverfd waren, net als de Griekse tempels. Maar de meeste monumenten zagen er nu flets en bescheten uit en blonken alleen nog van het roet van de uitlaatgassen.

Verfeieren werden een vast attribuut van betogingen nadat Barbara zich op dat ambacht begon toe te leggen. En betogen was in die jaren van economische crisis en internationale spanningen een alledaagse bezigheid. Ook nog altijd voor abortus, dat in katholiek Vlaanderen de maatstaf van de ontaarding bleef. De Brusselse abortusarts werd op een dag aangehouden en haar archieven werden in beslag genomen. Dus ook Barbara's dossier.

Voor elke betoging kocht ze een grote partij eieren van de legbatterij. Ze stak met een priem twee gaatjes in de schaal en blies er de dooier uit. Dan spoot ze er met een fijne injectienaald de verf in en plakte ze de gaatjes met lijm weer dicht. Na enige tijd maakte ze ook al verfeieren voor betogingen waar ze zelf niet aan meedeed, voor een vriendenprijsje. Als Liesbeth met een paar mensen kwam helpen, leek het wel alsof ze haar eigen kleurenfabriekje had.

'Kapitalistische uitbuiter,' lachte Liesbeth dan.

Het kunstig bekladden van het stadhuis was die eerste keer een openbaring voor Barbara. Ze leefde zich helemaal uit in het kleurenbombardement. Ze werd even weer doortrokken van dat gevoel van gelukzaligheid dat ze in haar prilste kinderjaren gekend had. Dit was een van de dingen die diep in haar zaten, en ze herinnerde zich hoe haar vader had gezegd dat het zoeken daarnaar je voornaamste taak in het leven was.

Het volgende moment kwamen politieagenten met geheven knuppel aanstormen en voerden harde roffels uit op de betogers, die neervielen of uiteenstoven. Barbara kreeg een slag op haar arme rechteroog en hapte naar adem. Even zag ze een felle flits, toen een potpourri van kleuren, en toen niets meer. Alsof er weer een sluier overheen werd getrokken.

82

In een vooroorlogs arbeiderssteegje aan de rand van de stad hadden Barbara en Liesbeth twee aangrenzende huisjes gehuurd, die na maanden naarstig werken een knusse aanblik kregen. De meubels haalden ze van de vlooienmarkt. Voor het dozijn cité-huisjes was er, op de koer buiten, maar één wc-hokje, met een uitgesneden hartje in de deur.

Barbara zat meestal tot 's nachts in haar stamcafé en lag tot 's middags in bed. Daarna ging ze eten in de Alma, ondanks de gemene geur die in dat studentenrestaurant hing. De Alma was de plaats waar de gekken van Leuven om haar heen fladderden, en dat trok haar aan.

'Luister, Barbaraatje,' begon de boomlange Nico Schizo, die al een lange psychiatrische carrière achter de rug had. En dan vertelde hij haar zijn waanzinnige gedachten over het Groot Kosmisch Verband, een superwezen dat hem stuurde en manipuleerde.

De gekken van de Alma konden in het studentenmilieu volmaakt gedijen. Ze maakten gebruik van de gemeenschappelijke voorzieningen en deden alsof ze studeerden.

Zo ook Barbara. Ook zij deed alsof.

De studie sinologie boeide haar wel, het Chinees was een mooie, rijke taal, maar de duizenden karakters kreeg ze nooit geleerd, en dan kon de betekenis ook nog verschillen naargelang de toonhoogte. De eerste twee jaren haalde ze met de hakken over de sloot, maar op het laatste examen kwam ze in aanvaring met de professor.

'Wat vind je de grootste verdienste van Mao?' vroeg hij uitdagend.

'De gelijkschakeling van de vrouwen,' zei zij. 'Hij heeft hen bevrijd van de huishoudelijke lasten en dezelfde rechten gegeven als mannen.'

'Dezelfde rechten om dwangarbeid te doen in fabrieken en landbouwcommunes,' zei de professor vertoornd. 'Mao heeft via de vrouwen geprobeerd de familie kapot te maken.'

'De familie was de basis van de dwingelandij. De patriarch had alles voor het zeggen, en vrouwen en kinderen moesten zwijgen.'

'Vergeet toch het Rode Boekje, mevrouw!'

Barbara stond boos op. De professor stond bij het raam in tegenlicht, en ze zag alleen een grotesk, gesticulerend silhouet.

'U bent duidelijk nooit in China geweest,' zei ze.

'U kunt gaan,' brulde hij. 'U noemt zich misschien maoïst, maar intussen teert u hier jaren aan de universiteit op het geld van de gewone man!'

Daarna had ze geweigerd nog examens af te leggen. Ze bleef de lessen volgen die haar interesseerden, en geen enkele professor die er vragen over stelde. Het diploma kon haar gestolen worden. Zij wou vrijblijvende kennis. Louter leergierigheid, en meer niet.

83

Nu zat ze in de exprestrein naar Peking en ze kon het nog altijd niet geloven. Barbara keek ademloos uit het raam en zag hoe het Chinese platteland voorbijrolde. Een oogstrelend landschap van rijstvelden, bamboebossen, naarstig bewerkte tuinderijen met kleurige vogelverschrikkers. Een dubbelgebogen boer in blauwe slobberbroek achter een os. Een gehurkte vrouw met een hoed als een lampenkap die rijstplantjes in het water pootte. Een witte kraanvogel die uit een vijver opsteeg. Een diepblauwe hemel die in niets geleek op de luchten van Antwerpen.

Steve Wang, die ze de voorbije weken in Hongkong nog enkele keren vluchtig gezien had, had haar aan een zakenvisum voor China geholpen. Zij was nu officieel geregistreerd als Europees vertegenwoordiger van de vuurwerkhandel WangBang. Ze hadden samen de trein van Hongkong naar Kanton genomen, enkele uren verder aan de Parelrivier. Een drukke, bruisende handelsstad, met een station vol opdringerige ritselaars, sjacheraars en geldwisselaars. Daar waren ze overgestapt op de Peking Express, die ze de volgende morgen in Changsha, dicht bij Vuurwerkstad, weer zouden verlaten.

Er was ook een koppel toeristen opgestapt met Hawaïaanse hemden, zonnebrillen en zweetvlekken.

'Wat een vuiligheid in het station,' zuchtte de man. 'De Chinezen spuwen en fluimen waar ze ook staan.'

'Ze drommen aan het loket en dringen voor in de rij,' zei de vrouw, die een grote strohoed in het bagagerek legde.

'Ze snuiten hun neus in hun mouw, boeren, schreeuwen en schelden...'

De Kantonese handelsreizigers, die met goederen naar het verre Peking spoorden, leken Barbara beschaafde zielen. Ze slurpten van hun groene thee, aten een bakje rijst of prut, lazen de krant of speelden kaart, geeuwden en dommelden in.

Barbara vond haar bed in de slaapwagon en trok er de lakens over die ze had meegekregen. Ze zag buiten de scherp afgetekende bergen met spinaziegroene terrassen voorbijglijden, en het geratel van de trein wiegde haar als een baby in een diepe slaap.

Toen ze wakker schoot en zich haastig aankleedde, zag ze in de gang hoe mannen en vrouwen tai-jibewegingen deden bij wijze van ochtendgymnastiek. Sierlijke schijngevechten in slowmotion. In het kristalheldere zonlicht leken het ijle spoken of nimfen.

Steve Wang zat al in de restauratiewagon te ontbijten. 'Goeie morgen,' zei hij opgeruimd. 'Je bent nog net op tijd, Barbara.'

Hij schonk haar een kopje thee in en wees uit het raam. In de verte rezen de eerste wolkenkrabbers van Changsha op, de hoofdstad van de provincie Hunan.

'Veel Chinezen hebben een hekel aan die stad,' zei Steve. 'Hier ging Mao naar de kweekschool. Hier gaf hij les en rekruteerde voor de communistische partij. Hier moesten miljoenen Chinezen jarenlang op bedevaart komen naar zijn geboorteplaats. Wat een rotstad.'

84

Het was een lelijke, lawaaiige stad met brede, wanordelijke straten en slechte flatgebouwen van afbrokkelend beton. Barbara zag voor het eerst de *massa's*, zoals ze zich die in Leuven niet had kunnen voorstellen. Tienduizenden mensen die zich naar het werk spoedden, mannen en vrouwen in dezelfde pakjes, een indigoblauwe, geslachtsloze, androgyne menigte. De Mao-pakjes waren in Changsha duidelijk nog in zwang, ondanks de veranderingen.

De meeste leuzen die de communistische revolutie had opgeleverd, waren nu wel overschilderd. '*De kapitalisten zijn papieren tijgers*,' kon Barbara nog ergens ontcijferen. En ook: '*Vergeet nooit de klassenstrijd*!'

In het gebouw van de Provinciale Corporatie voor Import en

Export van Vuurwerk werden ze tot bij directeur Ma geleid, die zijn jasje tot het bovenste knoopje had dichtgemaakt.

'Zo, u hebt een Europese vertegenwoordiger meegebracht,' zei hij. 'Welkom, mevrouw Vidal!'

Ze kreeg groene thee en kruimelige koekjes.

Kameraad Ma keek een lang ogenblik toe hoe ze zenuwachtig dronk en at, en kwam terzake. 'Hoeveel ton hebt u nodig?'

'Ho, ho,' lachte Steve. 'Zij komt nog maar op verkenning.'

Barbara vertelde in haar beste Chinees dat haar familie al meer dan twee eeuwen vuurwerk maakte en in de hele wereld shows had opgevoerd, van Antwerpen tot Zuid-Afrika.

'Grote shows hebben wij in China bijna niet meer,' zei kameraad Ma. 'Volgens voorzitter Mao was dat verspilling, en verspilling was een misdrijf. Wees nooit spilziek of buitensporig, zei voorzitter Mao in het Rode Boekje.'

'Dat is juist,' zei Steve. 'Maar hoe spilzieker het Westen, hoe beter voor uw fabrieken.'

Kameraad Ma schoot in de lach.

'En in China zelf,' vervolgde Steve, 'is er geen geboorte, huwelijk, begrafenis of andere belangrijke gelegenheid waarop er geen vuurwerk wordt afgestoken.'

Na dat beleefdheidsgesprek moest Steve over concrete deals gaan onderhandelen op het departement Export. Er was dan wel een opening voor de handel gekomen, maar de Chinezen hielden zoals altijd de regie strak in eigen hand. Buitenlanders mochten alleen vuurwerk kopen van een handvol traders in Hongkong, die van Peking een licentie hadden gekregen. De traders moesten werken met de Provinciale Corporatie in Changsha, die de fabrieken overkoepelde en de producten samenbracht onder het overheidslabel Red Lantern.

'En nu brengen we een bezoekje aan de markiezin van Dai,' zei Steve nadat hij zijn voorraad Red Lantern had besteld.

Ze gingen naar het vlakbij gelegen provinciaal museum, een groot, koud, klassiek gebouw. In de centrale ruimte lag een meer dan tweeduizend jaar oud lijk in een glazen kist met formol. Het was de markiezin van Dai, die op ongeveer vijftigjarige leeftijd gestorven was. In een van de koningsgraven van Changsha was zij in goed geconserveerde staat aangetroffen. De huid was zelfs nog vochtig, de neusharen en trommelvliezen waren nog intact, de gewrichten bewogen nog.

Maar het gezicht van de markiezin was misselijk weggeteerd, haar mond wagenwijd opengesperd, haar ogen krampachtig dichtgeknepen. Een grimas om nooit meer te vergeten. Voor de Chinezen een symbool van overwinning op de tijd, maar voor Barbara een beeld van genadeloze aftakeling.

In glazen bokalen rond de kist stonden haar ingewanden tentoongesteld. Hart, longen, lever, maag, darmen, rectum, blaas, baarmoeder, eileiders. Zo strontkleurig zag een vrouw er dus vanbinnen uit.

Huiverend liep Barbara de volgende zaal in. Daar stonden de meer dan drieduizend voorwerpen die in de koningsgraven waren aangetroffen. Zijden doeken, beeldjes van hout en klei, muziekinstrumenten, wapens, boeken, landkaarten, lakdozen, kruiken en sieraden. Smaragdgroen. Karmijnrood. Azuurblauw.

'Kijk, lapis lazuli,' zei Steve, en hij streek over een vaas die een diepblauwe kleur had met een schijn van goud. 'Afkomstig van de Blauwe Berg.'

85

Barbara werd in een oude, gammele wagen naar het ouderlijk hof van Mao gevoerd door Dubbele Knipoog en Zwevende Handen. Zo noemde zij althans haar begeleiders, want hun echte namen had ze niet verstaan. Ze werkten voor de Provinciale Corporatie, en directeur Ma had erop aangedrongen dat ze haar Mao's geboortehuis lieten zien, alvorens haar naar Vuurwerkstad te brengen.

'Daar lag onze Grote Roerganger aan de speen,' zei Dubbele Knipoog, toen ze wat later aankwamen in de groene vallei ten zuiden van Changsha, die om haar schoonheid Hibiscusland werd genoemd. 'En gulzig dat hij was. Arm moedertje.'

Dubbele Knipoog, een bebrilde veertiger met een tic aan zijn ogen, werkte als klerk, kende Engels, en was als tolk meegestuurd. En Zwevende Handen? Het was Barbara onduidelijk wat zijn functie was. Hij had een glimmend vollemaansgezicht en mompelde in zichzelf en zei niets tegen haar. Maar hij zat achter het stuur op een hoogst zonderlinge wijze. Zijn magere handen met ellenlange vingernagels leken het stuur niet of nauwelijks aan te raken. Soms dwaalden ze tientallen centimeters van het stuur af. Ze bleven als kolibries trillend in de lucht hangen. Alsof ze een aura rond het stuur bevoelden en palpeerden.

De uitgestrekte parkeerterreinen waren bijna helemaal leeg. De souvenirverkopers zaten zo goed als werkeloos naar hun Maospeldjes en Rode Boekjes te kijken.

Het geboortehuis van Mao was een fraaie bakstenen boerderij met een binnenhof, tussen een vijver met lotusbloemen en een helling met bamboe. Hier had Mao een generatieconflict uitgevochten met zijn despotische vader, die wou dat hij als oudste zoon op het bedrijf bleef werken. Het was een gebod van Confucius dat kinderen tot vaderliefde verplicht waren en in alles moesten handelen als hun voorouders. Maar Mao liep thuis weg, liep op school weg, was overal rebels en recalcitrant. Een ettertje.

Onwillekeurig moest Barbara aan haar eigen familie denken en aan haar moeilijke relatie met haar vader. Wat verwachtte hij echt van haar? En wat wou zij?

'Deze streek staat bekend als het land van helden en bandieten,' zei Dubbele Knipoog. 'Het verschil tussen de twee is soms klein.'

Ze zaten in het lokale hotel onder een groot Mao-portret en aten de sterk gekruide Hunanese gerechten, die al even bekend waren om hun vurigheid als de mensen. Gestoomde of geroerbakte kikkerbilletjes, zoetwatervis, slangenvlees, en het tableau in het midden van de tafel bleef maar ronddraaien met nieuwe schotels erop.

'Was jij een held of een bandiet?' vroeg Barbara aan Dubbele Knipoog.

Hij legde zijn eetstokjes neer.

'Ze sloten mij op in een dierenkooi,' zei hij. 'Met een ezelsmuts op mijn hoofd.'

De veranderingen bleven voorlopig nog beperkt tot de speciale economische zones in het zuiden, maar één ding was ook hier in het diepe binnenland duidelijk al veranderd: iedereen sprak nu openlijk over de Culturele Revolutie, de tien Woeste Jaren van 1966 tot 1976.

De vader van Dubbele Knipoog had een goed draaiend vuurwerkfabriekje in Liuyang gehad. Het was een ambacht dat eeuwenlang van meester op gezel werd doorgegeven. Het bedrijf had Dubbele Knipoog toegestaan om in Hongkong te studeren. Hij wou ondernemer worden, vuurwerkkunstenaar, sjamaan, of alles tegelijk. Nadat de communisten de macht hadden veroverd, werd het ouderlijke bedrijf genationaliseerd. Maar Dubbele Knipoog bleef op dorpsfeesten en bruiloften spektakels verzorgen, en oogstte veel bijval met zijn in Hongkong geleerde Britse effecten.

Toen de Culturele Revolutie losbarstte, vielen de Rode Gardisten bij de vuurwerkmaker binnen. Zij beschuldigden hem van bourgeois-reactionair gedrag, spirituele pollutie en buitenlandse invloeden, en hij en zijn vrouw werden verbannen naar een afgelegen landbouwcommune, jarenlang. Dubbele Knipoog werd gepest en moest het zwaarste werk doen, maar hij had een sterk gestel. Maar zijn lieve vrouw, zijn tere vrouw...

'Ach, man,' onderbrak Zwevende Handen, die zelf als boerenzoon in armoede was opgegroeid. 'Het land leeft niet van liefde alleen.'

'Ik klaag niet,' veerde Dubbele Knipoog op. 'Ik sliep in de mannenzaal, maar onderhield vriendschappelijke betrekkingen met mijn vrouw. We mochten op zaterdag elkaar ontmoeten in de *crush room*!'

'Vroeger had je een klein aantal mandarijnen en veel hongerlijders,' zei Zwevende Handen. 'Daarna had iedereen eten, medische zorg, een dak boven het hoofd...'

'Meer nog: wij hadden toiletten met wel tien zitgaten! Allemaal gezellig naast elkaar! Dat hadden ze in het Westen niet eens! En met een uitstekende akoestiek!'

Zwevende Handen geeuwde, liet zijn ogen rollen en spuwde naast de kwispedoor. Hij rekende af en ging naar de auto. Op de lege parkeerplaats kwamen net de toeristen aan die in Kanton ook op de trein waren gestapt. Ze beten smakkend in een meloen, spuwden de pitten op de grond, boerden en sloegen met hun strooien hoeden de souvenirverkopers van zich af.

Op de weg naar Liuyang, dwars door de bergen, hield Barbara haar ogen angstvallig op het stuur gericht. De handen met de lange vingernagels fladderden tot boven haar schoot. De weg was hobbelig en de wagen kraakte alsof hij uit elkaar zou vallen. Maar er was geen betere chauffeur dan Zwevende Handen.

86

Liuyang. Het beloofde land voor vuurwerkmakers. Barbara stond op het plateau achter Fabriek Nummer Eén en keek uit over het panorama van Vuurwerkstad. Met langs drie zijden hoge bergen als een hoefijzer eromheen. De hellingen groen van de eucalyptusbossen. Op de heuvels drie spitse pagodes, die boven het stadje uittorenden. In de vallei een zigzagrivier met twee bruggen.

'Wat een heerlijk uitzicht,' zei Barbara geroerd.

'De Liuyang-rivier,' zei Steve Wang die naast haar stond. 'De Rode Rivier. Beroemd in heel China.'

'Waarvoor?'

'Er is een oud folkloristisch liedje over. Maar de communisten hebben de tekst naar hun hand gezet. Nu is het een nationaal strijdlied.'

De rivier was misschien half zo breed als de Schelde, maar donkerblauw van kleur, terwijl het water in Antwerpen al een aantal jaren zwart en biologisch dood was door de vervuiling. Tussen de twee bruggen lagen honderden woonboten, met een zeil erover zoals op een huifkar. Kleine jonken kruisten de stroom en vissers gooiden hun netten uit.

Het stadje was ongeveer zo groot als Leuven, maar alleen de hoofdstraten waren verhard. Verder waren er alleen wegen van aangestampte aarde. Overal werden de heldendaden van de revolutionaire stad in arduin en graniet herdacht. Er waren weinig of geen wagens, maar veel riksja's, brommers, fietsen, stootkarren en bergtractors. De binnenstad was een web van straatjes, kanaaltjes en pleintjes. Traditionele huisjes met gewelfde daken die met fabeldieren of lotusbloemen waren versierd. En veel kleurige vuurwerkwinkeltjes, waar in dozen en bokalen de basisstoffen en hulzen werden verkocht.

Het leek er zo rustig. De winkeliers zaten samen op de stoep mahjong te spelen.

Het hotel was klein, muf en oud. De slome receptionist had haar paspoort achtergehouden voor de registratie en haar een thermosfles met heet water meegegeven. In de kamer op de bovenste verdieping lag plakkerige vloerbedekking en hingen zware gordijnen voor de vensters. Maar toen ze de ramen opengooide, zag Barbara de rode zon langzaam als een grote sinaasappel achter een heuvel glijden, het licht was warm en weldadig, en met diepe teugen ademde ze de berglucht in.

In Fabriek Nummer Eén, waar Steve Wang al eerder die dag was aangekomen, had de ploegbaas diep en lang voor haar gebogen, tot het bijna gênant werd. Hij droeg het rode lint van Held van de Arbeid trots in zijn knoopsgat. Hij knipte met de vingers en een stoet blauwgekielde arbeidsters trad aan. Glimlachend hieven zij het beroemde lied van de Rode Rivier aan:

Hoeveel bochten heeft de Rode Stroom?
Negen bochten heeft de Liuyang.
Welke massa's wonen in dit land?
Daar woont het koene volk van Xian.
Wie leidt de massa's in de strijd?
Dat is Mao die het volk bevrijdt…

Terwijl er schalen met hapjes en drankjes rondgingen, nam Steve Wang het woord. Hij kruiste zijn handen, die glommen van het zweet, devoot in elkaar, alsof hij overging tot een gebed. De korte toespraak in het Chinees kon Barbara maar in grote lijnen volgen. Zij begreep dat het over de komende Amerikaanse feestdag op 4 juli ging, en dat enkele grote partijen vuurwerk voor Amerika nu snel moesten worden verscheept. De arbeidsters klapten in de handen en gingen weer aan het werk.

‘We zitten achter op het schema. Morgen moeten de eerste fonteinen klaar zijn,’ zei Steve tegen de ploegbaas.

‘Eind deze week,’ boog de Held van de Arbeid.

‘Een krat bier als het overmorgen lukt,’ besloot Steve het gesprek.

‘Dat komt in orde, meneer Wang.’

87

Vuurwerkfabriek Nummer Eén stond in het centrum van Liuyang tegen een helling aan. De gevaarlijkste werkzaamheden gebeurden in kleine ateliers die half in de bergwand waren ingegraven. Buiten stonden waterbakken langs een met golfplaten overwelfde gaanderij.

Maar het meeste werk gebeurde in donkere, warme schuurtjes, waar honderden vrouwen aan lange tafels zaten. Voor hen lagen er hoopjes met wit, geel, bruin of grijs poeder. Ze graaiden met hun blote handen in het kruit en vulden kleine hulsjes met een trechtertje. Hun gezichten zagen zwart van het stof.

‘Bijna allemaal meisjes,’ lachte Steve, ‘want die zijn met hun gevoelige vingers meer geschikt voor het fijne handwerk, nietwaar?’

Vrouwen liepen met een juk over hun schouders, waaraan twee schalen met bommen hingen. De bommen werden op grote schragen gelegd, waar ze met zijn duizenden lagen te drogen in de blakende zon. Allemaal sferische bommen, zo rond als een voetbal, en niet van die cilindrische salami’s zoals in Europa.

Toen het donker genoeg was geworden, liet de ploegbaas enkele prototypes zien van de fonteinen voor Amerika. Steve vroeg om ze te demonstreren op de oprit voor het kantoor.

De eerste fontein heette Brullende Leeuw Door Een Rad Van Vuur Springend. Toen de lont was opgebrand, schoot er een slappe straal rode vonken uit, gevolgd door een fluitende toon en een plof.

De volgende fontein heette Een Vlucht Vogels In De Storm. Het ding knalde uiteen en de stukken karton vlogen rakelings over hun hoofd. Barbara kon nog maar net op tijd wegduiken.

'Er is nog wat werk aan,' zei Steve bezorgd.

Dat van de toiletten klopte nog altijd. Terwijl de proeven voortgingen, duwde Barbara een deur open en zag een rij onnozel lachende vrouwen met bloot achterwerk op een lange plank zitten.

'Sorry,' zei ze geschrokken.

Er was ook een troosteloze slaapzaal waar de werknemers logeerden. De deur met het bordje *Crush Room* achter het kantoor durfde Barbara niet open te duwen. Ze had van Steve gehoord dat die term sloeg op een kamer met bedden, waar het personeel zich kon terugtrekken om te rusten. Een onuitroeibare gewoonte waar hij een afkeer van had.

Buiten was het nu een geknetter van jewelste. Blijkbaar hadden nog andere fabrieken op het duister gewacht om met testen en demonstraties te beginnen. De lucht fonkelde van de chrysanten, pioenen, jasmijnen en andere bloemen van vuur.

Barbara voelde zich even Alice in Wonderland. Ze wenste dat haar vader dit had kunnen zien.

88

De zwartgelakte poort was vergrendeld. De twee arduinen leeuwen aan weerszijden van de poort lieten niemand door. Maar na lang aankloppen kwam door de tuin een oud, gebocheld mannetje met een sik aangesloft. Twee wild blaffende honden kwamen achter hem aan gerend. Het mannetje keek achterdochtig.

Dubbele Knipoog had Barbara naar hier gebracht, omdat ze hem in vertrouwen gezegd had dat ze eigenlijk studente in Hongkong was en informatie nodig had over hoe het met het vuurwerk allemaal begonnen was. Dubbele Knipoog wist dat er aan de rand van Liuyang nog altijd een vuurwerktempel stond, ook al hadden de communisten geprobeerd om alle 'achterlijke gebruiken' uit te roeien.

Na een lange uitleg van Dubbele Knipoog klaarde het gezicht van de oude man op, en met veel buigingen liet hij het bezoek binnen. Ook de honden kwispelden ineens vrolijk, alsof ze snapten dat het goed volk was. Ze liepen over een pad door een verwilderde bamboetuin. Aan de zijkant zag Barbara een door mos overwoekerde graftombe, maar ze gingen er voorbij, achter het met sleutels rinkelende mannetje aan.

Hij opende de poort van de bouwvallige tempel. Het zachte middaglicht viel binnen en scheen op een metershoog, goudkleurig standbeeld van Li Tian, de pionier van het vuurwerk. Tussen de rode pilaren en muren stonden twee kolossale gongs, wierookvaten, en een soort barbecuestel waar bezoekers sterretjes en vuurstokjes konden laten branden.

De oude tempelbewaker vertelde dat er in de zevende eeuw, onder de Tang-dynastie, in Liuyang een legendarisch man leefde, genaamd Li Tian. De streek werd getroffen door stormen en overstromingen, en er heerste grote armoede. Om de kwade geesten te verjagen, gooiden de mensen bamboescheuten in het vuur, zoals in China al eeuwen gebeurde. De lucht in de bamboe zette uit door de warmte en gaf een luide knal. Maar de stad bleef door ontij gekweld, en men wist niet meer wat te doen. Toen vernam Li Tian van een alchemist, die zoals andere alchemisten op zoek was naar het elixir om lang te leven, hoe hij een ontvlambaar mengsel met zwavel en salpeter kon maken. Hij deed het kruit in een stuk bamboe, maakte de stengel goed dicht, en gooide het ding in het vuur. De knal was oorverdovend, en de kwade geesten vlogen weg en alles was weer goed in Liuyang. Maar het zou nog tot 1044 duren voor de zuivere formule van buskruit voor het eerst op papier werd gezet...

Achter de tempel van Li Tian zag Barbara nu een oud vrouwtje aan een met voetpedalen bediende machine zitten. Eerst dacht ze dat het een naaimachine was, maar toen herkende ze het karakteristieke rode papier van crackers. Uit de machine kwam een katoenen draad omhoog waarmee de crackers aan elkaar werden geregen.

'Het zijn arme boeren,' zei Dubbele Knipoog. 'Voor elke duizend crackers verdienen ze enkele centen.'

Barbara stopte het vrouwtje een fooi toe.

'Dat is meer dan ik in een week verdien,' fluisterde Dubbele Knipoog, terwijl hij beide ogen dichtkneep.

Het oude vrouwtje gooide het geld terug naar Barbara en begon zo hard te roepen dat ze snel de tempel verlieten.

Op de terugweg zei Barbara niets meer. Langs de weg stond jonge rijst in de mooiste tinten groen die ze ooit gezien had. De boerenhutten waren van okerkleurige modder.

Zij beeldde zich in dat ze de toeristen rondleidde die ze op de trein had ontmoet. 'En hier ziet u het best hoe doodarm deze gemeenschap nog is. Zeer pittoresk. En, schrik niet, links ziet u de typische toiletten van de streek...'

89

Op de boerenmarkt van Liuyang waren de kleuren niet alleen overrompelend, maar ook puur en natuurlijk. Zuivere aardekleuren. Zuivere bloemenkleuren. Zuivere vruchtenkleuren. Barbara was voor het eerst zonder begeleiding op stap en wou er maximaal van profiteren. Ze besnuffelde de kleuren, ze proefde ze op haar tong, ze savoureerde ze met mondjesmaat of slokte ze gulzig op. Ze bezatte zich helemaal aan de strafste tinten.

Zuivere vleeskleuren ook. Olijfgroene schildpadden en reuzenkikkers. Parelmoerachtige, lillende moten vis. Goudgele, fluorescerende ingewanden. Bloedrode vleeshompen, die ze niet kon thuiswijzen.

Het witachtige slachtdier aan een haak herkende ze tot haar afgrijzen wel. Het was net dezelfde herdershond als ze thuis op het Laar hadden. Overlangs doormidden gehakt, gevild en opgehangen. Met de gekliefde hondenkop en droeve hondenogen naar beneden.

Barbara was het intussen gewoon geworden dat ze overal nagestaard werd. Begrijpelijk, want ze was wellicht de eerste blanke vrouw die men in Liuyang zag. Maar op de markt was het erger dan alleen maar nakijken. Kinderen liepen achter haar aan, trokken aan haar kleren, knepen in haar armen. Ze probeerden weerzinwekkende, glibberige kadavers in haar handen te duwen, slijmerige organen, apenschedels, slangenkoppen...

Barbara rende de trappen op naar de pagode achter de markt. Hijgend kwam ze boven op de berg. De pagode telde vijf verdiepingen met krullende dakpunten en een stompe fallus erbovenop. De benedenverdieping was een theehuis. Vuurrode pepers lagen op een wit laken te drogen. Een kleine bruine puppy kwam aan haar voeten snuffelen, en ze wreef zacht over zijn vacht.

De kale baas van het theehuis, die een beige kniebroek en zwarte teenslippers droeg, bracht haar niet alleen de gevraagde thee, maar ook geroosterde meloenpitten en een soort zoethout. En of ze uit Amerika kwam? Of ze met eetstokjes overweg kon? Of ze Liuyang kende? Of ze van vuurwerk hield?

Het gesprek kabbelde voort en stemde Barbara rustig.

Nu was het haar beurt om vragen te stellen. Wat vond hij zelf van Liuyang en hield hij van vuurwerk?

Nee, de gewone man was hier uitgekeken op vuurwerk. Elke avond was het van boemboemboem en de volgende morgen mochten ze de resten uit hun rijstvelden opvissen.

'Maar Liuyang is altijd een kruitvat geweest,' lachte hij. 'En ook nu zal Liuyang voorop lopen met de veranderingen. Of anders de boel in brand steken. En als het in China brandt, zal de hele wereld het voelen.'

Maar wat ging hij met die puppy doen, dat vroeg Barbara zich nu af.

Hij lachte een bruine rij brokkelige tanden bloot.

'Goed verzorgen.'

Pauze.

'Veel eten geven.'

Pauze.

'En hem dan wokken en opeten.'

De man rochelde diep binnenin, haalde een lange fluim boven en spuwde die door het open raam honderd meter naar beneden.

Barbara daalde de trappen weer af.

Pas toen ze beneden was, zag ze de politiewagen. Twee mannen stapten uit en stelden zich voor als de veiligheidsdienst. Ze probeerde zich in haar beste Chinees nog te redden, maar het hielp niet. Ruw werd Barbara in de wagen geduwd en weggevoerd.

90

Twee weken later zat Barbara, nog altijd aangeslagen, weer in het kantoor van Steve Wang in Hongkong om afscheid te nemen. Vanuit het pralerige gebouw zag ze de vrachtschepen naar de oceaan opstomen. Steve zag er in pak en das helemaal anders uit dan bij hun vorige ontmoetingen.

'Sorry als ik je last berokkend heb,' zei Barbara.

'Dat is niet erg,' zei Steve. 'Ik denk dat je verraden bent.'

Volgens Steve werkte Dubbele Knipoog of Zwevende Handen voor de veiligheid. Of allebei. Toen gebleken was dat Barbara helemaal geen werknemer was van WangBang maar studente, was ze het land uitgewezen en op de trein naar Hongkong gezet. Zelfs al had ze een toeristenvisum gehad, dan nog mocht ze niet naar Liuyang, want dat bleef een voor toeristen verboden stad. Er bestond een beperkte lijst van steden die al opengesteld waren.

Barbara had aan Dubbele Knipoog verteld dat ze studente was en daarom naar Vuurwerkstad kwam. Maar ze achtte het uitgesloten dat hij haar belogen en verraden had. Iemand die zelf het slachtoffer van de autoriteiten was geweest?

Steve had het echter over dubbelhartige Chinezen die geleerd hadden om zuinig te zijn met de waarheid. 'De Culturele Revolutie heeft een generatie kapotgemaakt. Kinderen moesten hun ouders aangeven en broers en zussen moesten elkaar verklikken. Sinds Mao is het vertrouwen weg.'

Maar alles zou volgens hem anders worden onder Mao's opvolger Deng. De nieuwe leuze luidde: '*Rijk worden is glorieus*'. Volgens Deng deed het er niet toe of de kat wit of zwart was, als ze maar muizen ving. Economische groei, dat was het enige doel van de aangekondigde hervormingen. Stap voor stap. '*De rivier oversteken van steen tot steen.*'

En Hongkong? Er was een akkoord met Londen in de maak om de kroonkolonie in 1997 terug aan China te geven, zij het met een speciale status. 'Dat kan een vloek zijn, maar ook een zegen. China kan wel eens dé fabriek van de wereld worden. En iedereen kijkt met begerige ogen naar die enorme markt.'

Hij nam een blad papier uit zijn correspondentiebakje. 'Kijk, dat heb ik zonet binnengekregen van de Hollandse connectie,' zei hij. 'Weer iemand die naar China wil voor vuurwerk, maar natuurlijk zo goedkoop mogelijk. En er zitten al verscheidene Hollandse importeurs op die markt.'

Hij schoof haar het blad toe. 'Heb jij ooit van die firma gehoord?'

In het briefhoofd stond: *Valentine Fireworks*. Het logo was een hartje met een vuurpijl erdoor. Het adres was in Bergen op Zoom.

'O, een dubieus iemand,' zei ze nonchalant.

Hij verfrommelde het blad en gooide het in de papiermand.

De receptioniste belde dat de taxi was aangekomen.

'Ik wens je geluk, gezondheid en veel kinderen,' zei Steve Wang.

91

Op een winderige najaarsdag hielpen de gekken van de Alma haar verhuizen uit Leuven. Ze was het artificiële karakter van de studentenstad ineens moe. Betoogd werd er niet meer, alleen de jacht op het diploma telde nog. Ze was er te lang blijven plakken, zoals dat gezegd werd. Alsof hier het levenselixir te vinden was om eeuwig jong te blijven.

Haar militante buurvrouw Liesbeth was al eerder verhuisd. Ze begon aan een lat-relatie met een strijdmakker, had ze gezegd. *Living apart together* met een maoïst.

'Moet dit dikkopje nog mee, Barbaraatje?' vroeg Nico Schizo, die geloofde dat de verhuizing een opdracht was van het Groot Kosmisch Verband. Hij wees naar een affiche van Mao op de muur.

Barbara zat in een uitgerafelde fauteuil en schudde moedeloos van neen.

De voorbije maanden had ze nog sporadisch in de universiteitsbibliotheek zitten werken aan haar licentiaatsverhandeling, die voor niets diende, tenzij misschien om haar vader te foppen.

In haar verhandeling beschreef Barbara hoe vuurwerk in China was ontstaan en hoe het naar Europa was gebracht. Níet door Marco Polo eind dertiende eeuw, zoals in de oude vuurwerkboeken stond, want die was volgens haar nooit in China geweest. Geen enkele Chinese kroniek vermeldde hem. Hij had alleen een soort handelsboek samengesteld.

Nee, volgens Barbara's studie was vuurwerk al een halve eeuw eerder door de Vlaamse franciscaan Willem van Ruysbroeck uit China naar Parijs gebracht. Daar was hij bevriend met zijn ordegenoot Roger Bacon, ook een alchemist op zoek naar het levenselixir. Bacon schreef als eerste in Europa over buskruit: '*Men kan het geluid des donders nabootsen en vuren teweegbrengen veel schitterender dan den bliksem. Men kan met dit mengsel gansch eene stad vernietigen.*'

Het was een uitvinding die de geschiedenis deed kantelen. Het buskruit maakte een einde aan de feodale oorlogen en liet het Westen toe om zijn wil aan de wereld op te leggen. Nadat in China alle grote uitvindingen waren gedaan, van het kompas tot de boekdrukkunst, verschoof het centrum van macht en innovatie van Oost naar West. En nu dus weer terug…

Op haar laatste dag in de bibliotheek werd de stilte ineens doorbroken door een helse explosie. De studenten aan de ramen zagen een wolk van stof en gruis opvliegen. In het bankgebouw naast de bibliotheek sprongen de deuren en ramen eruit. Door de straat waaiden strooibriefjes: '*Opgepast, dit is een revolutionaire actie van de Strijdende Communistische Cellen.*'

Later had Barbara gehoord dat Liesbeth opgepakt was voor verhoor. De maoïsten werden verdacht. Maar ze had nooit meer contact met haar gezocht. Ze kon niet meer tegen zo veel zekerheid.

Tijd dus om naar Antwerpen terug te keren. Haar schamele huisraad was in kartonnen dozen gepakt. Ze moest nog een laatste keer naar het toilet met het uitgesneden hartje in de deur.

Zoals zo vaak overviel haar het gevoel dat iemand op het toilet haar zat op te wachten. Tegelijk zei ze tegen zichzelf dat het niet zo was. Maar de beklemming bleef. Het Groot Kosmisch Verband, dat Nico dag en nacht stuurde, gaf hem gelukkig de opdracht haar naar het toilet te begeleiden. Ze gingen hand in hand naar de donkere koer. Ze schreeuwden tegen de huilende wind in: 'Er is niemand. Er is niemand. Er is niemand.'

VIII Intermezzo. De cakebox

92

Barbara heeft weer bar slecht geslapen. Het is koud en klam in de Chinese toren. Kleumend staat ze voor het raam. Ze voelt zich als de markiezin van Dai, een oud wijf op sterk water.

Een stormwind wervelt rond het oude huis. De lucht is nog grimmiger geworden. Er dringt nauwelijks licht meer door tot de grijze stad. Een zieke kraai zit te etteren op het afdak. Enkele roetachtige regendruppels pletsen op de veranda en laten een slijmerig spoor achter als van een slak. De dakgoot is weggekankerd en hangt nog maar met een kromme spijker aan de gevel vast.

In de vuurwerktuin ziet Barbara de deuren en ramen van de paviljoenen open- en dichtklappen. De gespleten moerbeiboom, in zijn gareel van stalen kabels vastgebonden, kreunt alsof hij elk moment kan ontploffen. De helft van de eiken in de dreef is al dood. En waarom zijn de andere bomen en struiken nog niet aan het botten? Waarom staan de vroege heesters nog niet in bloei? Waarom zit er nog geen zaad en pluis in de lucht? Waarom komen de konijnen nog niet uit hun pijpen gekropen?

Jaren geleden was ze op een zomerse zaterdagmiddag naar huis gekomen, waar haar moeder koffie en koekjes zou serveren. Lea had haar gevraagd over iets te komen praten. Maar het grote huis was leeg. Er had zich intussen een belangrijke verandering voltrokken. Tante Adèle en oom Walter waren verhuisd, ze hadden een flat aan zee en gingen 'van hun oude dag genieten'. Een uitdrukking die Vidal tot afgrijzen en Lea tot jaloezie stemde.

Na lang zoeken vond Barbara haar oud geworden moeder in

een tuinbroek in de boomgaard. Ze liep prevelend rond met een wichelroede in de hand. Achter haar liep een kabouterachtig mannetje met een prikstok.

'Zie je wel,' zei het mannetje. 'Het zit hier vol aardstralen.'

Lea richtte zich met wanhopige blik tot Barbara. 'Mijn mooie tuin gaat helemaal kapot.'

Ze liep mopperend naar een perenboom, waarvan de kromme stam rond zijn eigen as gedraaid leek. Ooit had hij peren gedragen waarvan het sap langs je kin naar beneden liep. Nu wipte de wichelroede opgewonden op en neer.

Het kaboutermannetje stak zijn prikstok in een verzameling zwammen en vroeg of er soms uilen in de boom sliepen.

'Ik denk het wel,' zei Lea.

'Uilen, slangen en katten zijn gek op aardstralen. Paddestoelen, brandnetels en wingerd groeien er als kool. Voor mierennesten en muggenzwermen is het een zegen,' doceerde het mannetje, terwijl hij in zijn lange, luizige baard krabde. 'Maar bomen verdorren en sterven. Kippen leggen niet meer, paarden krijgen de kolieken, en koeien verwerpen. En vrouwen ook. Miskramen en doodgeboren vruchten...'

Lea en Barbara keken onthutst naar elkaar en zeiden niets.

'Hier moeten we een doosje met solfer begraven om de stralen te neutraliseren,' besloot hij, en ging aan het spitten.

Het kostte wel een bom geld.

Toen het mannetje weg was, nam Lea Barbara's hand vast. Haar zijdezachte haar was helemaal wit geworden. Haar knokige armen zagen zwart van de dondervliegjes.

'Niets zeggen tegen vader,' zei ze op samenzweerderige toon. 'Ik weet van dode vruchten alles.'

'Ik ook,' zei Barbara nadrukkelijk, blij dat ze een gelegenheid kreeg om erover te praten.

Lea wou echter niet luisteren en taterde er snel overheen. 'Zeg, heb je het nieuwe terras van je zus al gezien…'

Dat had ze wel meer. De dingen niet horen die ze niet wou horen. Ze wou liever niets weten van abortussen en drugs en andere enge zaken die niet pasten in haar wereldbeeld.

93

Die middag was Barbara nog bij haar zus langsgegaan in de villawijk ten noorden van Antwerpen. Haar bungalow lag als een kievietsnest weggestopt in het groen. De stalen poort ging elektrisch open en dicht, en er hing een bord op met een hondenkop en de waarschuwing 'Hier waak ik', ook al hadden ze geen hond. Op het glanzende terras achter het huis zat een spinnende poes in een rieten stoel. Het was er zo gezellig dat Barbara ervan duizelde.

Diederik, de gedroomde schoonzoon die in de haven werkte, maakte een grap over het dikke pak geldflappen dat Barbara toonde. 'Je ouders hebben hun ouwe sok leeggemaakt. Zwart geld.'

Tot Barbara's verrassing had haar moeder haar een envelop vol biljetten gegeven. Wel genoeg om een flatje te kopen. Het was eind jaren tachtig, Barbara was dertig geworden, en haar ouders vonden dat ze nu recht had op dezelfde bruidsschat als haar zus. Toen Marie trouwde, hadden ze haar geholpen om haar huis te financieren.

Barbara was uit het lood geslagen. Enerzijds leek het alsof haar ouders hun handen van haar aftrokken en zeiden: nu hebben we onze plicht gedaan, de rest is voor jou. Anderzijds hadden ze blijkbaar geconcludeerd dat ze misschien wel nooit zou trouwen. Barbara had nu definitief de status verworven van oude vrijster, een die overgeschoten was.

'De biologische klok...' begon ook Marie, maar Barbara liet met veel wenkbrauwgefrons blijken dat ze niet gediend was van dat gezeur.

'Geld is vies,' zei hun zoontje Jonas. 'Het stinkt naar pis en kak. Het zit vol zweet en koffievlekken.'

'En buskruit,' lachte Barbara. Het jongetje had een nat neusje, een spleetje tussen de tanden en kuiltjes in zijn wangen. Hij kroop bij zijn doopmeter op schoot. Ze streelde zijn sluike, zwarte haren. Het was een schuchter, zachtaardig kind. Voor hem moest het allemaal nog beginnen. Hij kon nog een genie worden, een topatleet, een groot schilder. Onbegonnen, oneindig, het leven nog voor zich. Nog niet geconfronteerd met de eigen beperkingen en nog niet ondergedoken in de eigen middelmatigheid.

'Buskruit, meter?'

'Ja, daar maken ze vuurwerk mee in de fabriek van opa,' zei Barbara.

Het was het moment om hem het cadeau te geven dat ze al een tijdje in de koffer van haar wagen had liggen: de *Bouwdoos voor de Scheikundige Bolleboos.* Hij was er zichtbaar blij mee en trok zich terug in zijn kamer.

Marie keek hem wantrouwig na. Jammerend liep ze over het nieuwe terras met stoffer en opneemdoek. Het was alsof er steeds meer vuil uit de lucht kwam. Het vuil koekte aan de ramen en sloeg neer op de terrasstoelen. Marie zag er afgepeigerd en bleek uit. Ze had nog haar baan aan de universiteit, deed al het huishoudelijk werk, en kweekte biologische groenten. Ze vond dat ze een druk, stresserig leven had, en was soms jaloers op de relatieve rust die haar moeder nog had gekend.

'Maar Diederik helpt soms met de afwas,' zei ze met een zenuwachtig lachje. 'Nietwaar, Diederik?'

Hij keek alsof ze maar beter kon zwijgen. Barbara zag dat ze nog altijd erg afhankelijk was van zijn bevestiging. Marie voelde zich een grijze mus en hield zich afzijdig in conversaties, tenzij als aangeefster van een gespreksonderwerp.

Maar Diederik ging er ditmaal niet op in. Hij richtte zich tot Barbara: 'Waarom kom je niet bij ons werken?'

94

Ze had die jaren met plezier gewerkt in het kantoor van de Zijdewormnatie in de haven. Haar Chinees was een grote troef in een tijd dat de handel met de Chinese wereld – Hongkong, Singapore en Taiwan inbegrepen – steeds grotere proporties begon aan te nemen. Het ging nu niet meer om zijde, porselein en thee, maar om elektronica, speelgoed, textiel en huishoudartikelen. Massaconsumptiegoederen.

Als Barbara naar Shanghai moest bellen of Chinese klanten opvangen in Antwerpen, dacht ze vaak terug aan het wonderlijke licht en de weldadige kleuren van Vuurwerkstad.

Na een korte cursus wist ze hoe ze met de vrachtbrieven en douanedocumenten moest omgaan. De meeste bedienden waren al wat ouder en verstard, en Barbara was een van de weinigen die met de pas ingevoerde computer kon werken.

Diederik, hier meestal in ribfluwelen pak, had de plaats van zijn vader overgenomen en probeerde er wat dynamiek in te krijgen. De harde werkelijkheid was dat de Zijdewormnatie in de jaren tachtig achterop geraakt was bij de grote rivalen. De concurrentie was messcherp. De oude natiebazen wilden reageren zoals ze in tijden van tanende omzet altijd hadden gedaan: de buikriem aansnoeren.

Maar Diederik pleitte op de algemene vergadering verrassend voor het tegendeel.

‘We moeten durven investeren,’ zei hij. ‘Het bestuur moderniseren. De handel diversifiëren. En vooral containeriseren. De containers zorgen voor een nog grotere revolutie in het transport dan de invoer van pallets na de oorlog. De containers zullen van Antwerpen hét distributiecentrum van de wereld maken.’

‘Containerisatie brengt concentratie,’ knorde een van de oudere natiebazen. ‘En in dat spel moeten wij het afleggen tegen de grote jongens.’

Maar Diederik schetste een somber toekomstbeeld. Kleine naties en familiale stuwadoors moesten eraan geloven of werden opgeslorpt. De scheepvaart stond nu volledig in het teken van het massale. Steeds grotere mastodontbedrijven. Steeds grotere mammoetschepen. Steeds meer tonnenmaat.

‘En voor ons steeds meer schulden,’ zei de tegendraadse natiebaas.

‘Zien jullie dan niet de aanrollende golven van de wereldmarkt?’ vroeg Diederik. ‘Alleen als wij durven, kunnen wij op die golven meesurfen.’

Diederik won het met één witte koffieboon verschil. Hij werd werkdeken van de Zijdewormnatie. Enkele tegensputterende natiebazen werden uitgekocht en gingen met pensioen.

Voortaan zouden ze het bij de Zijdenatie niet zozeer meer hebben over het laden en lossen van goederen. Wel over het *strippen en stuffen* van containers.

95

Aan de kade in het Schipperskwartier had Barbara een dakappartement met zicht op de stroom gehuurd. De patriciërswoningen aan de rivier hadden nog al hun aanzien bewaard, maar de kleine straatjes erachter waren helemaal verkommerd. Oude, vervallen huizen en bordelen tot aan het stadhuis. En wat er nieuw kwam, was mat en kleurloos.

Dicht bij haar appartement was de hoerenbar waar Barbara tijdens die hete zomeravond van 1976 nog met Victor had gezeten, toen zijn maat Jack een bommetje in het bidet had gegooid. Enkele uren voordat Barbara zwanger was gemaakt op de kaaien. Dezelfde Tamara werkte er nog, tien jaar ouder en ronder, en ze had nu een schattig dochtertje met krullen, waarmee ze soms op een bank aan de Schelde zat.

In haar appartement richtte Barbara een kamer in om te schilderen. Ze had in de buurt een winkel voor kunstenaarsbenodigdheden ontdekt, waar ze alles kon vinden wat ze nodig had. Kant-en-klare tubes verf die met een codenummer werden aangeduid. PR106 was een halfdonker, scharlakenachtig rood. WN0102010 een grijzig, groenig blauw dat Antwerp Blue werd genoemd. Dankzij de codenummers kon je nu duizenden kleuren trefzeker benoemen en wereldwijd in standaardversie bestellen. Geen geknoei meer met een likje van dit en een likje van dat. Geen vage, mysterieuze namen meer zoals karmozijn en vermiljoen.

Tijdens haar middagpauze op het werk wandelde ze naar haar favoriete plekje in de haven. Het was een klein, wit polderkerkje, dat als een anachronisme was achtergebleven tussen de loodsen en containers. Duiven, vleermuizen en andere dieren kropen door de galmgaten naar binnen en hadden vrij spel in de toren.

Wat verderop aan het water vormden de kranen en schepen een schitterend decor. Het was een machtig gezicht om de oceaanreuzen over de Schelde te zien aankomen, met de sleepboten als trekpaarden voor hen. Nog verderop stonden de eerste dampende schouwen en kraakinstallaties van de fabrieken. Nergens anders had je zo'n cluster van petrochemische bedrijven, en nergens anders zo'n wirwar van onder- en bovengrondse leidingen. Een van de dreigendste landschappen ter wereld. Maar die dreiging trok Barbara ook aan.

Ze plaatste haar schildersezel bij de kerktoren en begon de Himalaya van opgestapelde containers te schilderen. De rechthoeken in rood, groen, wit, geel en oranje, als grote legoblokken op elkaar. Een lappendeken van afgebleekte tinten. Ze smeerde de verf dik op haar doek tot Mondriaanachtige composities. Of tot monochromen van alleen maar verschoten blauw. De enige kleur die op zichzelf kon staan.

De containers waren uitgesproken lelijk. Een container was een vrachtwagen waar alleen nog het wielstel onder moest worden geschoven. Het was een stuk van een schip dat aan land werd gebracht. Het was een stalen kooi die om het even wat kon bevatten. Een verrassing.

Tussen al die containers en kranen lag ergens het met zes meter zand opgespoten polderparadijs van haar moeder. Tja.

96

Buiten is er het geraas van de stad, terwijl Barbara binnen weer met de dagelijkse verzorging van haar wonden en littekens is begonnen. Er zijn hysterische sirenes van politiewagens en ambulances. Er is driftig getoeter van auto's en nerveus gebel van trams. Er is geroep en geschreeuw en gezang en gelach...

Wanneer Barbara voorzichtig door de gordijnen kijkt, ziet ze tot haar verbazing een kleine stoet opgewonden mensen op de stoep van Kunstvuurwerken Vidal staan. Ze dragen borden en roepen slogans.

'Geen bommen, werk verdomme!'

Barbara is nog meer verstomd als ze tussen de betogers Liesbeth herkent, haar Leuvense vriendin, die ze sinds haar studententijd niet meer heeft gezien. Ook een vrouw van middelbare leeftijd nu, maar met nog strijdbare ogen.

De lieve malloot. Nog altijd even geëngageerd, ook al hebben anderen al lang afscheid genomen van de idealen van vroeger. En ook naar haar Antwerpse wortels teruggekeerd.

Maar zij weet toch dat de vuurwerkfabriek gesloten is? Voor Vidal was de ellende jaren geleden al begonnen toen er hier voor het eerst betoogd werd. Maar deze onnozele actie heeft natuurlijk niet meer met Vidal te maken.

Het heeft met de ramp te maken.

'Yankees go home!'

Dan ziet ze Liesbeth een tas openmaken en iets uitdelen. Het volgende ogenblik komen enkele tientallen verfeieren op de oude voorgevel van het huis af. Het sierlijke opschrift '*Kunstvuurwerken Vidal. Sinds 1769*' verdwijnt onder groene en rode vlekken. Hetzelfde gebeurt met het raam waarachter Barbara zich vlug terugtrekt.

Hebben ze haar gezien?

Een politieman roept in sappig Antwerps dat iedereen 'zijn schup moet afkuisen'. Het geschreeuw verstomt.

97

In de werkkamer neemt Barbara plaats op de met zwart leer beklede, opdraaibare, op rubberen wieltjes rijdende kantoorstoel van haar vader. Ze zet haar laptop op de schrijftafel en duwt op de startknop. Het duurt even voor ze de gekleurde letters van Google op haar scherm krijgt. Dan klikt ze door naar de website die ze zoekt.

Op de openingsbladzijde spat een ronde chrysantbom open in pinkelende lichtjes die de woorden '*Welcome to Valentine Fireworks*' vormen.

Onderaan staat '*Painter of the Sky*' en '*Magicien du Feu*'.

Rara, waar heeft hij dat gepikt?

Als ze op het kloppende, knalrode hartje klikt, verschijnt er een foto van Victor naast een grote bom van meer dan een meter breed. Victor ziet er met zijn rood haar en bruin gezicht stralend uit. Aan de andere kant van de bom herkent Barbara Dubbele Knipoog. De Chinees draagt geen Mao-pakje meer, maar een klef maatpak. Op de bom hangt een wimpel met de tekst '*World Record*'.

Niets nieuws op de website.

Laatste update: de dag voor de ramp.

Bezoekers: 4.061.

In de rubriek FAQ staat nog altijd de bewering dat Valentine eigenaar is van 'de eerste fabriek van Liuyang'. Op een foto ziet Barbara de voorgevel van een gebouw met de naam Valentine Fireworks. Maar ze weet dat achter dat bord een ander bord met de naam Kingkong Fireworks hangt. En daarachter misschien nog een ander bord.

Het is virtuele realiteit. Als je het vraagt, hangen de Chinezen gewoon 'exclusief' een label van Valentine op de bommen, zoals ze voor zo veel andere bedrijven doen.

Zo zijn vuurwerkmakers altijd geweest: goochelaars met ronkende titels, superlatieven en illusies.

Desalniettemin.

De vuurpijlen op de website, allemaal afgeprijsd, luisteren niet meer naar de fantasievolle Chinese omschrijvingen van vroeger.

Ze dragen nu gortdroge namen zoals Mr. Death, Killer Machine of Bazooka Box.

Die laatste is een van de fameuze *cakeboxen* waar Barbara een hekel aan heeft gekregen. Hét grote Chinese succes van de voorbije tijd: een kartonnen doos met tientallen kokers die met elkaar verbonden zijn. Een soort minicontainertje met een prefab-spektakel. Je moet maar één lont aansteken, en dan kan je rustig een biertje gaan drinken, want de rest van het spektakel volgt zijn eigen weg. Enige creativiteit is niet meer vereist: als je enkele cakeboxen van een paar honderd shots achter elkaar opstelt, heb je al een show bij elkaar. Kinderspel.

Barbara klikt de website weg.

Ze haalt een papiertje te voorschijn en tikt het e-mailadres in van een bedrijf in Amerika, de *Nevada International Financial Corporation*. Daarna de naam van de CEO. '*Dear Mr Baker...*'

98

Onderaan in het bureau ligt nog een cassette met muziek voor een vuurwerk. De oude cassetterecorder blijkt nog te werken. Uit het apparaat komt een fragment van de Radetskymars van Strauss. En boven de muziek de rauwe stem van haar vader: 'Vuur! Vuur! Vuur!'

Een opname voor het eindejaarsspektakel van 1990, dat maar weinig volk kon lokken. Ook Barbara was er niet bij. Zij herinnert zich vooral de vreselijke ruzie op het nieuwjaarsfeest dat twee weken later werd gehouden in het familiehuis, zoals elk jaar.

Na het feestmaal zat iedereen koffie en cognac te drinken bij de haard. Barbara zag dat haar vader zijn zwaarmoedige bui in drank probeerde te smoren. Zijn stem klonk somberder dan ooit. Alles ging volgens hem naar de knoppen. Er was geen respect meer voor traditie, en dat kwam allemaal door de massa-import van 'Chinese rommel'.

Als hij wou, kon hij elke avond een snelle show ineenflansen voor vip-party's en bedrijfsfeesten, maar hij vertikte het. Hij had alle trofeeën gewonnen, miljoenen mensen verrukt en voor koningen en presidenten gewerkt. Dan ging hij nu niet meer plat op zijn buik voor yuppen en snobs die niet eens van vuurwerk hielden. Ze moesten die nieuwe 'afstekers' met hun cakeboxen maar inhuren.

'Die denken dat ze ook vuurwerk kunnen maken. Ha, dat is zoals een bakker die denkt dat hij de mis kan doen omdat hij toevallig ook een hostie kan bakken,' schamperde hij. 'Het zijn gevaarlijke gekken. En op een dag heb je een catastrofe, let op mijn woorden!'

De aanleiding voor het gesprek was een persconferentie die Vidal enkele weken eerder met de Europese Regenbooggroep had gehouden. De vereniging was op de patroonsdag van Sint-Barbara bijeengeroepen, maar alleen de Italiaan Pantone en de Britse Blastor Pastor waren op komen dagen. De bedoeling was te brainstormen over de Europese eenmaking in 1992, want elk land had nog een verschillende reglementering. Als de Europese binnengrenzen wegvielen, zou de 'vuurwerkmaffia' van die verschillen gebruikmaken. Een immense smokkel zou het resultaat zijn. En er was nu al zoveel negatieve publiciteit over afgerukte handen en uitgebrande ogen door illegaal vuurwerk...

'Misschien moet je het bedrijf verkopen,' zei Diederik. Zijn woorden vielen als een bom uit de lucht. 'Je zal er nu nog een goede prijs voor krijgen.'

'Dit is een familiebedrijf,' zei Vidal. 'Dat zet je niet in de etalage.'

‘Maar je hebt geen opvolger.’

Barbara zag dat Vidal zweeg en uit een ooghoek kort naar Jonas keek. Hij had hem net een flink bedrag gegeven voor zijn *nieuwjaarsbrief*. De jonge puber zat in een hoek van de kamer met een koptelefoon naar zijn favoriete techno-muziek te luisteren. Zijn voeten dansten op en neer met het ritme. Marie zat naast hem, met haar arm om zijn schouder. Uiteindelijk had ze dan toch haar baan opgegeven om voor haar gezin te zorgen, zeker nu Diederik het zo druk had dat hij nauwelijks meer thuis kwam.

Later stond Barbara met haar tante Adèle in de keuken. ‘Het grote probleem is dat Felix bang is geworden,’ fluisterde Adèle. ‘Bang van de nieuwe tijd en bang van zijn eigen bommen. Sinds de dood van Krekel is hij als de dood voor weigeraars en blindgangers. Ik heb al gezien dat Mustafa het van hem moest overnemen.’

Toen Barbara uit de keuken kwam, zag ze haar vader gespannen voor de televisie zitten. Op het scherm was de hemel boven Bagdad te zien. Lichtgevende munitie toverde witte graffiti in de lucht, en afweergeschut zorgde voor gekleurde rookgordijnen.

‘Kijk, onze rookbommen,’ zei Barbara cynisch.

‘Barbara,’ zei haar vader. ‘Wij hebben nooit iets voor het leger gemaakt dat mensen kan doden.’

‘Wat een jezuïetenuitleg. Wij helpen alleen maar de anderen om te doden,’ hoonde Barbara.

Vidal klemde zijn handen ineen in zijn schoot. Hij veegde zijn voorhoofd af. ‘Waarom doe je toch zo?’ vroeg hij met gesmoorde stem. ‘Betekenen familie en traditie dan niets voor jou?’

Ze had hem diep getroffen.

Hij nam een Chinese vaas van het buffet en kwakte die tegen de grond.

Wat een operette.

99

Barbara zit in de werkkamer van Vidal naar zijn laatste vuurwerkcompositie te kijken. Het draaiboek staat vol duivelse krabbels die ze niet begrijpt en die haar een onbehaaglijk gevoel geven.

Het stuk is opgedragen aan Barbara, staat achteraan vermeld. Bedoelde hij daarmee zijn dochter, of de Heilige Trut met de afgesneden borsten?

Op dat moment hoort ze een zwaar gebonk op de gepantserde voordeur. Het klinkt als een mokerslag op een stalen aambeeld.

Ze besterft het van schrik.

Er wordt luid gerammeld aan de sloten.

Ze strompelt krijtwit tot bij het raam. De aanraking met het koude glas jaagt een rilling door haar lichaam.

Als ze niets meer hoort en niets ziet, gaat ze piekerend weer zitten. Ze grijpt naar de map waarop 'horizontaal vuurwerk' staat. Een map van wel twintig centimeter dik. Over hoe de Antwerpse goegemeente in opstand kwam. En Barbara ook.

IX *Vierde tableau. De strijd der titanen*

❧

100

Het ging allemaal ineens zo rap. Het bord met 'Haast u langzaam' werd midden jaren negentig door Vidal uit de vuurwerkfabriek verwijderd, want het klonk als ketterij in een tijd waarin snelheid alles bepaalde. De economie draaide op volle toeren, en Antwerpen stelde eindelijk weer eens een groot budget voor een grandioos vuurwerk ter beschikking.

Het moest een ode worden aan de 'machtige, prachtige vloed'. De stroom die de trots van alle sinjoren was, die schepen met containers uit alle windstreken aanvoer, die de navelstreng was naar de wereldmarkt. De stroom die van Antwerpen de tweede haven en het grootste chemische complex van het continent had gemaakt. De morsdode, grauwgrijze, rot ruikende, maar godzijdank werk en welvaart brengende stroom.

Het had bij de sinjoren wel wat onrust veroorzaakt dat het vuurwerk geen creatie zou zijn van hun eigen Vidal, kunstvuurwerkmaker van Antwerpen. Van Vidal wisten ze dat ze spektakels met grandeur konden verwachten. Meeslepende muziek die de sentimenten hoog opvoerde. Barok vuurwerk met volmaakte boeketten die bourgondisch openbloeiden. En dan nahijgen zoals na een overrompelend orgasme.

Nee, ditmaal zouden ze een 'horizontaal vuurwerk' krijgen van een Hollander uit Bergen op Zoom. In de krant stond: 'Het wordt een poëtische evocatie, die de horizontale lijn van de stroom volgt. Modern en eigenzinnig. De befaamde vuurwerkkunstenaar Victor Valentine wordt niet voor niets de Schilder van de Hemel genoemd...'

De Schilder van de Hemel, 'zeg maar Victor', zat er die avond als een echte artiest bij, helemaal in het zwart gekleed. Glimmend zwarte jas en broek, leren laarzen, latex handschoenen, vilten hoed. De rug recht, de benen wijd, het script onder de arm, ging hij breed zitten op zijn regisseursstoel. Zo nam hij met zijn helpers de plaats aan het Steen in, vanwaar Vidal al tientallen jaren zijn nieuwjaarsshows afvuurde. De burcht op de oever blonk in het schijnsel van de afnemende maan.

Een onafzienbare menigte verdrong zich op de Steenplaats en het Noorderterras. Rij achter rij stonden ze opgesteld, vanaf de Scheldeboord tot de herenhuizen aan de overkant. Wel een half miljoen mensen.

De stadslichten werden gedimd.

Het spektakel begon.

Een kwartier later was het al afgelopen. Alleen de mensen op de eerste rij hadden iets gezien: laserstralen en schijnwerpers op de andere oever, laagvliegende sterren en kometen, een helikopter die een soort waterval uitgooide, rubberbootjes met fakkels die kringen door het water trokken, een mislukte regenboog over de Schelde als slot.

Was dat alles? Was het belastinggeld van de Antwerpenaars, die hielden van grote woorden en grote gebaren, opgegaan aan dit onzichtbare flutwerk?

Een gebrul uit tienduizenden kelen steeg op. De driftige massa kolkte van de kaaien naar de binnenstad. Jongeren trommelden met stokken op vuilnisbakken en bushokjes. Schreeuwende sinjoren drongen op naar het stadhuis. Een reportagewagen van de televisie werd belegerd.

Waar was die Hollander? Het was alsof hij de sinjoren in hun gezicht kwam uitlachen...

Mafkees! Klootzak! Kermisklant!

Toen reed van de kaaien een zwarte, robuuste vrachtauto weg, met het opschrift *Valentine Fireworks, Painter of the Sky.* De bestuurder probeerde zich nog zo klein mogelijk te maken, maar bleef niet onopgemerkt. Zijn rosse haar zat in de war. Zijn ogen schoten vuur. Hij trok een gekke bek alsof hij een bom vol in het gezicht had gekregen.

Tientallen vuisten begonnen op de wagen te roffelen, tot de ruiten het bijna begaven. De vrachtauto schudde en schommelde als een schip op een zware zee. Toen hij zich dreigde vast te rijden, opende Victor het portier en wierp een handvol voetzoekers op de grond. De mensen schrokken, weken achteruit, en Victor gaf plankgas.

Vidal zag hem voorbijstuiven. Hij stond met zijn vrouw aan de andere kant van het Steen. De donkere figuur deed hem aan een oude prent denken. Van een pekzwarte en naar solfer stinkende duivel. De vorst der duisternis.

101

De oude vuurwerkmeester zag verstijfd de boze burgers en journalisten op hem af komen. Echte volkswoede. Zo veel kwade Antwerpenaars had hij nog nooit bijeen gezien.

Vidal! Vidal! Vidal!

Ach, wat wilden ze toch van hem? Het publiek was zo veeleisend geworden. Tegen zijn fabriek was onlangs nog betoogd door sinjoren die hem weg wilden. *Geen tijdbom in onze wijk.* Hij was de enige vuurwerkfabrikant in het land die nog overbleef, maar zijn dagen leken geteld. Net zoals Ruggieri, dat door een Franse holding was opgekocht. Net zoals Brock, dat door de Chinese firma WangBang uit Hongkong was overgenomen.

En nu zouden die Antwerpenaars, die hun gratis feestavond in het water hadden zien vallen, hem ineens weer op handen dragen?

Wat een volk van paljassen.

Hij had er genoeg van. Van al dat gezwets en gezwam, dat gelul en geleuter, dat gezeik en gezever.

Hij had de journalisten zo graag ontweken, maar het lukte niet. Ongenadig namen ze hem in het vizier: camera's zo groot als 250 millimeter mortieren, microfoons als cilindrische bommen, pennen als vuurpijlen.

Hij zei niet dat Valentine Fireworks volgens hem een charlatan was voor lasershows, special effects, multimedia en andere nieuwerwetse kwakzalverij.

Hij zei niet dat hijzelf jarenlang geld had toegelegd om de sinjoren hun illusie van grandeur te geven, terwijl die Hollandse *roskop* duidelijk de helft van zijn budget gewoon op zak had gehouden.

Hij zei niet hoe vernederd hij was door zijn eigen stad, die hem diep in zijn ziel gesneden had door zijn familie, na meer dan tweehonderd jaar dienst, zonder een woord als vuil aan de kant te zetten.

'Ik roep de mensen op tot kalmte,' zei Vidal. 'Ik kan mij er niet om verkneukelen dat een collega de mist in gaat. Ik voel geen leedvermaak. Wij allemaal, de hele vuurwerkwereld, delen in de blaam. Maar dat is het gevaar als het schone ambachtswerk plaatsmaakt voor Chinese rommel...'

Op vragen wou hij niet antwoorden. Geen commentaar.

In de auto naar huis begon hij zacht te huilen.

102

Kort daarvoor had Vidal nog een externe manager voor het bedrijf aangetrokken. Het was gewezen legerkolonel Stoffelen, met wie hij al jaren samenwerkte. Een baas zoals Vidal kon Stoffelen nooit worden. Iemand die de diepste zielenroerselen van de arbeiders kende, die hun partner en kroost bij de voornaam aansprak, die geld voorschoot als ze de auto of het huis niet konden afbetalen. Maar het personeel was intussen tot twintig man gekrompen.

Op een dag werd Vidal in het stadhuis ontboden op het Schoon Verdiep.

'Luister,' zei de burgemeester. 'Je hebt gehoord van het actiecomité *Geen tijdbom in onze wijk*?'

'Wij waren daar al tweehonderd jaar eerder aanwezig,' zei Vidal.

'Natuurlijk, maar nu is het geen moeras meer maar een woonwijk,' zei de burgemeester verveeld. 'De meeste gemeenteraadsleden willen er niet meer van weten. Het compromis is dat je nog een vergunning tot 2000 krijgt, op voorwaarde dat je dan verdwenen bent.'

'Wij zijn Kunstvuurwerkmaker van Antwerpen...'

'Voor mijn part word je Kunstvuurwerkmaker van Erps-Kwerps, Vidal. Zoek je een andere plek. Het vuurwerk is een gevaarlijke en vervuilende nijverheid die niet meer past in de stad. Die tijd is voorbij.'

Aan de deur greep hij Vidal nog bij de arm vast: 'Maar we maken nog wel een groot budget vrij voor het millenniumfeest in 2000. Dat is voor jou, Vidal. Maar op één voorwaarde: geen horizontaal vuurwerk, hé!' En hij schoot in een onbedaarlijke lach.

Toen Vidal terug in zijn werkkamer in de Chinese toren was, zat hij nog lang door de tuindeur naar buiten te staren.

Aasde de burgemeester al op zijn boomgaard om nog meer afzichtelijke appartementsgebouwen neer te poten?

Toen ging de telefoon.

'Kunstvuurwerken Vidal,' nam hij op.

'Luister goed,' zei een onbekende mannenstem. 'Als je nog veel verklaringen in de pers aflegt over Chinese rommel en de vuurwerkmaffia, zal gebeuren wat je zelf voorspeld hebt. Een ramp, maar dan in je eigen bedrijf. Zonder overlevenden.'

103

En ineens waren er goedkope gsm's en pc's en dvd's en andere nieuwe technologische spullen. Weer was het een tijd van haast onwezenlijke verwezenlijkingen.

In haar kantoor bij de Zijdewormnatie beheerde Barbara een klein deeltje van de immense massa consumptiegoederen. De containers stroomden binnen, ook al kreeg de kleine natie het steeds moeilijker om tegen de grote maatschappijen op te tornen.

Haar schoonbroer Diederik stond steeds meer onder druk. Hij was nu een typische man van middelbare leeftijd, die de stress afreageerde door over zijn huwelijk als een permanente gevangenis te schamperen. Barbara haatte dat. Wat moest haar zus Marie dan zeggen? Zij had een academische carrière voor hem opgegeven. Hun zoon Jonas, een lieve jongen die Barbara koesterde alsof het haar eigen zoon was, ging nu zelf in Leuven studeren, en dus werd het thuis al een stuk leger. Marie begon aan de *grote kuis* en zocht naar activiteiten om de leegte zinvol te vullen.

In het leven moest alles zin hebben, tot de dood toe, had hun vader hun altijd voorgehouden. Dus volgde Marie een opleiding bejaardenzorg. Zinvol vrijwilligerswerk met, in het licht van de vergrijzing, veel toekomst.

Diederik had alleen zijn containers. Die hij begon te haten. Laden en lossen. Strippen en stuffen. Hij had er schijt aan.

Op een middag kwam hij Barbara haastig oppikken. Zijn gezicht stond op slecht weer. Ze gingen naar een schip dat een dag eerder aangemeerd was. De waterschout was met enkele politiemannen aan boord, zag Barbara.

Op het bovendek trokken ze de deur van een container open. Een walm van mensenlucht en uitwerpselen waaide hen tegemoet. Er zaten zeven Chinese verstekelingen in hun eigen vuil. Ze waren een halfuur eerder ontdekt toen ze luid op de wand bonsden.

Barbara moest tolken. Ze verstond hen nauwelijks. Boerenzonen uit het binnenland. Het accent deed haar denken aan Vuurwerkstad.

'Ze hebben geluk gehad,' zei de waterschout. 'We hebben vroeger al containers met lijken aangetroffen. En het is ook al gebeurd dat de kapitein ze op zee ontdekte en voor de haaien gooide. Uit angst om tijd te verliezen in de haven. Iedereen staat nu onder druk.'

Er kwamen al schepen aan met meer verstekelingen dan bemanningsleden aan boord. Dan moesten die boten dagenlang aan de ketting blijven liggen tot alle rompslomp was afgehandeld. Uit voorzorg werden de containers zorgvuldig vergrendeld en deur tegen deur gestapeld.

Het verhaal van de Chinezen verbijsterde Barbara. De jongens moesten voor de tocht dertigduizend dollar terugbetalen aan de *snakeheads* of slangenkoppen, de bonzen van de Chinese maffia. Als ze dat niet bij elkaar kregen, zou er wraak genomen worden op hen of hun familie in China. Ze waren doodsbang.

Dertigduizend dollar. Het gemiddelde loon in Vuurwerkstad

was nauwelijks veertig dollar per maand. Als men al een loon had, want steeds meer staatsondernemingen sloten de deuren en gooiden hun werkvolk op straat. Zonder veel sociale opvang.

'Niets aan te doen,' zei de waterschout. 'Ze moeten met hetzelfde schip weer terug.'

104

In het polderkerkje in de haven hield Barbara een kleine tentoonstelling voor vrienden en kennissen. Zij zat daar tijdens haar middagpauzes nog vaak te schilderen. Zij probeerde nu ook de kleuren te vangen die ze in haar geest zag. Ze hunkerde naar de verzadigde kleuren van het Oosten, de warme naturellen, de sappige, knapperige tinten als in een ijskar.

Tot haar ontsteltenis kwam er ook een reporter van een lokale krant op de tentoonstelling af. De man was slechtgeluimd, want hij was compleet verdwaald tussen de containerkades. 'Bah, containers,' snoof hij toen hij de schilderijen zag. En de volgende dag in de regionale bijlage van de krant: 'Zoals een kind dat met vingerverf kliedert.' En ook: 'Even voorspelbaar, banaal en goedkoop als vuurwerk.'

De dokwerkers, die bij de kerk hun boterhammen kwamen opeten, deden alsof ze haar werk waardeerden. 'Helemaal de sfeer van de dokken,' zeiden ze, en ze gaven haar een aanmoedigende por in haar zij. Maar Barbara wist ook wel dat ze liever de vergezichten en stillevens van de zondagsschilders aan de Schelde zagen.

De middag nadat het artikel verschenen was, kwam er nog een bezoeker op een blinkende Harley Davidson aangetuft. Toen hij zijn donkere helm en motorbril afzette, zag Barbara dat het Victor was. Breed lachend van oor tot oor. Sinds haar eerste studiejaar in Leuven had ze hem niet meer gezien.

'Hadden ze jou niet met pek en veren de stad uit gejaagd?' vroeg Barbara droogjes.

'Ja,' lachte hij. 'Die vuile klotestad. Maar die bekakte burgermannetjes en sjacheraars krijgen mij niet klein.'

'Let op je woorden. Het is mijn stad, en dus de mooiste ter wereld,' lachte Barbara.

Die memorabele avond dat Antwerpen in opstand kwam, had ze het vuurwerk vanuit haar dakappartement kunnen volgen. Vanaf het balkon, met de rede aan haar voeten, had ze Victors show gezien. Ze had een veel beter zicht gehad dan de menigte op de kade.

'Ik vond die Chinese bloempatronen op het water wel mooi,' zei ze. 'En die zweem van een regenboog.'

Hij gnuifde, antwoordde niet, liep de tentoonstelling rond.

Oooh!

Aaah!

Hij vond haar schilderijen sterk, beweerde hij. 'En ik leid eruit af dat het voor jou weer tijd is om naar China terug te gaan.'

Hoe wist hij dat ze daar ooit geweest was?

Toen ze later met de motor naar het centrum reden, Barbara zat achterop en voelde de wind langs haar benen strijken, kreeg ook zij de indruk dat Antwerpen er niet mooier op geworden was. De grote invalswegen met hun lelijke koopmagazijnen. De Meir die een afgelikte winkelstraat van internationale ketens was geworden. De Pelikaansstraat met zijn goudkleurige containers voor de juwelenhandel...

In een Spaanse tapasbar klonken ze op de tentoonstelling.

Victor zei dat hij naar Vuurwerkstad wou om met zijn eigen ogen te zien wat er te koop was. En of ze niet meeging als tolk? Hij zou haar reis betalen.

‘Alles inbegrepen?’ vroeg Barbara.

‘Ja, álles, schat,’ zei hij, en lachte scherp: ‘Hi, hi, hièè…’

Maar hij was welgeschapen, zat goed in zijn vlees, had heldere ogen, een gaaf gebit, kleurrijke genen, dus waarom niet?

Ze weigerde nog ruzie te maken.

Ze besloot hem graag te zien.

’s Avonds laat zaten ze op dezelfde plaats op de kade als twintig jaar geleden. Victor haalde een blad papier te voorschijn, dat in tientallen driehoekjes was verdeeld. Het blad was met LSD doordrenkt. Elk driehoekje was goed voor één hallucinerende dosis.

De grijze hemel kleurde goddelijk blauw alsof hij uit een schilderij van Magritte was weggesneden. Blauwer nog dan in de droomlandschappen van Dali of de zwembadtaferelen van Hockney. De duizenden lichtjes van de chemische complexen in de verte vormden surrealistische patronen in de dampen en walmen. Barbara voelde zich de *Painter of the Sky*.

105

Hoog boven de wolken, tijdens de intercontinentale vlucht, raakte ze even in een staat van gelukzaligheid. Zonder besef van tijd en realiteit. Los van de wereld. Opgenomen in het kosmisch blauw.

Maar in minder dan een halve dag waren ze al in Hongkong aan de andere kant van de wereld. Willem van Ruysbroeck deed er in zijn tijd een halfjaar over. Vanuit Hongkong was het nog een uur vliegen naar de nieuwe luchthaven van Changsha. Daar werden ze opgepikt door een chauffeur van de firma WangBang, die hen over een gloednieuwe snelweg, een privé-tolweg, naar Liuyang bracht, zestig kilometer verder.

Barbara had in 1984 nog een vier uur durende rit over de bergen moeten afleggen, om dan Vuurwerkstad binnen te duiken. Nu was er een kilometerslange tunnel door het gebergte gegraven. Overal hingen kakelbonte reclameborden voor bedrijven die naar namen luisterden als Far Ocean Fireworks, Great Wall Fireworks, Panda Fireworks of Santa Pyrotechnics.

'Ik herken niets meer,' zei Barbara.

In het *Fireworks Trade Center*, het gloednieuwe businesscenter voor de vuurwerksector, hoorde het grootste en mooiste kantoor toe aan Steve Wang uit Hongkong. Steve had zijn klim naar de top voortgezet en stond nu aan het hoofd van WangBang, zij het nog altijd onder de knoet van zijn vader. Maar de lange mars had sporen nagelaten. Hij had diepe voren in zijn wangen gekregen, een snel kalend voorhoofd, een donkere bril met dikke glazen als weckpotten. En een Chinese vrouw en twee zoontjes, zag Barbara op de foto op zijn bureau. Maar hij was nog even galant als vroeger.

'Barbara,' zei hij. 'Wat zie je er goed uit. En is dat nu je vriend Valentine?'

'Victor,' lachte ze. 'Vuurwerkmaker uit Nederland. We hebben het al over hem gehad.'

Victor gaf hem een hand. 'Ik heb u nog enkele ontwerpen gestuurd. Denkt u dat het mogelijk is...?'

'Ja, ja, álles is mogelijk in Vuurwerkstad. Maar je hebt hier wel *guangxi* nodig: informele relaties. Gelukkig heb je Barbara.'

Hij had een hectische tijd achter de rug, zei Steve. In 1997 was de Britse kroonkolonie Hongkong teruggekeerd naar het Chinese moederrijk, zij het voorlopig met een autonoom statuut. Datzelfde jaar kwam de economie van een hele reeks Aziatische landen in een vrije val terecht, toen buitenlandse beleggingsfondsen hun geld terugtrokken. Maar het grote China werd niet meegesleurd en behield meer controle over zijn economie dan welk land ook.

‘En nu is er weer een groei van tien procent of meer,’ zei Steve. ‘Al bijna twintig jaar lang. Nog nooit gebeurd in de geschiedenis.’

De bedrijven in Liuyang mochten nu ook zelf exporteren, zonder tussenkomst van de Hongkongse handelshuizen. Daarom had WangBang in Vuurwerkstad een joint venture gesloten met tien fabrieken.

‘Kun je je dat voorstellen?’ vroeg Steve. ‘Van alle vuurwerk in de hele wereld komt nu minstens 90 procent uit China! Sommigen spreken zelfs van 99 procent! En dat in enkele jaren tijd. De vuurpijlen in Tel Aviv, de crackers in New York, de mortierbommen in Londen en de kometen in Rio de Janeiro: allemaal uit Vuurwerkstad!’

‘Behalve de fonteinen van Vidal,’ zei Barbara.

‘Ja,’ lachte Steve. ‘Maar let op mijn woorden: de eenentwintigste eeuw zal Chinees zijn. De Chinese wereld wordt niet alleen de eerste economische macht, maar ook de politieke en culturele as van de planeet.’

En blakend van zelfvertrouwen citeerde hij het volkslied uit het China van Mao:

Ik ben de Jadekeizer!
Ik ben de Drakenkoning!
Maakt plaats, gij bergen,
Ik kom!

106

De volgende morgen zat de hotellobby van het splinternieuwe Grand Sun Resort vol runners, die zakenmensen naar hun vuurwerkfabriek probeerden te lokken. De handel gonsde en gistte en geurde in Liuyang. De stad bloeide zichtbaar op.

Barbara zag twee bruggen over de rivier die er in 1984 nog niet waren. Een van de bruggen was voor een snelweg, die schuin door de stad sneed. Enkele oude Chinese wijken waren ervoor gesloopt. Verder stroomopwaarts zag ze rokende schoorstenen. Hier en daar werden kleine, groezelige steenkoolmijnen ontgonnen. De jonken en vissers waren verdwenen.

Naast het hotel stonden tientallen nieuwe flatgebouwen in de steigers. Achteraan op het bouwterrein zag ze een lange barak van golfplaten en jutezakken, waar honderden bouwvakkers logeerden. Daarachter een vuilnishoop, waarin enkele mensen aan het harken waren. De arbeiders trokken met hun koppelbazen mee van de ene werf naar de andere. Illegaal en rechteloos. Werkvee voor een paar dollars.

Barbara en Victor wandelden door de Xinwen-winkelstraat, die helemaal vernieuwd was. De oude Chinese huisjes en gangetjes waren weggebulldozerd. Het was een brede verkeersvrije straat met grote warenhuizen en fastfoodzaken geworden. Ondanks het vroege uur liep het er al vol enthousiaste winkelaars. Jonge meisjes in hippe kleren en op hoge hakken, die naar westerse muziek luisterden. Een groep tandeloze mannetjes en vrouwtjes, die in versleten Mao-pakjes voorbijdrentelden, terwijl ze aan een ijsje likten en met grote ogen naar de uitgestalde koelkasten, televisies, *gameboys* en barbiepoppen keken.

Vuurwerkstad verloor snel zijn traditionele karakter, dat was duidelijk. Hoe groter de wereld, hoe meer van hetzelfde, dacht Barbara.

'Het lijkt wel de Meir.'

'Maar het verschil is,' zei Victor, 'dat de mensen hier nog ongeremd blij zijn om geld uit te geven en te consumeren.'

Het verschil was ook dat een hemdje maar één dollar kostte.

Barbara kocht voor Victor een knalrood T-shirt met een vuurwerkboeket van Liuyang. Hij trok het meteen aan.

Nog een verschil was dat er aan de uitgang van het warenhuis een oude waarzegster achter een tafel zat. Ze keek naar de blauwe jeans van Barbara, naar het rode shirt van Victor, en glimlachte.

'Elke mens wordt met een lotslijn geboren,' meende Barbara te verstaan. 'De dingen gaan zoals ze gaan. Rood en blauw zijn de uitersten en staan tegenover elkaar. Rood en blauw kunnen helemaal versmelten, maar elkaar ook helemaal vernietigen...'

107

Het was bloedheet. Het kwik klom tot boven de vijfendertig graden. De overheid gebood om vanaf dertig graden de fabrieken te sluiten, omdat het dan onveilig werd. Maar Gordon, de lijvige Hongkongse opzichter van WangBang, kon zich geen oponthoud veroorloven: de containers vuurwerk voor Amerika moesten zo snel mogelijk gevuld worden.

'Waar blijven de vulkanen van Hellfire?' schreeuwde Gordon. 'Denk aan de premie, meisjes!'

'Ik ga ze halen,' zei zijn jonge assistente, die Perzik werd genoemd, en ze snelde weg. Een paar minuten later was ze al terug, gevolgd door een stoet vrouwen. Ze droegen een juk over hun schouders, waaraan schalen met de gevraagde vuurwerkstukken bengelden.

Bij de ingang van het magazijn waren de contouren van een container met witte lijnen op de grond getekend. De vrouwen wisten dat ze weer een container vol hadden als ze binnen die krijtstrepen de kartonnen dozen tien rijen hoog stapelden. Hoe meer *cartons*, hoe meer premie.

Barbara kon hun leeftijd moeilijk schatten, maar Gordon zei dat ze voor het vuurwerk minstens zestien jaar moesten zijn en voor de papierafdeling veertien. Kinderarbeid kon een gerenommeerd merk als WangBang zich niet permitteren.

Gordons dikke buik hing over zijn tropenbroek, zijn hemd droop van het zweet, zijn nek was roodverbrand. Ook Barbara had last van het vochtige, subtropische klimaat in Liuyang.

Het depot van WangBang lag op een heuvel in een buitenwijk, vanwaar je een deel van de stad kon overzien. Groot-Liuyang telde nu 1,3 miljoen inwoners, waarvan een derde in het vuurwerk zat, en de oppervlakte was meer dan verdrievoudigd. Er liep een weg met vijf rijstroken naar de rivier die maar één keer per jaar werd gebruikt, voor het grote vuurwerkfestival.

'In drie weken aangelegd,' zei Gordon.

'Hoe doen ze dat met de onteigeningen?' vroeg Victor.

'Niets onteigenen. Gewoon een papier op hun deur, en wegwezen.'

Gordon wees hun de vuurwerkfabrieken op de heuvels aan. 'Er zijn er al meer dan duizend alleen in Liuyang. En nog duizenden fabrieken in de wijde omgeving.'

'Met westers geld?' vroeg Victor.

'Nee, man. Er zijn wel een aantal joint ventures, maar geen enkel westers bedrijf wil hier een fabriek voor honderd procent bezitten. Anders word je ook verantwoordelijk gesteld voor de ongevallen, en de Chinese wetten zijn streng. Om maar te zwijgen van de doodstraf.'

Onlangs was er nog een vuurwerkmaker in Liuyang ter dood veroordeeld, maar die had dan ook zijn buskruit misbruikt om vijf mensen op te blazen. 'Ja, criminaliteit en corruptie, man, dat krijg je waar veel geld omgaat.'

Toen het begon te schemeren, liet Perzik op een platform achter het depot het testmateriaal opstellen. Ze droeg een spannende jeansbroek en witte sportschoenen. Haar smalle, schuine ogen stonden als droeve strepen in haar bleke gezicht. Nadat ze de gasten van frisdranken en klapstoeltjes voorzien had, vroeg ze Barbara om bij een volgend bezoek een boek voor haar mee te brengen. 'Om mijn Engels te oefenen.' Daarna reed ze met een grijze jeep de heuvel af.

'Waar blijft Purple Rain!' riep Gordon, die zich vervolgens bruusk tot Victor richtte. 'Hoeveel containers heb je in totaal nodig, man?'

'Misschien wel een tiental,' zei Victor tot Barbara's verbazing.

De volgende minuten was de lucht vol paarse vuurwerkbloemen, die in een oplopend ritme werden afgevuurd en in de finale als een violette regenvlaag uitwaaierden. Het was een van die voorgeprogrammeerde *cakeboxen* waar Barbara een afkeer van had.

Daarna kregen ze een fontein te zien die Magic Fountain heette en wel tien meter hoog spoot. Het was een onregelmatig gesputter, vond Barbara. En de blauwe kleur was even mooi, maar verbleekte vrijwel meteen. Het echte lumineuze blauw, dat tot in de kern diepblauw was, zou ze wel nooit meer vinden. Ze begreep nu ook waarom. Voor de felle straling van vuurwerk had je een zeer hoge temperatuur nodig, terwijl koperblauw juist om een relatief lage temperatuur vroeg. Blauw was de koelste kleur om te produceren.

De rode valentijnsharten zagen er perfect uit. Victor bestelde er een hele container van. 'Dat wordt een hit,' glunderde hij.

Aan de bommen hing een kaartje met een Chinese krabbel erop. 'Wat is dat?' vroeg Barbara.

'Zo kunnen we de maker identificeren,' zei Gordon. 'Dan weten we achteraf wie er verantwoordelijk is als het misloopt.'

108

Een week later reed Barbara mee met de jeep van Perzik. Ze had al menige avond doorgebracht op het oefenterrein van WangBang, en telkens had ze Perzik een kwartier voor de testen zien wegrijden. Toen ze er iets over gezegd had, had de Hongkongse opzichter Gordon uitgelegd dat er een kind in de buurt woonde dat gek werd van de knallen en schichten. Dus werd hij elke avond meegenomen voor een ritje met de jeep. Dat vond hij blijkbaar zalig.

Het was een kleine, spastische jongen, die op een boerderijtje bleek te wonen, dat uit een krotwoning van leem, een scheve schuur en een varkensstal bestond. En daarachter een lapje grond met rijst, dat zijn vader, zo liet hij de blanke bezoekster geprikkeld weten, elke morgen grondig moest reinigen van het afval dat er na de vuurwerktesten in terechtkwam.

'De vervuiling is een probleem,' zei Perzik. 'Sommigen durven al geen vis uit de rivier meer te eten omdat hij vol chemische stoffen zou zitten.'

Toen ze wegreden, het jongetje zat op de achterbank met draaiende ogen aan een grote lolly te likken, haalde Barbara een boek uit haar handtas. Het was het leerboek *Practical Fireworks English* dat ze bij de Provinciale Vuurwerkcorporatie van Dubbele Knipoog had gekregen. In het boekje stonden niet alleen de vuurwerktermen in het Engels en Chinees vertaald, maar ook voorbeelden van zakengesprekken met buitenlandse bezoekers.

Li: Wij bieden de beste kwaliteit en goede leveringsvoorwaarden.
Mister Johnson: Dat is goed. Maar uw prijs ligt te hoog.
Li: De grondstoffen zijn duurder geworden, mister Johnson.
Mister Johnson: Maar uw prijs ligt te hoog.
Li: Voor 300 cartons mogen wij een reductie van vijf procent geven.

Mister Johnson: Uw prijs is nog de helft te hoog. We zeggen de deal af.
Li: U bent erg hard, mister Johnson. Wilt u hier tekenen?

In het handboek werd aangeraden om de westerse klant, na wat opbieden en afpingelen, altijd te geven wat hij wou. Anders ging hij naar een ander lagelonenland. Ook opvallend in het boekje: het rattengif Parijsgroen stond nog prominent onder de gebruikte grondstoffen. En ook chloraat, dat een van de meest vervaardigde producten in de streek was. En goedkoop. En goed voor de felste kleuren en hardste knallen.

'Gevaarlijk,' wist Perzik, en ze legde Barbara uit waarom. Volgens de Chinezen waren alle natuurlijke fenomenen verdeeld volgens yin en yang. Yang was het mannelijke principe, yin het vrouwelijke. Tussen die twee polen moest naar evenwicht gestreefd worden. Door acupunctuur. Door yoga. Zelfs door seks. 'Wel, een mengsel van zwavel en salpeter, zoals in buskruit, is goed, want dat is een vereniging van yin en yang,' besloot Perzik. 'Maar zwavel en chloraat, dat is tweemaal yang!'

Toen Barbara haar het leerboek cadeau deed, lachte Perzik dat ze eigenlijk liever een mooie roman had gewild. 'Zoiets als *Gone with the Wind*, daar heb ik veel over gehoord.'

De romantische ziel. Ze had vorig jaar haar diploma op de vuurwerkschool van Liuyang gehaald, waar alle studenten een westers klinkende naam moesten aannemen. Zij koos voor Peach. Perzik dus. Nu was ze al hoofd van de hartenafdeling van WangBang geworden. Thuis had haar moeder altijd een trapmachine gehad om snoeren van crackers te maken, zoals veel families in de dorpen buiten Liuyang. Haar ouders hadden haar loon hard nodig, want ze hadden twee kinderen gekregen, en konden daarom als straf geen uitkeringen meer van de overheid krijgen. Het eenkindbeleid werd in die tijd streng toegepast.

'Sommige mensen aborteren het eerste kind als ze weten dat het een meisje is,' zei Perzik. 'In dat geval was ik er niet geweest.'

'Ik las dat meisjes op het platteland als katjes werden verdronken,' zei Barbara.

'Zonder het eenkindbeleid waren we nu al met twee miljard geweest,' zei Perzik, die weinig kritiek op haar land kon verdragen. 'Nu maar met 1,3 miljard.'

Ze reden door het geboortedorp van Perzik, waar in de hoofdstraat bijna alle huizen fel verlicht waren. Toen Barbara naar binnen keek, zag ze tientallen kinderen achter werkbanken zitten. Met hun kleine vingers rolden ze hulzen en maakten ze crackers. Het ene atelier naast het andere.

Vragend keek ze naar Perzik. 'Maar dat mag toch niet?'

'Nee, maar ze helpen alleen maar,' zei Perzik zenuwachtig, alsof ze bang was dat Barbara hen zou verklikken. 'Ik ken ze bijna allemaal. Het zijn schatjes. Die ateliers werken als leverancier voor de grote firma's. Zelfs op school maken de kinderen nu vuurwerk. Ze zijn zo handig...'

Op dat moment ging ergens een ratelband af. Het geknetter ging door merg en been. Het kind op de achterbank begon te krijsen. Zijn lichaam schokte alsof hij de stuipen kreeg. Pas toen Perzik op bezwerende toon tegen hem sprak, alsof ze een kwade geest uitdreef, kwam hij langzaam tot bedaren.

'Gordon,' zei Barbara, toen ze terug in het kantoor van Wang-Bang was. 'Ik heb piepjonge meisjes gezien die...'

Hij draaide zich om en negeerde haar.

'Ze waren misschien maar zeven jaar...'

Hij haalde zijn schouders op en beende weg.

De farizeeër.

Toen zag Barbara achter hem, tussen de diploma's en trofeeën, een foto van het vermaarde vuurwerkfestival van Monaco hangen. Voor het eerst gewonnen door het Chinese Red Lantern.

Achter de winnaar zag ze haar eigen vader op het podium staan. Een rijzige heer van stand, keurig gekapt en gekleed. Maar als je beter keek, zag je dat hij er getrokken en ziekelijk uitzag. Zijn brede, gevoelige mond was een bittere, gekartelde scheur geworden.

109

De rode valentijnsharten kwamen met de containerschepen naar Antwerpen en werden het succesvolle uithangbord van Valentine Fireworks. Barbara ging enkele keren met Victor mee om een vuurwerk op te bouwen, en ze was verwonderd hoe enthousiast de mensen in de handen klapten wanneer na de cakeboxen het kitscherige valentijnshart openging. Tijdens de shows had Victor koortsblazen op de lippen van opwinding.

Maar nu hij de kanalen had, wou hij niet alleen meer vuurwerk voor eigen gebruik importeren, maar ook voor collega's in binnen- en buitenland. Achter de zaak van zijn vader in Bergen op Zoom had hij een rij van zes MAVO-boxen gezet. Het waren betonnen garages om vuurwerk in op te slaan. Hij had nog geen vergunning, maar dat werd achteraf wel door het college in orde gebracht.

Zijn belangrijkste klant bleek een man met paardenstaart en tatoeages uit Merksplas te zijn, dicht bij de grens. Een verknipte figuur, vond Barbara, met gedrongen postuur en korte stierennek.

Victor kocht ook nog een peperdure FireOne-computer, waarmee shows automatisch en exact tot op een fractie van een seconde konden worden afgevuurd. Ook al zou hij de kick van het handmatig aansteken van het vuurwerk erg missen.

Maar toen had hij schulden.

'Barbara,' zei hij op een dag in haar appartement in Antwerpen.

'Waarom begin je geen vennootschap met mij? Dat werk in de natie blijf je toch niet je leven lang doen?'

Ze hadden weer LSD geslikt, maar toch was ze nog helder genoeg om van het voorstel te schrikken. 'Ik ga niet met mijn vader in competitie.'

'Je vader stopt ermee, Barbara. Er is geen enkele fabriek in Europa die het jaar 2000 haalt. Maar voor vuurwerkshows wordt 2000 hét evenement van de eeuw.'

Uiteindelijk had ze ermee ingestemd, en de volgende dagen had hij in Antwerpen al een besloten vennootschap met beperkte aansprakelijkheid laten registreren: *Valentine & Vidal Events*. Maatschappelijk doel: invoeren van vuurwerk en opvoeren van shows. Ze investeerde er bijna haar hele bruidsschat in, die al die jaren op haar spaarrekening had gestaan.

Barbara was nu haar eigen baas. Van niemand afhankelijk meer. Ze had even het gevoel dat het de eerste belangrijke beslissing was die ze ooit zelf genomen had. Zij het onder invloed.

Wat was het dat haar naar Victor trok? Het feit dat hij tegen haar vader rebelleerde? Haar kortstondige zwangerschap toen ze achttien was? Het jongetje in hem? Zijn levenslust? Zijn rode haar misschien?

Rood was de meest potente kleur. De kleur van het geluk in China. En van dierlijke drift. Zoals de gloed van de stekelbaars in de paaitijd.

Als gsm-deuntje gebruikte hij '*Don't worry, be happy*'.

Nadat ze Diederik en Marie had laten weten dat ze haar werk in de Zijdewormnatie opgaf, kreeg ze bezoek van haar moeder. Lea zag er oud en broos uit, breekbaar als een uitgeblazen ei.

'Ben je zijn concubine?' vroeg ze tijdens het koffie drinken stijfjes. 'Hou je van hem?'

'O nee,' zuchtte Barbara nerveus, en ze gooide haar hoofd in haar nek. 'Maar we doen alsof.'

‘Wat heb je dan met hem?’

‘Euh, een lat-relatie,’ zei Barbara.

Haar moeder kon of wou het weer niet begrijpen. Het had geen zin haar te confronteren met dingen die ze niet wilde kennen.

Maar ze zei niet: ‘Het gezin is de hoeksteen van de maatschappij,’ of zoiets.

Ze zei wel: ‘Je vader zegt dat je moet kiezen tussen die Hollander en hem. Hij heeft zijn trots, weet je.’

‘O, een ultimatum,’ snoof Barbara. ‘Zeg hem dat ik hem dan liever niet meer zie.’

110

Voor het eerst in lange tijd had haar vader de hele familieraad bijeengeroepen, op Barbara na. Maar ze had zich naderhand het verhaal lang en breed laten vertellen door haar zuster.

Felix Vidal had het jaar 2000 als een doem dichterbij zien komen. Het was het moment waarop de vergunning afliep en Kunstvuurwerken Vidal uit Antwerpen weg moest zijn. Hij had een duur kantoor van zakenadvocaten laten bestuderen of een verhuizing naar de omliggende gemeenten mogelijk was, maar alle burgemeesters weigerden, uit angst voor boze burgers.

Toen was het advocatenkantoor met een voorstel van het Duitse concern Pulverkammer Gesellschaft gekomen. Het moederbedrijf zetelde in Oost-Duitsland en overkoepelde een groep chemie- en munitiebedrijven in heel Europa. Het advocatenkantoor had al enkele keren in Hannover vergaderd, maar de tijdsdruk was enorm, het millennium kwam eraan, er moest beslist worden.

'Het is een bod dat te goed is om te weigeren,' meende Diederik.

'Verkopen,' raadde ook oom Walter aan.

'Nee,' zei Vidal, en hij sloeg met de vlakke hand op tafel. 'Ik verkoop mijn ziel niet zomaar aan Faust.'

'Hoezo, je ziel? De Duitsers zijn juist bereid om de ziel van het bedrijf te respecteren,' zei tante Adèle. 'De naam blijft. Het familiehuis blijft voor de administratie. Alleen de productie verhuist. En het personeel dat mee wil.'

'Het is toch maar in Duitsland,' zei Lea. 'Maar enkele uren rijden van hier.'

'Dan moeten we fuseren met Heiko!' riep Vidal. En toen iedereen hem niet begrijpend aankeek: 'De vuurwerkmaker van Hitler!'

Diederik schokschouderde. 'Dat is geschiedenis.'

Na een lange stilte en een doordringende blik van Lea, besloot Vidal de vergadering met een compromis: 'We houden 51 procent, dan hebben we de controle nog in handen.'

Zo kreeg Pulverkammer 49 procent, maar met een optie om later eventueel de overige aandelen te kopen. In de dikke, glanzende folder van het Duitse concern nam de voorstelling van *Feuerwerkerei Vidal* nog geen halve bladzijde in. De rest van het drukwerk ging over artillerie en petrochemie.

De fabriek op het Laar kon voorlopig nog blijven. Maar bij de eerste partij vuurwerkfonteinen die voor homologatie naar de Duitse instanties moest worden gezonden, liep het al mis. Eén fontein weigerde dienst, en dus werd de hele partij onverbiddelijk afgekeurd.

'Ongelooflijk. Wij maken die fonteinen al bijna een halve eeuw,' bromde Vidal, toen hij in zijn oude werkkamer in de Chinese toren een whisky zat te drinken.

'De Duitse regels zijn streng,' zei kolonel Stoffelen, die ook na de transactie directeur was gebleven. 'Maar ik denk niet dat ze echt geïnteresseerd zijn in fonteinen. Ze willen dat wij brandgranaten maken.'

'Brandgranaten?'

Stoffelen haalde een dossier boven dat hij tijdens een vergadering in Hannover had ontvangen. 'Die kunnen hier met dezelfde persen gemaakt worden als onze fonteinen. Maar dan met een sas van witte fosfor.'

Vidal greep kreunend naar zijn hoofd. 'Nee, nee, nee. Dan ga ik liever met mijn bedrijf ten onder.'

Maar het werd hard gespeeld door Pulverkammer. Als Vidal niet mee wou, bleven er maar twee mogelijkheden. De Duitsers hadden een optie op alle aandelen, en Vidal moest ofwel de optie inlossen, ofwel de Duitse aandelen maar zelf terugkopen. En het millennium was nog slechts een halfjaar verwijderd.

De familieraad koos voor de eerste mogelijkheid.

'Zo gaat ons levenswerk naar vreemden,' jammerde Vidal.

Pulverkammer verwierf de totale controle over *Feuerwerkerei Vidal.* Vidal kon één symbolisch aandeel houden en tot 2000 als consultant in dienst blijven. En dan was het uit.

111

Het moest een bijzondere dag worden, 11 augustus 1999, de dag van de zonsverduistering. Felix en Lea waren al vroeg wakker en sloften naar beneden. Lea, die nog kwiek was voor haar leeftijd, hield haar man scherp in de gaten, want de laatste dagen deed hij vreemd.

Vidal keek bezorgd door het raam en zag dat de hemel lichtbewolkt was. Het glas van de regenmeter was halfvol. Uit de dode eiken klonk merelgezang.

Na het ontbijt ging hij naar zijn werkkamer, sloeg een kruis voor het Barbarabeeld, en trok zijn stofjas aan. Hij zette zijn leesbril als een knijper op zijn neus en ging zitten. Er hing nog altijd veel ernst in deze ruimte, ook al werden de bokalen, flacons en kolven met verweerde etiketten niet meer gebruikt. De vijzels, trechters, maatglazen, zeven en weegschalen namen een stofbad op de rekken.

Op zijn werktafel lag het grote, ouderwetse cahier met dikke bladen papier. Schrijfgerei. Chinese inkt.

'Zo,' zei hij hardop. 'Alles is klaar.'

Hij wou met het millenniumvuurwerk nog een laatste maal uitblinken. Maar dat het niet meer zo makkelijk ging, had ook zijn vrouw de voorbije dagen al opgemerkt. Vroeger kreeg hij een compositie soms in één keer op papier.

Wat kon Vidal nog in dit spektakel leggen? Grote passie of uitbundige jubel zaten niet meer in hem, oud en versleten als hij was. De chemie van zijn hoofd deed het niet altijd meer. De klad zat erin.

Hij had een blauwrood gezicht gekregen. Bloeddoorlopen ogen. Donkere vlekken op zijn handen. Soms zei hij dat hij het gevoel had dat hij ging ontploffen van beklemming. Zelfs na het roken van een sigaar was hij tegenwoordig al bekaf.

Naar een dokter wou hij niet, want Lea zorgde wel voor zijn gezondheid. Hij stapte 's morgens met zijn rechterbeen uit bed, bette zijn gezicht met rozenwater, waste zijn voetzolen met Dode Zee-zout. En daarna gaf Lea hem nog een aftreksel van valeriaan, bosrank en duivelsblad tegen neerslachtigheid. Lea was altijd een goede heks geweest.

Intussen naderde het jaar 2000, dat hij al zo lang duchtte en vreesde. Niet zozeer omdat hij het grote millenniumvuurwerk op de Schelde moest ontwerpen, dat zou nog wel lukken, hij had tenslotte honderden composities gemaakt en alle prijzen gewonnen. Nee, omdat de matrijzen, machines en archieven van Kunstvuurwerken Vidal dan definitief naar Duitsland zouden verhuizen. In 2000 begon de eindtijd.

In een gespannen, afwachtende houding zat hij achter zijn bureau. Na lang nadenken schreef hij met trage bewegingen het woord VERDOEMENIS op het grote blad papier. Het zicht van de blakerend zwarte hoofdletters vervulde hem met een gevoel van tevredenheid. Hij kon beginnen.

Vidal luisterde naar fragmenten van de Feuervogel van Stravinsky. De Carmina Burana van Orff. De Radetzkymars van Strauss dan maar weer. Maar het gaf hem geen inspiratie zoals vroeger. Nu ja, hij hoorde de ruiters van de Apocalyps in de muziek. Maar kon hij dat voor een compositie gebruiken? Vidal wist dat hij er beter niet over kon beginnen, over Armageddon en het Duizendjarig Rijk, anders zouden ze zeggen dat hij aan waanideeen leed. Wie kende tenslotte nog de Openbaring van Johannes? Of de voorspellingen van Nostradamus?

Hij liep naar de boekenkast en liet zijn gevlekte handen over de ruggen glijden. Ze voelden zacht en soepel aan als een levende huid. Vorig jaar had hij ze nog opnieuw in perkament van kalfsleer laten binden. Hij had zijn hart verpand aan de oude vuurwerkboeken en cahiers met recepturen. Het was familiebezit dat zes generaties lang was verzameld en doorgegeven. En dat ging nu naar de Duitsers?

Hij had zijn advocaat zwaar zijn vet gegeven. De man streek een astronomisch honorarium op, maar had Vidal er nooit op gewezen dat in paragraaf 2 van artikel 13, over de overdracht van de knowhow, ook het familiearchief was inbegrepen. Er was al een inventaris opgemaakt, dus was het te laat om de boeken waaraan hij emotioneel het meest gehecht was nog stiekem achterover te drukken. Trouwens, dat zou niet stroken met de familiewaarden. Eerlijkheid, eerbied, evenwaardigheid. E3.

Hij klapte het oudste boek open en keek naar een van de etsen. Het ging over Berthold Schwartz, alias Zwarte Berthold of de buskruitmonnik, die het kanon uitgevonden zou hebben in de veertiende eeuw. Er stond in Freiburg zelfs een standbeeld van hem, ook al zeiden de historici dat hij nooit bestaan had. Maar daar ging het Vidal nu niet om. Op de prent zag je de buskruitmonnik staren naar een rokende mortier, terwijl op de achtergrond de duivel stond te grijnzen.

In de vuurwerkerij moest je omgaan met de Satan, zo was het altijd geweest. Een vuurwerkmaker moest een duivelbanner zijn. Een heksenmeester. En een alchemist natuurlijk. Vroeger mengde Vidal wel tien verschillende stoffen in een sas, op pure intuïtie soms. Ieder had nog zijn eigen heksenbrouwsels en zijn eigen stijl. Tegenwoordig gebruikte iedereen dezelfde drie of vier producten uit het gamma van Bayer of BASF: strontiumcarbonaat, kaliumperchloraat, bariumperoxide, calciumsilicide, koperoxychloride, antimoonsulfide... Of nog makkelijker: ze voerden Chinese rommel in. Zo kreeg je in de hele wereld hetzelfde. Bah.

Het blad op zijn bureau was nog maagdelijk blank, op de titel na. Vidal probeerde zich krampachtig te concentreren, maar het lukte niet. Hij vloekte binnensmonds en kneep het blad tot een vuistdikke bal samen, om die dan woest door de kamer te kegelen.

Hij moest het onder ogen zien. Hij kon het niet meer.

Was hij wel ooit een groot vuurwerkmaker geweest? Ja, hij had wereldwijd successen geboekt, maar vernieuwingszucht was hem nooit eigen geweest. Natuurlijk had hij nog altijd een patent op de regenboogfonteinen van de jaren vijftig en zestig, maar er was geen hond meer in geïnteresseerd. Waarom wilden de mensen toch altijd nieuwe dingen? De vuurwerkerij was altijd een behoudend wereldje geweest, tenzij het niet anders meer kon...

Toen schoof hij een oude videoband, die op zijn werktafel lag, in de videorecorder. Het was een opname van het fameuze horizontale vuurwerk van Valentine Fireworks, uit de lucht gefilmd.

Ha, de roskop! Zoon van een toilethandelaar! Knoeier van het zevende knoopsgat!

Van bovenaf gezien zag het er eigenlijk niet zo slecht uit.

Maar de roskop had zich natuurlijk grandioos verkeken op de breedte van de stroom. Wat een schitterende schouwburg was die wijde Schelde, en wat had hij er gebracht? Een Chinees gedicht!

Cakeboxen...

Elke kenner kon toch zo het verschil zien tussen die Chinese rommel en de meesterlijke bommen uit Italië? Voor het millenniumvuurwerk zou Vidal exclusief Italiaans materiaal gebruiken. Tot de jaren zeventig had hij nog al zijn materiaal zelf gemaakt, maar dat was onherroepelijk voorbij. Nu zou hij die feeërieke Romeinse kaarsen van zijn goede vriend Pantone gebruiken. Die fantastische cilindrische bommen die wel twaalfmaal openklapten. Vakwerk van de bovenste plank! Met wel veertig subtiele kleuren! Nu ook milieuvriendelijk en bio-afbreekbaar! Natuurlijk was Pantone intussen ook stokoud geworden, maar zijn zoon Francesco zette het familiebedrijf in Firenze liefdevol voort.

Maar bij Kunstvuurwerken Vidal stopte het. Omdat er geen vergunning meer was.

Wat was dit toch voor een land waar straks niets meer werd geproduceerd? Waar waren nog de ondernemers die niet uit waren op snelle winst, maar die trots waren om oerdegelijke producten te maken en banen voor het werkvolk te scheppen? Nee, nu was het een tijd voor snelle jongens die Antwerpen als logistiek centrum van de wereld zagen! En de stad stikte nu al in de smog van de files!

Ha, Arteria... De mobiele modelstad van de Expo '58...

Vidal nam een nieuw blad, boog zich opnieuw gespannen over zijn werktafel, en schreef na lang aarzelen opnieuw het woord VERDOEMENIS. Hij trok horizontale lijnen over het blad. Hij wreef vermoeid de prut uit zijn ogen. Hij probeerde na te denken.

Vorige week had hij nog een Chinese vuurfontein gekregen van Mustafa, zijn laatste bommenmaker. Een fontein in de vorm van een magnumfles champagne, stel je voor. Er hing een label aan met de naam Magic Fountain. De Nederlandse gebruiksaanwijzing was zo goed als onleesbaar: '*Dees fontyn stecken in gat...*' En wat verder ging het zelfs ineens over *Romynse Aarsen.*

Hij had het tuig zorgvuldig opengewrikt en er de inhoud behoedzaam uit gepeuterd. Een plastic huls! Een lont die meteen afbrak! En die verschillende lagen pyrotechnisch sas? Zo haastig en liefdeloos erin gestampt!

Hij snoof aan het mengsel, likte eraan, herkende het.

Ach, namaak! Slechte namaak!

De Chinezen hadden vroeger alles uitgevonden: de pomp, het kompas, de kruiwagen, de stijgbeugel, de parachute, het papier, het papiergeld, het toiletpapier, de boekdrukkunst, de hoogoven, het buskruit en het vuurwerk. Het Chinese vuurwerk stond altijd voor eenvoud en helderheid, harmonie en contrast, spanning en ontspanning. Dát moest vuurwerk in China vroeger brengen. En ook gratie, geheimzinnigheid, pracht, emotie, wijsheid. Maar nu was het platte commercie. Nu kopieerden de Chinezen alles. Zelfs zijn eigen fonteinen dus.

'*Dees fontyn stecken in gat...*'

Van zijn fonteinen was er nog een hele stock in de fabriek, maar Vidal had de voorbije weken gemerkt dat er dozen uit de bunker verdwenen. Maar hij vertikte het om de diefstal aan de Duitsers te melden. Dat moest Mustafa maar doen.

Waar had Mustafa trouwens die Magic Fountain gehaald? Hij

moest hem in het oog houden. Hij werkte al zo lang met Mustafa, zijn trouwste werknemer, en hij had hem zelfs een van de arbeidershuisjes achter de fabriek gegeven. Maar wat wist hij na al die jaren eigenlijk echt van hem? Hoe ging hij reageren als hij straks op straat stond?

Hij spoelde de video terug.

Ja, dat vuurwerk was goed, zo uit de lucht gezien. Elegante patronen. Mooie kleuren. Een eigen ritme zonder muziek. Een ballet op de stroom. Kometen met witte staarten die over het water scheerden. Zoals dode schimmen die de Styx overstaken…

Gisteren was Lea nog naar een serviceflat gaan kijken, waar ze na de millenniumwissel misschien naartoe konden. Ze voelde zich niet meer op haar gemak in dat grote vuurwerkhuis. Zeker niet na de dreigtelefoontjes wegens zijn uitspraken over de vuurwerkmaffia…

‘Over mijn lijk,’ had Felix Vidal gezegd. ‘Ik wil in mijn eigen huis doodgaan.’

Opnieuw las hij dat ene woord op het blad dat, verdoold in een woestijn van wit, hem zo hard in zijn gezicht striemde dat hij zich van pijn moest afwenden. ‘Verdoemenis,’ riep hij zo luid dat het door alle kamers van de Chinese toren galmde. ‘Verdoemenis, verdoemenis, verdoemenis…’

112

‘Kom nu,’ zei Lea die hem ongerust had gadegeslagen. ‘Het is tijd,’ zei ze.

Met hondse blik keek hij naar haar op. Alle kracht was uit zijn ogen verdwenen. ‘Ik weet het.’

Met gebogen rug schuifelde hij naar buiten. Aan de poort van de fabriek stak Lea een kaars aan voor Sint-Barbara, het oude ritueel. Daarna wandelden ze hand in hand de verdorde vuurwerktuin in. Vidal voelde zich rustig worden wanneer hij door zijn fabriek liep. Maar het was zijn fabriek niet meer. De naam zou wel verankerd blijven met het bedrijf, beweerden de Duitsers, maar veel troost bood hem dat niet.

Wat een lange weg was er afgelegd van de houten paljassen tot de Duitse brandgranaten. Nee, het zou Kunstvuurwerken Vidal niet meer zijn.

Op de oude stookplaats achterin had Lea twee stoelen en een tafel gezet. Ze gingen zitten en Lea schonk hem een kop kruidenthee. Vidal keek naar de lucht. Hij prevelde iets over Krekel, die op deze plek was omgekomen toen hij zich over een weigeraar had gebogen. Misschien was het zijn ziekte die Krekel minder alert had gemaakt? Was hij ziek geworden van al die chemicaliën die hij levenslang had ingeademd? Had Vidal onlangs niet gelezen dat er op oudejaarsnacht wel tien keer meer fijn stof en zware metalen in de lucht waren dan anders? En dat blauw vuurwerk het meest vervuilend was omdat er bij de verbranding dioxines vrijkwamen?

Nu ja, alle producten van vroeger werden tegenwoordig als gevaarlijke stoffen beschouwd. Maar in die Chinese rommel mocht het wel?

Vidal keek naar de zon tot hij rare vlekken begon te zien, engelen, duivels, de hemelse heerscharen. Hij mompelde halfluid. Hij had het over een rokende mortier, waarin een weigeraar zat. Hij moest hem eruit halen. Hij sloop er met gekromde rug op af. Wat een spanning. Altijd kon iets verkeerd gaan. Hij hoorde een geblaas uit de mortier komen. Alsof er een dier lag te wachten dat hij onverhoeds in de nek moest grijpen. Hij stond op, boog voorover, en net op dat moment schoot een gele raket uit de mortier omhoog. Het gele gevaar. Een v-bom die hem van de grond schepte en meenam in een vlucht over het Laar. Vidal zocht tevergeefs naar de gebruiksaanwijzing op de raket. Toen doken ze omlaag, recht op enkele mensen af. O nee, zijn eigen broer Herman en zijn dochter Barbara...

'Wat zeg je toch?' riep Lea.

'Dees fontyn stecken in gat,' bromde Vidal.

'Wees stil en kijk nu,' zei Lea, en ze rukte aan zijn arm zoals aan een pompzwengel.

Hij keek omhoog. Het was zo donker geworden. Lea had een zwart brilletje op zijn neus gezet. Hij zag dat de maan tussen zon en aarde hing. Hij zag uit de verte een zachte gloed aankomen, die over de vuurwerktuin scheerde als een laag zweefvliegtuig. Toen werd het nog donkerder. Het donker schoof voor de zon. De wind ging liggen, de temperatuur zakte, de vogels stopten met fluiten.

Zijn hersens knarsten, zijn slapen gonsden, zijn hoofd knapte.

De zekeringen brandden knisperend door.

Eeuwige nacht. Het einde der tijden.

X Intermezzo. De salamander

❧

113

De zolder ruikt naar zure melk en oude kaas. Het lijkt hier niet alleen kleiner maar ook donkerder dan vroeger, behalve bij het ronde raam, waar stofdeeltjes dansen in het avondlicht. Barbara is de vermolmde trap met zijn door motten aangevreten bekleding met moeite op gekomen. Sinds ze het verband vervangen heeft, zijn haar wonden weer gaan schrijnen. Alleen haar vingers zijn zo goed als genezen. Ze kan er het verdroogde vel aftrekken alsof ze garnalen aan het pellen is. Maar als ze haar benen beweegt, vlijmt de pijn door haar lijf. Haar eigen schuld, want ze heeft het gaas met korsten en al van de wonden getrokken.

Ze strompelt tussen karkassen van dode duiven en grote spinnenwebben over de zolder. Ze voelt de gesmoorde wind door de reten van de dakspanten. Bij de grote koffer aan het raam gaat ze tegen de muur zitten en wrijft zich vermoeid de ogen uit. Langzaam kan ze onderscheiden wat om haar heen staat. Een collectie archiefkasten. Enkele heiligenbeelden die onder de vogelstront zitten. Een oud ledikant waarin zij vermoedelijk nog verwekt is. En in de hoek de met prullen volgestouwde kinderwagen van 1958.

Het is nog zo'n zwaar ijzeren vehikel op grote wielen als van een fiets. In het strakke zeil, waarmee de wagen bespannen is, zitten brandgaten. Het gevolg van de vonken die Barbara een hardnekkig oogletsel en haar vader jarenlange processen hebben gekost.

De grote koffer bij het raam zit vol familiespullen: eigendomsaktes, rouwbrieven, huwelijkspapieren. Vergeelde patenten onder spinrag. Kromgetrokken ringmappen met stijlvol briefpapier van vroeger. Barbara kijkt lang naar een schimmelige foto van haar ouders, genomen in de jaren vijftig in de polder van Lillo. Haar moeder die nog een soort hoofddoekje droeg zoals een moslimvrouw, haar vader met sigaar en hoed, en achter hen het bakstenen boerenhuis, de Zeeuwse schuur en de kreek. Het oude erf, dat nu onder de haven zit, lijkt wel iets van de prehistorie, en toch is het maar één generatie geleden.

Barbara neemt een nog vrij recente, met de hand geschreven brief uit de koffer. Blijkbaar van een vrouwelijke fan die naar het allerlaatste vuurwerk van haar vader is gaan kijken. 'Meester *Vidal, uw laatste vuurwerk op de Schelde was van een wilde schoonheid die ik nooit eerder zag. Het weer zat niet mee, maar ik had een goed zicht. Mensen zijn tot onvergetelijke dingen in staat. Groot was mijn vreugde om daarna met uw dochter Barbara te kunnen praten. De trots waarmee zij over haar vader sprak, heeft mij diep aangegrepen. U hebt recht en reden om met evenveel fierheid naar uw dochter te kijken als zij naar u...*'

Wat zou er door hem heen gegaan zijn toen hij dat las? Een mengeling van spijt en genegenheid? Als het hem niets deed, zou hij de brief toch niet bewaard hebben?

Ontroerd trekt Barbara een in bruin papier gewikkeld pak uit de koffer. Daarin zitten enkele transparanten die ze als kind met haar vader geschilderd heeft: Neptunus met de drietand, het wapenschild van de Kamer van Koophandel, de salamander. Dan komt het weer terug. Ze ruikt weer de zondagse soep die haar moeder van ossenstaart of koeientong kookte. Ze ziet haar beschonken vader met bietenrode kleur thuiskomen van de hoogmis. Ze ziet hoe hij Lea zacht op de billen slaat, tot ze kleurt tot in haar nek. Hoe hij Barbara op de schouders tilt en meeneemt naar zijn studeervertrek. En hoe zij daar ijverig de salamander schildert, terwijl haar vader en moeder in de slaapkamer verdwijnen.

En nu, tientallen jaren later, houdt Barbara dezelfde transparant weer in haar handen, voor het ronde raam. Het licht wekt de bestofte prent tot leven. In een hel van hoog oplaaiende vlammen spuwt de zwarte salamander vuurtongen naar alle kanten.

De vuurgeest, volgens de oude alchemisten.

Het tweeslachtige beest kijkt gemeen. Hij zit vol venijn.

114

Ongeveer dezelfde donkere salamander stond op het nieuwe label dat Victor naar Vuurwerkstad had gestuurd om op de bestellingen van *Valentine & Vidal Events* te plakken.

De eerste keer dat ze het resultaat zagen, was in de oude Vuurwerkfabriek Nummer Eén, waar Barbara in 1984 al was geweest. De fabriek was later geprivatiseerd en tot haar verrassing overgenomen door Dubbele Knipoog. Die had zijn veilige baan bij de Provinciale Corporatie opgegeven en de gok gewaagd om zelf ondernemer te worden, net als zijn vader vroeger. Wel meer ambtenaren probeerden zo hun *guangxi* of relaties in de privé-sector te verzilveren.

'Wat schandelijk dat je vorige keer het land uitgezet werd,' zei Dubbele Knipoog. 'Maar ik zie dat je inmiddels eeuwigdurend geluk bij een goede partner hebt gevonden.'

Hij greep Victor in de zij. Hij lachte zoetzuur. Hij kneep zijn beide ogen dicht. Barbara vertrouwde hem niet meer.

Dubbele Knipoog werkte als onderaannemer van WangBang en werd in zijn bedrijf als mister Li aangesproken. Vroeger werkten er wel vijfhonderd werknemers, maar na de privatisering waren er maar honderdvijftig meisjes overgebleven. Zij kregen nu een stukloon betaald, zodat ze meer konden verdienen als ze meer presteerden. De meesten werkten zeven dagen op zeven. Zeker nu de orders voor de lucratieve millenniumwissel moesten worden afgewerkt, was het tempo hels.

Op de kartonnen dozen stond het nieuwe label van de vuurvretende salamander. Zwart en dreigend. Exclusief!

'En dit?' vroeg Barbara, terwijl ze wees op een gele sticker met het cijfer 1.4 op de doos.

'Dat?' zei Victor achteloos. 'O, dat...'

Het was een van de gevarenklassen waarin het vuurwerk volgens het Oranje Boek van de VN moest worden ingedeeld. Groep 1.4 was de veiligste categorie, normaal voor licht consumentenvuurwerk gebruikt. Victor vertelde dat hij in het hotel in Liuyang ooit op een vergadering van de grote Hollandse importeurs was gestoten, 'een soort kartel'. Het had hem danig verbaasd, want normaal gunden ze elkaar het licht in de ogen niet. Blijkbaar hadden ze met de Chinezen niet alleen scherpe prijzen afgesproken, maar ook om alle vuurwerk als 1.4 te stickeren.

'Anders wordt het allemaal veel duurder,' zei Victor.

'Maar is het wel veilig zo?'

'Tuurlijk, Barbara. Dat telt alleen voor het transport, en daarmee is nog nooit wat misgegaan. De vuurwerkcontainers staan altijd op het bovendek. Dan kunnen ze in zee gekieperd worden als er toch iets zou gebeuren.'

Dubbele Knipoog keek haar somber aan. 'Barbara, de Chinezen moeten doen wat de klanten vragen. De groten domineren de markt en zetten zware druk op de prijzen. Geen wonder dat sommige fabrieken goedkope, minder stabiele stoffen gebruiken...'

Toegegeven, ze had toen maar weinig aandacht voor de hele handel.

'Het enige wat we nu nog nodig hebben, is een grote publiciteitsstunt,' zei Victor, terwijl hij de bommen betastte. 'En na het millennium zijn we binnen.'

115

In het vuurwerkamfitheater in Liuyang vond het jaarlijkse vuurwerkfestival plaats. Een grandioos gebeuren van één miljoen dollar, verplicht gesponsord door de grote firma's. De tribunes zaten stampvol toeschouwers, onder wie communistische mandarijnen en westerse handelaars. Zelfs de huizen in de omgeving verhuurden hun daken aan enthousiaste kijkers.

De show was een poenerige demonstratie van de producten die in Vuurwerkstad te koop waren. Een onvoorstelbare voorraad werd als een bonte catalogus de lucht in geschoten.

'Typisch voor het China van nu,' zei Perzik, die Barbara naar de show had begeleid. 'Het moet altijd véél zijn. Tonen dat je véél geld hebt. En dat je véél wilt verdienen. Het is pakken wat je pakken kan.'

'Er zit geen artistiek concept in de voorstelling,' zei Barbara. 'Maar kijk, dit beeld vind ik wel machtig...'

Het was het slot van de show. In het midden van de rivier verrees een soort vuurwerkpanorama van honderd meter breed en tientallen meters hoog. Een berglandschap met verschillende tinten groen en een blauwe klaterende waterval, waarachter een rode zon langzaam omhoogklom. Een ouderwets decor zoals vroeger in Europa werd opgezet door de Brocks en Ruggieri's. Een trompe-l'oeil van vuur, gemaakt met tienduizenden kleine fonteintjes, waar een grote ploeg mensen wekenlang aan gewerkt had. Zo'n titanenwerk was alleen nog mogelijk in een land waar arbeiders voor een uur werken zoveel verdienden als in Europa voor twee minuten.

Terwijl nog zeemzoet gezang opklonk en de Mexican Wave door de geestdriftige massa golfde, repten Perzik en Barbara zich al naar de uitgang om aan de ergste drukte te ontkomen. Barbara voelde zich lomp naast de jonge, mooi opgemaakte Perzik, die op naaldhakken liep. Geen ingebonden voetjes meer voor de Chinese vrouwen, maar wel duizelingwekkend hoge hakken. Perzik was een raspaardje: een hartvormig gezicht, gitzwarte haren in een netje, fijn gestifte lippen, een parelwitte huid, een slank figuur, een jurk als een wolk om haar heen. In de nieuwe winkels kon je al Versace en Armani kopen, maar deze jurk was nog eigen naaiwerk.

Elke week zag Liuyang er weer wat anders uit. Overal rezen met spuug en zaagsel gemaakte blokkendozen uit de grond. Het vuurwerkamfitheater, speciaal gebouwd voor het festival, was uniek in de wereld: zitplaatsen voor tienduizend mensen, een podium half over de rivier, nieuwe toegangswegen. Aan de andere kant van de stad werd een gigantisch voetbalstadion gebouwd, zoals zelfs Antwerpen er geen had. Een groots theater, een nieuw stadhuis en verscheidene vijfsterrenhotels stonden in de steigers. Krankzinnig voor een plaats die kort geleden nog een afgelegen boerengat was, dacht Barbara. Gevaarlijke grootheidswaan, zoals in Antwerpen in de jaren zeventig, met zijn nooit gebruikte metro en zijn duizenden hectaren industriegrond die braak bleven liggen.

Ook rond Liuyang verdwenen de rijstvelden nu systematisch voor enorme industrieterreinen die op nieuwe bedrijven wachtten. En volgens de folder van Liuyang niet alleen meer voor *lowtech* vuurwerk, maar ook voor *hightech* activiteiten zoals informatica, robotica en biotechnologie. Wie wou komen investeren in supercomputers, designerbaby's en genetisch gemanipuleerde gewassen? Allemaal tegen voordelige en taksvrije voorwaarden, 'en met alle comfort voor de westerling'.

Vorige week was het eerste verkeerslicht van Liuyang geïnstalleerd. Maar voorlopig stopte niemand voor rood. Het paste niet bij de Chinese kleurensymboliek. Rood was de kleur van voorspoed en vooruitgang, geen kleur om te stoppen.

Bij de nieuwe voetgangersbrug zat een oude bedelaar met een Confucius-baardje een vuilnisbak langzaam leeg te eten. Op de banken lagen twee zwervers, en verderop liepen enkele bedelkinderen.

De duizenden lichtjes op de brug, die gedoofd waren voor het vuurwerk, werden weer aangestoken. Ze namen alle kleuren van het spectrum aan, van rood naar geel en groen en blauw, en weer terug. Ook de andere bruggen waren nu als kerstbomen verlicht. Langs de oever schoten talloze lantaarns aan, en de gevels van de huizen werden door neon afgelijnd. Op pleinen en kruispunten straalden standbeelden die kleurige vuurpijlen of mortierbommen moesten voorstellen.

Vuurwerkstad zag er steeds meer uit als Disneyland.

Of de Sinksenfoor.

Potsierlijk.

'Ciao Barbara,' zei een man, die met andere westerse bezoekers van het amfitheater kwam en die ze met een schok herkende als Francesco, haar Italiaanse telefoonvriendje van lang geleden. 'Como esta?'

116

De firma WangBang gaf een copieus diner in het Grand Sun Resort hotel. De gasten zaten achter een grote tafel met een ronddraaiende schijf waarop tientallen schotels stonden. Tegen het

Hunanese slangenvlees, de plaatselijke delicatesse, kon Barbara nog nee zeggen, maar niet tegen een fles Duvel die door de lokale bierhandelaar werd ingevoerd.

'Het strafste van Vlaanderen,' zei Steve Wang, en hief het glas. 'Op Barbara,' en toen begon het eindeloze tjsin-tjsin, het urenlange geklink en getoost, tot alle Chinezen weer strontzat waren.

Francesco Pantone zat naast Barbara. Hij was, twintig jaar later, nog altijd goed gebouwd en had een innemende glimlach die haar tegelijk week en weemoedig maakte. Terwijl ze naar hem luisterde, zag ze weer de jongen met de vliegende girandola's in Cannes en vroeg ze zich af of haar leven anders had kunnen lopen. Hij zei dat ze in Firenze nog altijd die schitterende Italiaanse repetitiebommen en Romeinse kaarsen maakten, maar geen girandola's meer. Hij zei dat hij zo druk was met het componeren van zijn wereldwijde shows dat hij zijn gezin verwaarloosde. Want ja, hij was al jong getrouwd en had een zoon en dochter...

Maar toen werd hij onderbroken door Victor, die er na vier Duvels nog roder uitzag dan anders.

'Waarom kom je dan naar Liuyang?' lalde hij. 'Toch wel om vuurwerk te kopen, zeker?'

Francesco keek betrapt. 'Sinds de wereld overspoeld wordt met Chinees vuurwerk, krijgen ook wij het lastiger,' gaf hij toe. 'Maar onze kernproducten maken we nog wel zelf.'

'Ik bewonder uw vader zeer,' kwam Steve Wang snel tussenbeide. 'Hij is nog een echte maestro. Net zoals de vuurwerkmeesters in China vroeger.'

'Maar zelfs de Romeinse kaarsen van Pantone worden hier nu al nagemaakt,' zuchtte Francesco.

'Dat is een probleem,' zei Steve. 'Maar weet u, in China was het kopiëren van de meester altijd de plicht van de leerling. Veel Chinezen begrijpen nog altijd niet wat daar fout aan is.'

'De overheid controleerde vroeger te veel en nu te weinig,' zei

Francesco. 'En dat is gevaarlijk. Er zijn hier honderden ongevallen, maar veel ongevallen worden niet eens gemeld.'

Iedereen wist dat er bij een leverancier van WangBang de week ervoor nog zeven mensen waren omgekomen toen iemand met een schaal sterren struikelde. Maar de families van de slachtoffers kregen wat geld in de handen gestopt, en verder leek niemand erbij stil te staan. Het haalde niet eens de krant. De Chinezen waren met veel.

'Bullshit,' zei Victor. 'Het kapitalisme brengt hier welvaart, man. Dat ziet toch een klein kind.'

'Juist, welvaart,' lachte Dubbele Knipoog, en hij stak zijn zoontje van tien jaar een kippenbout toe. Een dik jongetje met geblondeerde haren, die glazen omgooide, de obers het bloed onder de nagels vandaan haalde, op een *gameboy* hamerde. Een van die kleine keizertjes, zoals ze hier genoemd werden.

'Dit jaar is een absoluut recordjaar voor vuurwerk,' zei Victor, die het ineens over een andere boeg gooide. 'Weet je wat ik nog zoek voor het millennium? Veel schitterend oranje voor de Nederlanders. En briljant blauw voor de Fransen. *La belle bleu.*'

Hij stond op en ging met Dubbele Knipoog aan de bar zitten smoezen. Francesco nodigde Barbara uit om met hem een luchtje te gaan scheppen aan de rivier. Honderden mensen liepen over de nieuwe promenade of deden tai-ji-oefeningen. Mannen wandelden al mediterend achteruit. Vrouwen schuurden ritueel met hun achterste tegen een boom. Francesco en Barbara keken zwijgend naar de mallemolen van lichtjes rond de stroom.

'Zie je ginds die berg,' zei Francesco. 'Dat is het natuurpark van Dawei, waar ik vandaag ben gaan kijken. Uniek. Er zijn meer dan duizend soorten vlinders. Maar de stad is aan het onderhandelen met een Amerikaanse investeerder die er een vakantiepark wil maken...'

Toen draaide hij zich naar haar toe. 'Weet je, Victor is zo impulsief. Hij is met van alles bezig. Je moet goed uitkijken, Barbara.'

Hij klonk bezorgd, teder, innig.

Toen ze terug in het hotel waren, bleek dat Dubbele Knipoog en Victor naar de bovenste verdieping waren voor een Chinese massage. Barbara draalde even en nam toen de lift naar boven.

De masseuses zagen er jong en mals uit. De lippen kersenrood, de wangen frambozenrood, de nagels gelakt als de rode vlag. Het bleek een echte hoerenkast te zijn. Moest Victor hier zijn viriliteit komen bewijzen?

Eerlijk gezegd, Barbara had genoeg van hem. Ze draaide zich om en ging terug naar Francesco.

Op een vensterbank in de gang zag ze het ettertje van Dubbele Knipoog zitten. Hij had een grote zwarte vlinder vast, zo groot als een vogeltje. Hij trok er langzaam de poten en vleugels uit. Hij begon te krijsen als een speenvarken toen hij van Barbara een draai om de oren kreeg: 'Vreemde duivel! Barbaar! Langneus!'

117

Toen Francesco haar voorstelde om een stuk van de zijderoute te bezoeken, zei ze zonder nadenken ja. De oude zijdeweg ging van het hart van China over Afghanistan, Perzië en Turkije tot aan de kusten van de Middellandse Zee, en op die route deden ze enkele karavaanplaatsen aan. De oude hoofdstad Xian met zijn terracotta krijgers. Het wonderlijke Dunhuang met zijn beschilderde grotten. Het legendarische oasestadje Kashgar aan de Afghaanse grens.

En toen had Francesco het als verrassing voor haar gedaan gekregen dat ze, aan de andere kant van de Afghaanse grens, een bezoek konden brengen aan de Blauwe Berg. De berg waarover Marco Polo schreef dat hij vol aders zat die het fijnste blauw ter wereld opleverden. Waar haar grootvader haar zo begeesterd over verteld had.

Het was een zware trip over nauwelijks begaanbare wegen, en het laatste stuk door de Kochka-vallei moesten ze zelfs op ezels afleggen. Francesco nam een foto van Barbara: schrijlings op de ezel als de Maagd Maria, gekleed in een blauwe boerka. Dit grensgebied was dan wel veilig en stabiel, het was het land van de Noordelijke Alliantie, en de Taliban met de zwarte tulbanden waren nooit tot hier gekomen, maar toch kon Barbara zich maar beter aanpassen.

Verderop in de vallei zagen ze het gat in de bergflank: de mijn van Saresang, de oudste ter wereld, die al duizenden jaren ontgonnen werd. Saresang lag er als een soort cowboystadje bij, een nederzetting van mijnwerkers, zonder vrouwen. Alles was vervallen na jaren van oorlog en isolement, maar de Noordelijke Alliantie had nu een Amerikaans edelstenenbedrijf de rechten op de blauwe steen gegeven.

In de mijnschacht zag Barbara eerst bijna niets, het was er benauwd en het stonk naar zwavel. Daarna zag ze de donkerblauwe wand boven zich, met goudachtige stipjes pyriet, als een hemel vol sterren.

Dat was de lapis lazuli. Letterlijk de blauwe steen. En na fijnmalen, zuiveren, logen en persen: het goddelijke ultramarijn. Vooral dan het diepste blauw van de eerste persing.

Ultramarijn. Oltramarino. Overzees blauw.

Het blauw van de farao's, van de miniaturisten, en vooral van de schilders. Van Michelangelo, Titiaan, Rubens, Vermeer en de anderen. Het kwam allemaal uit die ene mijn in Saresang.

De mooiste kleurstoffen waren toen nog natuurlijke pigmenten: rood uit luizenbloed, geel uit saffraankrokussen, paars uit purperslakken. Maar ultramarijn was de duurste kleurstof van allemaal. Duurder dan goud.

Zo had ze van haar grootvader gehoord. Hij had haar ook verteld dat de Franse overheid tijdens de industriële revolutie een prijs uitloofde voor wie ultramarijn synthetisch kon namaken. Een industrieel slaagde erin een fabrikaat te maken met net dezelfde kleur en structuur. Maar slechts voor een fractie van de prijs. Zo goedkoop dat het zelfs als blauwsel in de was gebruikt werd.

'Maar hoe zou de tover van zo'n rijke kleur kunnen overgaan op een banale chemische formule?' had haar grootvader smalend opgeworpen.

Het synthetische ultramarijn, waarmee Barbara al vaak geschilderd had, bestond uit egale kristallen die het licht allemaal op dezelfde manier weerkaatsten. Maar het natuurlijke ultramarijn leefde. Ademde. Fonkelde.

118

Terwijl de emoties door haar hoofd loeiden, keek Barbara naar Francesco. Enkele zweetdruppeltjes blonken in het holletje van zijn keel. Ze voelde grote dorst en een intens verlangen om het leeg te drinken.

'Blauw is vaak ongrijpbaar,' zei Barbara, 'maar hier is het zo ongelooflijk tastbaar.'

Ze zwolg het blauw op en liet haar handen over de rotswand glijden zoals Zwevende Handen over een autostuur. Ze had het gevoel dat zij in haar boerka en Francesco in zijn polohemdje helemaal versmolten met de blauwe grot.

Er was alleen nog blauw, en dat blauw was liefde, harmonie, geluk.

Haar mond voelde droog aan. Haar keel slibde dicht. Haar ademhaling stokte.

Ze kreeg het zo warm en trok de muffe boerka uit.

Alsof het in één vloeiende beweging ging, voelde ze daarna de armen van Francesco rond haar schouders. Hij hield haar met overgave vast.

Zij vlijde haar lichaam tegen het zijne.

Huid tegen huid.

Yin en yang.

In de Blauwe Berg, in de buik van de aarde, aan de andere kant van de wereld, had Barbara een gevoel alsof ze thuiskwam. Alsof alle beperkingen van haar af vielen. Alsof ze weer die weidsheid van vroeger had teruggevonden.

Haar leven was altijd voorlopig geweest. Tijdelijk. In afwachting van.

Maar nu was ze klaar om te beginnen.

Die grenzeloze spanwijdte zou *al-tijd al-tijd al-tijd* blijven duren.

119

Maar zo was het natuurlijk niet. Na die reis was Francesco naar zijn vrouw en kinderen teruggekeerd en had ze dagen niets meer van hem gehoord. Maar ze hield nog dat gevoel van voldoening en voldaanheid.

Op een dag was Barbara samen met Perzik in het laboratorium van WangBang een klomp lapis lazuli aan het vergruizen, die ze uit Saresang had meegebracht. Ze betrapte zich erop dat ze een oud kinderversje zat te neuriën: 'Eerst wit als was...'

Toen keken ze naar de met veel ophef aangekondigde zonsverduistering. Barbara kon de lichtende corona rond de zon duidelijk zien.

Vervolgens voelde ze een stekende pijn in haar afwijkende rechteroog. De pijn werd die nacht ondraaglijk. De volgende morgen voerde Perzik haar naar een oogkliniek in Changsha, in het academisch ziekenhuis, waar volgens haar de modernste technieken ter wereld werden gebruikt.

'Je wist toch dat je niet met het blote oog in de zon mocht kijken,' zei Perzik.

'Ja, maar aan mijn rechteroog ben ik al bijna levenslang blind...'

De oogspecialist zei dat het duizend dollar zou kosten en dat hij Barbara al die namiddag kon behandelen. Na de revolutionaire behandeling zou haar oog weer zo goed als nieuw zijn, beloofde hij zelfverzekerd. Barbara wou maar één ding: verlost zijn van de pijn.

Toen ze beneden in het academisch ziekenhuis zaten te wachten, zag Barbara een dozijn Europese mannen en vrouwen opgewonden heen en weer drentelen. Het was voor het eerst dat ze hier zo'n westers reisgezelschap te zien kreeg. Ze hadden allemaal een buggy met een baby bij zich. Allemaal meisjes die afgestaan werden voor adoptie.

'Zo lief,' zei Perzik. 'Weet je dat veel Chinese koppels volgend jaar per se een zoontje willen? Want 2000 is het jaar van de draak, een geluksjaar.'

Barbara glimlachte. Ze dacht eraan dat ze een tijd geleden gestopt was met de pil. Ze was die rotzooi moe.

De behandeling verliep voorspoedig, beweerde de dokter. Barbara was nog suf en verdoofd toen ze in slaap viel.

Toen ze de volgende dag naar Vuurwerkstad terugreden, hoorden ze ineens een zwaar gerommel, alsof het gebergte zijn keel schraapte. Boven een heuveltop in de buurt van het Dawei-park zagen ze een gigantische rode vuurbol opengaan. Een soort gaswolk met een diameter van honderden meters. Zo fel was het vuur dat de hele berg in een oranje gloed baadde. En toen was het weer weg.

'Heb je dat gezien?' vroeg Perzik, die verbluft aan de kant van de weg was gaan staan, zoals de andere wagens.

'Ja,' zei Barbara, en ze schoof de pleister nog wat verder van haar rechteroog. 'Ik heb het helemaal gezien.'

De vuurmassa had in het begin even de vage vorm van een hart, maar leek daarna meer op een bloederig kankergezwel.

120

Later hoorde ze hoe Victor, geïnspireerd door het wereldrecord koorzingen in Liuyang, al wekenlang met Dubbele Knipoog een recordpoging voor het *Guinness Book of Records* had voorbereid. De grootste vuurwerkbom uit de geschiedenis, volgeschept met duizenden sterren, snel gemaakt van in een strontiumsas gedraaide rijstkorrels. Niet eens duur, gezien de dumpprijzen van Vuurwerkfabriek Nummer Eén.

Victor zag het als een gouden reclamestunt om zijn containers vuurwerk voor het millennium te verkopen. Zijn grote slag.

Het probleem was dat hij een mortier van tien ton nodig zou hebben om de reuzenbom van achthonderd kilo in de lucht te schieten, en dan nog was het onzeker of de onderneming wel zou slagen. Toen had hij een lumineus idee gekregen: waarom het gevaarte niet naar beneden gooien in plaats van omhoog te vuren?

Dubbele Knipoog had contact opgenomen met zijn vroegere collega Zwevende Handen, die relaties met het Chinese leger had, en die had een oud vrachtvliegtuig kunnen versieren. Het toestel was enkele duizenden meters hoog gestegen. Victor had aan de bom een extra lange lont gemaakt, zodat hij niet al vlak bij het vliegtuig zou ontploffen.

Boven het natuurpark van Dawei met zijn duizend vlindersoorten moest het gebeuren. Een ongerept terrein, waar niemand woonde. Voorlopig toch niet, zolang de deal voor het Amerikaanse vakantiedorp niet rond was.

'Kijk, die gaat schrikken,' had Victor nog naar een jogger gewezen.

Daarna had hij de lont aangestoken en zijn schouders tegen de bom aangezet. Er was eerst nauwelijks beweging in te krijgen, zodat de paniek toesloeg. Toen was Dubbele Knipoog komen helpen en hadden ze samen het bakbeest naar buiten kunnen duwen. Meteen daarna was de bom als een overrijpe vrucht opengespat. Door de drukgolf werd het vliegtuig weggeslagen, maar de ervaren piloot kon het snel weer rechttrekken.

Beneden stonden Zwevende Handen en een deurwaarder om het gebeuren met een digitale camera vast te leggen.

Toen Barbara het verhaal hoorde, dacht ze hoofdschuddend terug aan de Apollo-raket die ze in '69 op het stort hadden gelanceerd. Ook toen was het voor Victor slecht afgelopen.

121

Enkele weken later kwam Barbara voor het eerst in jaren weer in het familiehuis op het Laar, dat ze vroeger zo kon verfoeien. Maar nu was het anders. De rode gevel met het opschrift *Kunstvuurwerken Vidal*, het art-decoraam met de gebrandschilderde draak, het borstbeeld van de stichter, de Chinese toren: het zou binnen enkele weken, na nieuwjaar 2000, allemaal in Duitse handen overgaan.

Ze had van Marie gehoord dat haar vader op de dag van de zonsverduistering in de vuurwerkfabriek een beroerte had gekregen. Toen hij uit het ziekenhuis terugkwam, was hij half verlamd. Hij zag niets meer aan de linkerkant van zijn gezichtsveld en had voor alles hulp nodig. Hij schaamde zich om de anderen tot last te zijn.

Barbara schrok ervan om haar vader zo slecht te zien. Hij zag eruit alsof hij al tien jaar te lang had geleefd. De geur die uit zijn oude poriën kwam was die van een kamer die in geen dagen was gelucht.

'Zo, ben je daar,' zei hij, zonder haar aan te kijken. Hij zat in een grijze badjas op de bank en staarde naar de vlammen in de haard.

Hij had een scheeftrekkende mond, geelglazige ogen, een opgeblazen gezicht van de medicijnen. Een broze, kale schedel met fijne adertjes, waarop je nu de kaart van de wereld zag, net als bij zijn vader vroeger.

Ze zeiden een hele tijd niets.

Sorry zeggen hadden ze beiden nooit gekund.

'Ik, ik, ik,' stamelde hij toen, en begon te hoesten en te rochelen tot hij bijna stikte in zijn slijm. 'Ik heb op je gewacht.'

Marie was met een stofzuiger in de weer in het achterhuis. Lea was met tante Adèle de nieuwe serviceflat gaan inrichten.

Barbara deed haar best een goede dochter te zijn en schoof haar stoel naast hem. 'Ik heb mijn oog laten behandelen, vader. Ik kan weer zien.'

De waarheid was dat haar zicht nu nog erg troebel was, ze zag slechter dan vroeger, maar dat zou volgens de oogarts de komende tijd helemaal goed komen. Net als een baby zou ze een hele tijd nodig hebben om een voorwerp met twee ogen weer enkelvoudig te leren zien. Maar intussen was ze de scherpte van de kleuren kwijt.

'Je kijkt nog wat scheel,' zei haar vader bezorgd, en even zag ze het leven in zijn dodevissenogen opblinken. 'Natuurlijk komt het weer goed. Dat heb ik afgesproken met de Heilige Barbara.'

Ze had niet verwacht dat het haar zo zou raken om hem in die toestand te zien. Hij, Vidal, die altijd een man van veel omhaal en veel gewicht was geweest. Die altijd zoveel plaats innam. Nu verschrompeld tot een zielenpoot die moest vragen om de *steekpan* aan te reiken.

Vanwaar had hij het kwaad in zijn bloed gekregen? Vanwaar die klonter in zijn hersenen? Nu ja, hij had altijd te veel sigaren gerookt, te veel whisky gedronken, te veel gif ingeademd en te veel de dood uitgedaagd, zoals de meeste vuurwerkmakers. Een zelfdestructief volkje.

Maar nu kon ze bijna zien en ruiken dat de dood hem bang maakte.

'Niemand is ooit teruggekomen, zelfs mijn broer Herman niet,' zei hij, alsof hij haar gedachten raadde. 'Gelukkig maar, want hij zou kwaad zijn dat het bedrijf naar de verdommenis gaat.'

'In China zeggen ze dat je geest blijft leven zolang er ook maar iemand aan je denkt,' zei ze. 'Je leeft voort in je nabestaanden.'

Toen haalde hij een bundel papieren van onder de bank te voorschijn. Zijn vuurwerkcompositie voor de millenniumviering op de Schelde. Het schietplan en de muziekband waren klaar. Maar hij had de vuurbevelen niet meer op de band kunnen inspreken.

'Ik, ik, ik,' stotterde hij weer. 'Ik zou willen dat jij het vuurwerk helpt afsteken, Barbara.'

Ze schrok.

'Maar Mustafa doet dat toch al jaren voor je,' zei ze.

'Ik ben bang. Ik wil niet dat het misgaat. Ik wil dat je hem in de gaten houdt.'

Hij zoog op zijn vingers alsof hij zich verbrand had.

Ze wist niet wat te doen. Ze nam het pak papier aan.

Daarna gaf hij haar het hangertje met het van lapis lazuli gemaakte torentje, dat hij zelf van zijn vader had gekregen.

'Het zal je geluk brengen,' zei hij. 'Want je mag het gevaar nooit onderschatten. Je moet respect hebben voor het vuur. Maar wees gerust, ik heb voor dit vuurwerk alleen de beste bommen van Italiaanse makelij besteld. Geen Chinese rommel.'

Er kwam een zweem van een glimlach op die verzakte mond. 'Ik hoorde van Pantone dat je weer contact had met Francesco?'

Ze knikte kort. 'Ja, we zien elkaar weer. Ik mag hem graag.'

Ze zei hem niet dat ze Francesco in Liuyang had teruggevonden. Ze zei hem niet dat ook hij nu in China ging shoppen.

'Echte Italiaanse bommen,' knorde hij vergenoegd.

Over Victor werd niet gesproken. Barbara had hem niet meer gezien sinds hij na zijn groteske recordpoging door de Chinese autoriteiten het land was uitgezet. Een recordpoging die natuurlijk niet erkend werd door het *Guinness Book of Records*. Barbara had zich van de stunt gedistantieerd en kon zo nog een tijdje langer in Liuyang blijven. Haar relatie met Victor was een fatale misrekening geweest, daarin had haar vader gelijk gekregen.

Ze hielp haar zus om hem naar de badkamer te brengen, voetje voor voetje. Ze zetten hem in bad, als een dikke, blote baby. Marie zeepte zijn uitgeleefde billen in. Ze waste zijn geslacht, dat slap en knobbelig tussen zijn opgezette benen lag. Ze schrobde de schimmel tussen zijn tenen. Met moederlijke tederheid kwam ze hem elke dag verzorgen en oppeppen. En als ze 's avonds naar huis ging, vond ze haar man Diederik op de sofa. Uitgeblust. Uitgerangeerd bij de Zijdewormnatie. Ook die moest ze nu verzorgen.

Barbara bewonderde Marie. Ze voelde eindelijk iets van verbondenheid met haar grote zus. Met haar familie.

'Ik, ik, ik,' proestte Vidal in zijn bad, en hij begon aan een verhaal dat ze al zo vaak gehoord hadden. 'Ik heb ooit een vuurwerk voor één man moeten doen, ik voelde mij, euh, een hoer. Het was voor een directeur in de haven, het was...'

Hij stokte, verloor de draad, leek weg te draaien. Hij keek verdwaasd alsof er een ontploffing was geweest in zijn hersenen. Of alsof hij iets voorvoelde van het grote onheil dat zich ging voltrekken.

122

De twee baggerschuiten lagen achter elkaar in de as van de stroom verankerd, gevuld met mortieren en stellingen. Op beide oevers was de kade vol leven en vertier. Eén woelende massa van wel een halfmiljoen mensen, die brasten en slempten en champagne in het rond spoten. De kaden werden door duizenden vuurbakens verlicht en verwarmd.

Door een laaghangende nevel was het nauwelijks te zien vanaf de stroom. Op de eerste boot zat Barbara in een stalen cabine met een koptelefoon op en een chronometer in de hand. Voor haar lag de compositie die haar vader voor het eindejaarsvuurwerk had gemaakt. Het stond vol duivelse tekens, sibillijnse symbolen en lugubere krabbels die volslagen vreemd waren voor haar. Vage notities over 'de oerknal', 'het gevecht van materie en antimaterie', en andere wartaal die ze niet eens kon ontcijferen. Maar gelukkig waren de lijnen en tijden duidelijk aangegeven.

Ze was op van de zenuwen. Ze had op de voorafgaande receptie geen glas aangeraakt. Ook de sushi-hapjes, pesto-sausjes en gedroogde tomaten had ze aan de andere prominenten gelaten. De Antwerpse havenbonzen blaakten. De handel zat al ver boven de honderd miljoen ton per jaar, en ook de petrochemische bedrijven gingen naar megawinsten.

'Vidal,' had de burgemeester nog tegen haar gezegd, wijzend op de jongens die achter de dranghekkens voetzoekers in de menigte gooiden. 'Geef hun de volle laag, want anders branden ze nog zelf de stad plat.'

In de cabine naast Barbara zat haar neef Jonas, die lang had aangedrongen te mogen helpen. Hij zou het kleine schakelpaneel bedienen, want hij wou het allemaal leren, had hij haar gezegd. Hij was intussen afgestudeerd als verpleger en werkte als ambulancier bij de brandweer. Een warm, zorgzaam karakter zoals zijn moeder. Een mooie jongen ook, al had hij al iets van die wijkende haarlijn die zijn vader en grootvader ook vroeg hadden gehad. Barbara was dol op hem.

Op de andere baggerboot zat Mustafa achter de grote schakelkast. Hij controleerde een laatste maal of er contact was in de elektrische leidingen. Hij stak zijn duim op naar Barbara.

Net voor middernacht begon het voor haar. 'Lijn 1, opgepast, vuur!' startte ze met onzekere stem.

Mustafa duwde op de knoppen.

Een luide knal.

En nog een.

En nog een.

En zo werd tien keer afgebomd tot het middernacht was. Nieuwjaar 2000. De mensen gilden als uitgelaten honden toen tientallen vuurmonden tegelijk hun vlammen kruiselings over elkaar begonnen te schieten. De echo kaatste tegen de huizen. De boot deinde op en neer door de terugslag van de mortieren. De schokgolven voelden als stompen in haar buik. Barbara keek ongerust opzij. Ze zag de verrukking in de ogen van Jonas. Ze voelde aan het blauwe hangertje om haar nek.

Terwijl er stormachtige muziek van Tsjaikovski en Beethoven uit de grote boxen schalde, leken honderden gouden en zilveren bommen tegen elkaar op te botsen, te vechten op leven en dood, hun laatste snik te geven. Verder waren er geen kleuren, alleen goud en zilver, van veel houtskool en ijzervijlsel gemaakt, zoals de koninklijke vuurwerken van Ruggieri vroeger. Grote treurwilgen plooiden open als paraplu's, watervallen van gouden vonken sloegen neer, kometen met gloeiende staarten vlogen als een vlucht vogels over het water.

Maar het leek alsof alles door elkaar liep, de kluts kwijt was, als gek in het rond tolde. Niets was nog synchroon. Surrealistisch. Een anarchie van vuurwerk, die na een kwartier eindigde in een verblindend witte lucht vol graffiti, die een scheurend geluid maakten als van knappend ijs. Toen de laatste klap wegstierf en de kruitdampen optrokken, zag ze op de andere boot een grijnzende paljas verrijzen. Vol spuitende fonteinen van Vidal®.

Mustafa nam zijn helm af en zwaaide zijn armen woest door de lucht. Jonas stiet een soort indianenkreet uit.

'Oef,' zei Barbara, en ze leunde achterover, opgelucht dat die spookachtige, demonische show voorbij was.

Maar waarom had ze geen oh's en ah's gehoord?

Veel kijkers hadden er kennelijk weinig van gezien, want de stroom baadde in een waas van mist en rook, zag ze. Zelfs de kathedraal was niet meer te zien. Of lag het aan haar troebele ogen?

Ze voelde ineens een grote opwelling van liefde voor haar neef. Ze trok Jonas dicht tegen zich aan. Ze voelde zijn zachte, warme lippen in haar koude nek. Ze liet haar tranen over haar wangen lopen.

Een golf van applaus kwam over het water aangerold. Niet uitbundig, maar respectvol. Een ovatie voor het laatste vuurwerk van Vidal. Hij was de componist, zij de uitvoerder. De scheepssirenes loeiden.

Barbara greep naar haar zakdoek. Haar gezicht zat onder het snot.

123

Barbara ziet de hele film weer voor zich, terwijl ze nu in bad zit te weken. Na een nieuwe jeukaanval heeft ze haar steunkousen, zwachtels en drukkleren uitgegooid en is ze in het lauwe water gaan liggen.

Ze zou wel willen dat iemand haar kwam verzorgen in bad, zoals Marie voor haar zieke vader had gedaan. Maar ze is helemaal alleen in het grote huis. Ze heeft niemand. Zelfs niemand om zich tegen af te zetten.

Eén keer heeft ze nog naar Victor gebeld. Dat was op die dag dat ze in het pak papier dat ze van haar vader had gekregen ook een factuur op naam van Vidal Events had gevonden. Het was een aanmaning uit China om een achterstallige som te betalen. Blijkbaar had iemand die factuur per ongeluk naar haar vader in plaats van naar Victor gezonden.

Ze had toen zijn gsm gebeld. *Don't worry, be happy*. Maar hij snauwde aan de telefoon dat ze hem in de steek gelaten had en dat ze hem nu niet moest opjagen. Ze zei dat ze uit de vennootschap *Valentine & Vidal Events* wou stappen en dat ze haar geld terug wou. Hij riep dat hij voorlopig geen geld had, want dat alles was misgegaan.

Veel hartjes gingen niet open. Eén op de twee figuurbommen weigerde dienst. Of ze toonden een bloedrode etterbuil.

En bij zijn partner in Merksplas, de man met de paardenstaart en de tatoeages, was een grote voorraad vuurwerk onderschept door de politie. Gelukkig waren de salamander-labels verwijderd.

'Snap je?' schreeuwde Victor. 'Je zal net als ik nog een tijd moeten wachten op je rotgeld.'

Waar is hij nu? Letterlijk in rook opgegaan, wordt gezegd. Dood verklaard, ook al is geen spoor van hem teruggevonden. Maar Barbara gelooft nooit dat hij dood is. Hoe zouden ze hém dood krijgen? Heeft hij de gelegenheid aangegrepen om te verdwijnen?

Wat is nog echt en wat is waan? Barbara weet het soms zelf niet meer.

Na het mistige millenniumvuurwerk had een krant cynisch getiteld: '*Waanvoorstelling op de Schelde: onzichtbaar vuurwerk*'. Het artikel zat in de koffer op zolder, dus haar vader had het zeker gelezen.

En Barbara heeft nog iets anders in de koffer aangetroffen: een lijvige map met kopieën van de familierecepten. Blijkbaar heeft Vidal die ooit veiligheidshalve gefotokopieerd en opgeborgen.

Ook het recept van het *Feu Bleu* of *Blauwvuer*, waarvan het origineel uit het oude boek in de werkkamer was gescheurd. Door haar vader? Door Victor? Door wie dan?

Dit is dus het recept dat ze zocht:

Potassium chloraat	*18*
Zwavelbloem	*7*

Koperarseen	*15*
Ultramarijn	*12*
Ammoniaknitraat	*8*

Er zit natuurlijk niet alleen ultramarijn in, zoals ze zich uit haar kinderjaren herinnerde. Er zitten uitgesproken explosieve en giftige stoffen in. Onder de formule staat zelfs een notitie die verwijst naar *Chertier's Blauw*. En dat was vroeger een van de gevaarlijkste blauwen ooit. En daarom lang geleden verboden.

Beneden wordt weer aan de voordeur gerammeld. Of is het de wind?

Kloppende angst snoert haar keel dicht. Haar baarmoeder trekt samen van de schrik.

Barbara doet haar ogen toe en laat zich diep wegzakken in bad, tot ook haar hoofd onder water zit. Ze hoort dof gerommel zoals van een vuurwerk in de verte. Ze ondergaat weer de beelden van die avond in de haven. Alsof ze in een ellendige tv-soap zit en zelf de knop niet kan omdraaien.

XI Het boeket van het leven en de dood

124

Die avond was er een onbehaaglijk stemmende, oestergrijze lucht. Een matige tot stijve bries uit het noorden woei over de stad. Donkere, vadsige wolken staken de stroom over.

Barbara keek op de klok en zag dat het al over zevenen was. Ze stond op haar dakterras en schilderde de stroom die ze voor zich zag liggen. Ze had het doek in een sop van ultramarijn ondergedompeld en de havendokken en fabriekspijpen met lampzwart erover geborsteld. Natuurlijke kleurstoffen, zoals in de tijd van haar betbetbetovergrootvader.

Het was zinnelijk werk dat grote voldoening gaf.

Toen hoorde ze een reeks zware dreunen uit de richting van de Royerssluis komen. Ze dacht eerst nog aan een onweer, maar het duurde te lang. Toen zag ze dat de lucht vol vuurwerk was.

Het leek intens blauw. Het leek gevaarlijk blauw. Het leek op het blauw dat ze zich heel haar leven van de Expo '58 herinnerd had.

Ze vloekte. De onrust sloeg toe. Een gevoel van beklemming nam bezit van haar.

Ze schoot haar jas aan, nam de lift naar beneden, sprong op haar fiets. In de straat stonden oude mensen mijmerend naar de lucht te kijken zoals treinreizigers naar een voorbijschietend landschap. Jongens op opgefokte brommers reden haar voorbij, de pet achterstevoren op hun kop. Ook auto's stoven er toeterend op af.

Ach, wat een drukte. Vuurwerk bleef de sinjoren aantrekken, ook een onaangekondigde show zoals nu.

Wat bezielde die idioot? Toen Victor vanmiddag onverwacht

aan haar deur was opgedoken, had hij koortsblazen op zijn lippen gehad. Wilde en wijde pupillen, alsof hij gedrogeerd was. Opgejaagd zag hij eruit.

'Wat gebeurt er?' vroeg haar buurvrouw Tamara, die net aan haar avonddienst in de bar begon. In het Schipperskwartier waren de meeste hoerenstraatjes door de politie schoongeveegd, de illegale meisjes waren verjaagd, maar Tamara, die al bijna vijftig jaar oud moest zijn, had het allemaal overleefd.

Ze droeg tien centimeter hoge hakken, een strakke splitrok, een openvallende pelsmantel. Ze zag er ongerust uit: 'Ik heb mijn dochtertje alleen thuis achtergelaten.'

'Gewoon vuurwerk,' suste Barbara, en fietste voort.

'Waarom steken die gekken nu vuurwerk af?' riep ook de winkelier om de hoek.

Tussen de snuisterijen in zijn etalage – roze koektrommels, bonbondozen, schuimwijnflessen, flacons parfum – stond een bord met 'Viert Valentijn'. Er lagen tientallen rode pluchen harten, zoals je vroeger alleen in de bordelen vond. *Made in China.*

'Ik ga kijken,' zwaaide Barbara, en stak de Brouwersvliet over.

Ze reed naar het Eilandje, de oude havenbuurt die het mekka van de projectontwikkelaars was geworden. De pakhuizen veranderden in lofts en theaters, de havengebouwen in restaurants, de oude dokken in jachthavens. Een valentijnsfeestje in een trendy café liep leeg, en vanaf het terras stonden yuppen en babes naar het vuurwerk te kijken. Barbara dacht aan de paarse jogging die ze aan had en die haar niet flatteerde. In de Mexicostraat zat het verkeer in de knoop en lieten mensen hun wagen achter bij de oude magazijnen.

In enkele minuten tijd was er een toeloop van honderden mensen. Dokwerkers, matrozen, studenten van de zeevaartschool, ambtenaren van de havendiensten, chemiearbeiders, douaniers, hoertjes, koppeltjes, bioscoopgangers, migranten van de Seefhoek en de Dam. Alleen voor vuurwerk kreeg je nog moeiteloos mensen van alle leeftijden, klassen en kleuren bijeen. Eindelijk gebeurde er wat. En wát dan nog.

De massa zag de effecten en slaakte de normale kreten van bewondering. Maar een kenner als Barbara zag meer. Zij zag dat het een chaotisch en ongecoördineerd vuurwerk was. Soms bijna horizontaal. Ze zag de verkeerde kleuren, getemperd door een waas van witte rook. Ze zag dat de bommen al ontploften nog voor ze het zenit bereikten.

Alleen maar mortierbommen en cakeboxen natuurlijk, zoals bijna alle shows tegenwoordig. Barbara herkende ze en kon ze bij naam noemen. Die *boem-ba-ba-boem-ba-boem* was de Armageddon Buster van 240 shots. En *petterdepet* begon de Diabolo Blizzard van 120 shots. En *doefdoefdoef*, daar gingen de Titanium Salutes van 200 millimeter.

Oei, die titaanknallen waren loeihard. Haar trommelvliezen trilden. De bomen ritselden.

'De zware artillerie,' dacht Barbara schamper. Onmiskenbaar Victor, wiens vuurwerk altijd harder moest knallen dan de rest.

Wat had ze toch ooit in die mafketel gezien? Ze waren totaal verschillend. Ze waren het over zowat alles oneens. Ach, mensen deden maar wat. Ze stortten zich vol overgave in elkaars armen, en even later konden ze elkaars bloed wel drinken.

Waarom was ze met hem begonnen? Toch niet om dat valentijnsgedoe? Die uit Amerika overgewaaide rage die het zinnebeeld geworden was voor al wat fake en commercieel was?

Een batterij robijnrode harten werd schuin over haar hoofd naar de stad geschoten. Een lucht vol valentijnsharten. Belachelijk gewoon.

❧

125

Het werd nog heftiger. De slagen deden de grond beven, ze voelde ze in haar schoot vibreren, en de bommen bleven maar komen, en de blinkende sterren bleven maar als napalm over het publiek regenen. Het leek al meer oorlog dan vuurwerk. Een stad onder aanval. Bagdad met een hemel vol mortiervuur en afweergeschut.

Zijn wildste show ooit. Furieus. Fulminant. Tomeloos. Angstaanjagend. Alsof hij de controle was verloren.

Afrikaanse hoertjes joelden. Kinderen huilden. Een sirene ging af.

Aan de Straatsburgbrug smeet Barbara haar fiets neer. Er stonden te veel mensen opeengehoopt. Ze zag het aplomb van de infrastructuur voor zich: links het hele complex van dokken en chemische fabrieken, rechts de verstikkende ringweg met zijn viaducten en afritten, in het midden een vlakte vol hoog opgestapelde containers.

Het wateroppervlak in de bocht van de Schelde kaatste goud en zilver. Het dichte wolkendek hield het maanlicht en sterrenschijnsel weg, wat de sonoriteit nog versterkte.

Toen klonk er een woest, oorverscheurend geknetter, dat maar bleef aanhouden. Barbara herkende het geluid van de honderdduizendklappers. Chinese ratelbanden, die ze ooit door schoolkinderen had zien maken. Een niet aflatende kanonnade die zo razend klonk alsof er een hele voorraad rollen tegelijk de lucht in ging.

'Goeie god,' kreunde Barbara, en greep naar haar buik.

Waarom gebruikte Victor ratelbanden? Dat was toch geen materiaal voor een professionele vuurwerkshow? Dat was toch hét succesproduct van de illegale vuurwerkhandelaren van oud en nieuw?

Overal zag ze nu vuurwerk om zich heen. Ze wist niet meer waar eerst te kijken.

Kijk naar links.

Kijk naar rechts.

Kijk naar boven.

Kijk naar onder.

Omdat er zo veel rommel uit de lucht viel, ging Barbara met andere mensen schuilen achter de gevel van het oude Pomphuis aan de brug. Hier en daar zag ze een beginnend grasbrandje op de oever.

De bezoedelde lucht die in haar gezicht sloeg, bevatte de vertrouwde geuren. Buskruit. Zwavel. Houtskool. Verbrand rubber?

Het epicentrum van de bommenregen was blijkbaar bij de kaden en loodsen van het gedempte Eerste Havendok. Ruim honderd meter achter de nieuwe megabioscoop Metropolis. Waar op dit uur ongetwijfeld duizenden mensen naar de film gingen.

Hoe had Victor in godsnaam toestemming gekregen om daar een show af te steken?

Alhoewel, een show kon het nauwelijks nog genoemd worden. Geen tableaus of intermezzo's. Geen compositie. Geen raffinement. Alsof er zomaar emmers verf over en naast het doek gekletst werden.

Veel oranje nu.

Een secondelange stilte. Vreemd. Het was een regel in het moderne vuurwerk dat je geen dode momenten mocht laten vallen.

Aanzwellend gerommel. Sissende stoom.

Dan een enorme vuurgloed van blauw.

La belle bleu.

Hevig blauw. Briljant blauw.

Blauw dat tijdloos was, weids, ver, zuiver, schoon, helder, fris, koel, koelbloedig, afstandelijk, eenzaam. De koudste kleur. De kleur van heimwee en nostalgie. Van de leegte en de dood.

Barbara, in kleermakerzit naast het Pomphuis, trok haar oogspieren samen om haar beeld scherp te stellen. Ze staarde gespannen naar het blauw, dat een floers van weemoed over de stad legde. Het was als een postume hommage aan Vidal. Wijlen de kunstvuurwerkmaker van Antwerpen.

Barbara dacht aan haar vader terug. Ze dacht eraan terug hoe bang hij geweest was voor een dreigende Big Bang. Hoe hij als een Cassandra gewaarschuwd had voor de dag des oordeels. Hoe volgens hem die noodlottige dag nakend was geweest.

En die dag.

Was.

Nu.

126

Een hele tijd eerder was Vidal met hevige benauwdheid naar het ziekenhuis gebracht. Zijn ogen zaten vol gesprongen adertjes. Zijn gezicht zag eruit als een overrijpe aubergine. Zijn mond bewoog in een moeizaam kauwende of naar adem snakkende beweging, en zijn stem klok hol en schor als van een stervende.

Op zondag kwamen alle vrouwen van de familie rond hem zitten. Hij werd, in een web van draden en apparaten verankerd, met een kussen in de rug rechtop in zijn stoel gezet. Zijn slappe oogleden hingen als gordijnen half over zijn ogen. De angst voor de dood was niet weg, maar toch was er ook een berusting in hem gekomen. De millenniumwissel was zonder ongelukken gepasseerd. De familie was weer samen en de serviceflat voor Lea was klaar. En het familiebedrijf zou, na de nieuwe start in Duitsland, een verzekerde toekomst hebben. En hijzelf?

'Als de hel vol vuur is en naar zwavel stinkt, ben ik er vertrouwd mee,' had hij flauwtjes gelachen.

De uren in het ziekenhuis gingen zwijgend voorbij. De muren waren in rustgevend lichtblauw geschilderd.

Hij had een sigaar gevraagd. Lea riep nee, maar Barbara zei ja. Ze beet het puntje eraf, stak de sigaar in zijn mond, gaf een vuurtje. Hij zoog de rook langzaam naar binnen.

'Ik zal een goed woordje voor jullie doen,' zei hij nog.

Toen was hij hikkend van zijn stoel gerold. De smeulende sigaar, die Marie van tussen zijn op elkaar geperste lippen probeerde te wringen, brak middendoor. Uit zijn mond stroomden slijm en tabaksresten. Secondelang klopte zijn hart nog als een tijdbom, en toen was er niets meer, en tante Adèle murmelde: 'Hij heeft het tijdelijke met het eeuwige verwisseld,' en de gealarmeerde arts kon niet meer dan zijn overlijden vaststellen, en de kamer vulde zich met gedempt geween.

Barbara bleef versteend achter met in haar mond de zin die ze niet vond.

Het was allemaal voorbij. Het was gedaan met hem. Zijn hart had het na zevenenzeventig jaar begeven.

Kon een sigaar als een vorm van euthanasie beschouwd worden, vroeg Barbara zich onwillekeurig af. En zo ja, was ze dan strafbaar?

Zoals veel mensen in deze tijd had hij gekozen voor crematie, in tegenstelling tot zijn vader, maar toen was de kerk daar nog tegen geweest. Nu ging bijna niemand nog naar de kerk. Tenzij voor begrafenissen.

Zijn begrafenis werd massaal bijgewoond, want in alle kranten stond een overlijdensbericht voor Felix Vidal, kunstvuurwerkmaker van Antwerpen, meervoudig Europees kampioen. Alleen van het stadsbestuur was er niemand.

Francesco had tot Barbara's spijt niet kunnen komen. Hij was in de luchthaven van Rome tegengehouden op verdenking van terrorisme. Een geoefende speurhond had sporen van buskruit in zijn kleren en reiszak geroken. Ja, tijden veranderen.

Hij had nog met een stem vol spijt vanaf de luchthaven gebeld.

'Pronto.'

'Cosi cosi.'

'A presto…'

Haar vader was van het rouwcentrum naar de kerk en van de kerk naar het crematorium gegaan, zonder het familiehuis nog te zien zoals hij voor zijn dood had gewild. Tijdens de crematie hoorde Barbara in gedachten het kissen en sissen en spetten in de oven, het tot stof en as vergaan bij duizend graden, het één worden met de vlammen en met de naar de kosmos kringelende rook. Het vuur had vele gedaanten. Het diende de mens in goede en in kwade dagen. Het maakte hem los van zijn aardse beperkingen en bracht hem terug naar het onmetelijke moment van ontstaan.

127

Hij was nog net op tijd doodgegaan. Een week later viel een brief van het Duitse concern Pulverkammer in de bus.

'Geachte Heer Vidal,

Zoals u weet gaat het sinds de jaren negentig niet goed met de munitiemarkt in Europa. De nationale regeringen hebben na de val van de Berlijnse Muur hun defensiebudgetten stelselmatig ingekrompen. Niets wijst op een heropleving in de eerstkomende jaren.

Pulverkammer heeft hierop gereageerd met een diversificatieplan, maar dat volstond niet om het tij te keren.

Heden hebben wij het genoegen u een interessant voorstel van de Amerikaanse Nevada International Financial Corporation *voor te leggen. Deze investeringsmaatschappij is bereid onze aandelen tegen een voordelige koers over te nemen. Dit zou voor sommige bedrijven uit onze groep een synergie met Amerikaanse ondernemingen mogelijk maken. Het zou ons aansluiting geven met de Amerikaanse defensiemarkt, die een veelbelovende groei kent dankzij de ontwikkelingen in het Midden-Oosten.*

Wij beseffen, geachte heer Vidal, dat u de delocatie naar Oost-Duitsland al volop hebt voorbereid, maar na de herstructurering zal de shareholder value *alleen maar toenemen en wij hopen dat we op uw inzet mogen blijven rekenen bij het afhandelen van de zaken. Kunstvuurwerken Vidal is altijd een waardevol* asset *van onze groep geweest...'*

In minder dan een jaar tijd werd de zaak al doorverkocht aan een Amerikaanse beleggingsmaatschappij. De familie Vidal, die nog één symbolisch aandeel in het bedrijf had, had nog verzet tegen de overname aangetekend, maar dat had de operatie niet tegengehouden.

Later was een mannetje van een internationaal advocatenkantoor komen aankondigen dat het nieuwe management, na ampele overwegingen, besloten had de productie stop te zetten. Ook al had Kunstvuurwerken Vidal in zijn lange geschiedenis nooit een cent verlies geleden.

Zo was beslist in een *boardroom* in Nevada.

De advocaat was door Mustafa en de laatste werknemers nog een tijdje in een oude kruitbunker opgesloten. Een korte, symbolische actie.

'Als Vidal nog had geleefd, was dit allemaal niet mogelijk geweest,' riep Mustafa, die een grote bewondering voor de oude patroon had gekoesterd.

Zijn donkere, diep liggende ogen treurden.

'Ach, laat die man gaan, hij doet ook maar zijn werk,' zei Barbara, die ervan opkeek dat Mustafa zo heftig reageerde.

'Maar ik vind nooit ander werk,' riep hij. 'Als je hier een baan wilt vinden, kan je nog beter blind zijn dan migrant!'

De advocaat werd vrijgelaten en gaf iedereen een gouden handdruk.

128

Dit was de eenentwintigste eeuw, en met oorlog, terreur, rampspoed, hongersnood en extremisme leek hij grimmig begonnen. De mensen waren vol onrust en stijf van de stress. Maar Antwerpen, een goed gevuld krentenbrood, telde nog zijn zegeningen.

De Zijdewormnatie, die een hoge schuldenlast had, was door de belangrijkste aandeelhouders verkocht aan een Singaporese *terminal operator*, die de haven als een Europees overslagstation voor het containerverkeer zag. Diederik was ertegen, maar werd weggestemd. Daarmee was zowat de hele containerbehandeling in buitenlandse handen overgegaan. De veranderingen zouden volgens Diederik het einde inluiden van het typisch Antwerps fenomeen van de naties. Alleen al dat ridicule woord viel niet meer uit te leggen.

'Yes, we are now the United Nations,' had manager Slim gegrapt, de Chinese CEO uit Singapore, die op een blauwe maandag in Antwerpen opdook.

In zijn speech had Slim een toekomstbeeld geschetst van computergestuurde haventerminals waarin onbemande kranen en heftuigen de containers volautomatisch verplaatsen en opstapelen. 'Het tijdperk van de havenarbeider als lastdier ligt definitief achter ons.'

Diederik, die na een *personnel assessment* weer bediende op de expeditieafdeling geworden was, deed hem vaak na met veel geslis. Hij had het ineens over het Chinese gevaar. Spleetogen. Rijstkakkers.

En dat ze al bijna de hele goederenoverslag controleerden. En dat ze de stad zouden laten stikken in die miljoenen containers. Nu al genoeg om de hele wereld te overspannen, als je ze achter elkaar zette. Eén lange Chinese Muur van containers op wielen.

'Dat moet jij zeggen,' zei Barbara, tijdens een zondagse familiebijeenkomst in de villa van Diederik en Marie. 'Jij hebt hier zelfs nog een paar maanden in een container gewoond.'

'Ja, ja,' zei hij. 'Maar straks gebeurt het merendeel van al het transport in de wereld per container. Het maakt het systeem zo kwetsbaar. Er is nauwelijks controle op mogelijk. Zelfs Al Qaeda heeft al explosieven voor aanslagen per container vervoerd.'

Geknakt lag hij op zijn sofa, glimmend van de whisky. Twintig jaar had hij plankgas gegeven, en nu leek het alsof hij nog voor de eindstreep met opgebrande motor naar de kant moest.

'Stel je voor,' grimlachte hij, 'een enorme aanslag in de haven. Dat zou een klap zijn voor de hele wereldhandel...'

Marie keek hem aan alsof hij maar beter zijn mond kon houden. 'Diederik staat onder zware druk,' zei ze op verontschuldigende toon. 'Hij moet op kantoor nu ook zijn cijfers halen, of hij vliegt eruit.'

Naarmate Diederik zwakker geworden was, was Marie sterker geworden. Ze was niet meer afhankelijk van zijn goedkeuring en had niet meer die viscerale angst om fouten te maken. Zij heerste soeverein over haar huishouden, volgde cursussen, ging naar het verenigingsleven. En omdat hun oude moeder ooit gemopperd had dat het familieleven teloorging, probeerde Marie nu op zondag weer iedereen rond de tafel bij elkaar te krijgen. Uitgerekend Lea was er nu niet bij, want zij was, verlost van de zwaarmoedigheid van Vidal, weer naar zee voor een uitstap met tante Adèle.

Maar Jonas, het meest gewenste kind ooit in de familie, was wel aanwezig. Hij had een sterke band met Marie, die Barbara haar benijdde. Jonas zag er in een keurige blazer en broek soms uit als een getuige van Jehova, maar binnenin brandde het vuur. Het had haar niet verbaasd dat hij ambulancier bij de brandweer was geworden.

'Een echte Vidal,' zei Barbara, en ze trok haar petekind aan zijn zwarte haar.

'Misschien wel,' zei Jonas. 'Maar meter, wat gebeurt er met de oude archieven van de vuurwerkfabriek?'

'Die zijn samen met het huis nu van de Amerikanen.'

'De Amerikanen, de Chinezen, de Marokkanen, iedereen heeft het hier voor het zeggen behalve de Antwerpenaars,' lalde Diederik. 'Geen wonder dat de democratie voor veel mensen een versleten model is geworden.'

Barbara staarde zuchtend uit het raam naar de zorgvuldig gecoiffeerde buxushagen en gemanicuurde tuinpaden. Ondanks het dure groen uit de tuincentra leek het in deze villawijk al even mat en glansloos als op het volkse Laar.

129

Op een dag kreeg Barbara een mail van Perzik uit Vuurwerkstad. Ze schreef dat ze door WangBang als verantwoordelijke voor de hartjesafdeling ontslagen was, omdat er soms iets misging met de figuurbommen. Onafhankelijke vakbonden waren in Vuurwerkstad natuurlijk niet toegelaten, en Perzik kon nergens meer voor bijstand terecht. Kon Barbara haar niet aan een visum helpen?

Als bijlage had ze een nieuwsbericht van een Hongkongse bron gevoegd:

'RAMP IN SCHOOL – *Minstens veertig kinderen en drie leerkrachten vonden de dood toen zich een hevige ontploffing in hun school voordeed. Radeloze dorpelingen beweerden dat de kinderen van acht jaar en ouder al sinds 1998 verplicht waren om crackers te maken. Naargelang de leeftijd moesten ze een quotum halen van duizend tot tienduizend crackers per dag. De school werkte samen met enkele vuurwerkfabrieken. Zo moesten de kinderen hun schoolgeld betalen, dat was verhoogd nadat de overheid de subsidies had ingeperkt. Vele duizenden scholen zijn sindsdien in business gegaan. Maar de overheid ontkende het bericht krachtig. Volgens hen was de explosie veroorzaakt door een dorpsgek. De politie zette de buurt rond de school af. Drie reporters, die over de bergen naar de school probeerden te gaan, werden aangehouden. Een Britse groep riep alvast op om Chinees vuurwerk te boycotten.*'

De ontplofte school, voegde Perzik er in een postscriptum nog aan toe, maakte vermoedelijk ook ratelbanden voor Dubbele Knipoog.

En Dubbele Knipoog was onlangs om Barbara's adres komen vragen, omdat hij nog veel geld te goed had van Victor.

Ze had het niet gegeven, want, schreef Perzik met drie uitroeptekens, met Dubbele Knipoog kon je maar beter uitkijken!!!

❧
130

Het kon niet uitblijven. De noodlottige dag brak aan, en toen er 's middags aan haar flat gebeld werd, wist Barbara instinctmatig dat het Victor was. Hij was weer in het zwart gekleed en had zijn donkere Land Cruiser op de stoep voor de deur geparkeerd. De waanzin in zijn ogen was groter dan ooit. Zijn haar leek ineens meer grijs dan rood en lag met veel brillantine in dunne plakken achterovergekamd over zijn hoofd.

Hij had een cadeau bij zich. Een schildersset in een stevige koffer. 'In de haven van de boot gevallen,' grinnikte hij.

Vandaag had ze geen zin in cadeaus, en zeker niet van hem. Ze wou er liever niet aan denken hoeveel jaar ze werd. Maar ze dacht dat hij zijn schulden kwam betalen en liet hem binnen in haar dakappartement. Hij keek naar haar schilderijen en naar het zicht op de stroom.

'Mooi,' zei hij. 'Je komt nog altijd niets tekort, zie ik. Heeft die ouwe bourgeois je nog veel nagelaten?'

'Zwijg over mijn vader. Hij zei wat hij deed en deed wat hij zei,' wierp Barbara op. 'Maar jij zit vol leugens. Dat is gebleken.'

'De dingen gaan zoals ze moeten gaan,' zei hij schamper.

'En mijn geld dat ik in de vennootschap gestoken heb?'

Hij zei dat hij het niet had. Hij had ruzie met Turken over een container mislukte hartjes. Zijn maat uit Merksplas was tot drie jaar veroordeeld, dus die zou zijn uitstaande rekeningen ook niet vereffenen. In Bergen op Zoom had Victor geen opslagmogelijkheden meer, en in Vuurwerkstad mocht hij niet meer komen. Maar hij had daar nu wel een virtueel kantoor. In het Fireworks Trade Center hield een slimme Chinees, voorzien van alle moderne communicatiemiddelen, kantoor voor diverse buitenlandse ondernemers tegelijk.

God, wat een schimmig wereldje was de vuurwerkmakerij geworden. Een wereldje van bazen, runners en dealers. Een wereldje van misdaadondernemers. De meest vrije ondernemers denkbaar. Die handel dreven in levensgevaarlijke lawinepijlen, doodskopstrijkers, widowmakers, pantservuisten en andere nitraatklappers, die winstmarges opleverden van vijfhonderd procent en meer. In elk geval meer dan de oude vier-voor-éénregel van WangBang.

Ze zei dat ze er niets van wou weten.

Hij lachte hoog en scherp: 'Hi, hi, hièè...'

Hij zei: 'Je wilt toch je geld terug? Wel, om zeven uur komt er een vette klant, en misschien betaalt die wel cash. Als je komt, geven we daarna een knalfeestje.'

'Waar?'

'Op de kaai aan het Albertdok, achter de Metropolis. Daar heeft je schoonbroer een terrein. Diederik en de Zijdewormnatie hebben me flink geholpen. Kom je?'

'Regel je vuile zaakjes zelf maar.'

'Weet dat je me niet onverschillig laat, Barbara,' zei hij, terwijl hij naar de deur ging.

In de gang beet ze hem nog toe dat hij in Vuurwerkstad bekendstond als een rat die niet betaalde en dat Dubbele Knipoog achter hem aan zat. Hij snoof en keek naar zijn leren laarzen. Hij deed haar aan een stier denken, de hoeven in de grond geplant, de neusgaten opengesperd, de rug gekromd, klaar om desnoods heel Antwerpen op de hoorns te nemen.

'O, die,' zei hij achteloos. 'Ja, die ben ik in de haven tegengekomen. Hij zei dat de slangenkoppen mij zouden vinden.'

'De snakeheads,' zei Barbara. 'Je weet dat de Chinese maffia...'

'Bullshit,' lachte Victor. 'Bakerpraatjes om mij te intimideren. Ik heb hem gezegd dat hij zijn slangenkoppen maar moet opeten in zuurzoete saus.'

131

Barbara zat nog altijd naast het Pomphuis op de grond en keek naar het sinistere vuurwerk op de Albertkaai. Het was nu 19:21 uur.

Aan deze show leek geen eind te komen. Vuurpijlen vlogen nu ook tegen de gevels van het Pomphuis aan, en mensen stoven gillend uiteen. Barbara belde met haar gsm naar Diederik.

'Hallo?' nam hij op.

'Diederik, heb jij vuurwerk voor Victor opgeslagen aan het Albertdok?'

'Wat?' vroeg Diederik. 'Dat was een lading speelgoed uit Hongkong. Victor zei dat hij met vuurwerk gestopt was.'

'Heb jij dat als speelgoed ingeklaard?'

'Ja, natuurlijk. Maar die containers had hij al lang moeten weghalen. Wat is dat geknal op de achtergrond? En die sirene?'

'Diederik, het loopt hier helemaal uit de hand...'

Twee brandweerwagens van de vlakbij gelegen Kazerne Dokken baanden zich nu een weg door de mensen, die het vertikten opzij te gaan, tot er ook een politiewagen aankwam. De agenten probeerden de straat met een lint af te zetten, maar Barbara glipte er nog door.

Ze rende de brandweerwagens achterna. Ze stopten bij een terrein aan de kaai, waar op elkaar gestapelde containers stonden met de naam van een Chinese rederij op hun flank. Bij een loods, waarvan de deuren halfopen waren, stond een rokende heftruck. Eromheen lagen brandende vuurwerkresten op de grond.

De brandweermannen wrikten het hek open en gingen het terrein op. Een brandslang werd afgerold en op de smeulende rommel gericht. Een brandweerman klom op een oranje container en spoot een felle blusstraal in de openstaande loods. Daarop gingen twee andere brandweermannen met een fles perslucht op de rug naar binnen.

Barbara bleef gespannen aan de overkant van de straat staan, waar een rij hangars met tropisch hout stonden, en vreemd genoeg een kleuterschool. Maar daar was op dit uur vermoedelijk niemand meer aanwezig. Vanuit de andere richting zag ze wel tientallen mensen de straat in komen. Het waren bezoekers van de Metropolis die op het vuurwerk af kwamen. Vooral jongeren en gezinnen met kinderen.

'Attentie, attentie, kleine brand in Sectie Dokken, oorzaak onbekend,' sprak een brandweerman, die bij de interventiewagen was blijven staan met de radiofoon in de hand. Hij leek zich weinig zorgen te maken. Een routineklus.

Barbara ging naar hem toe: 'Ik weet wat in die containers zit.'

'Wie bent u?' vroeg de man.

'Vidal,' zei ze, 'vuurwerkmaker.'

Ze zag dat die naam een belletje deed rinkelen.

'Wat zit er dan in?'

'Cakeboxen,' zei Barbara. En toen de man zijn wenkbrauwen optrok: 'En vuurwerkbommen van de zwaarste categorie. Massa-explosief.'

De man maakte aanstalten om weer in zijn radio te spreken.

Op dat moment keek de brandweerman boven op de container naar zijn voeten en liet zijn spuit vallen. Barbara zag hoe de oranje container bol ging staan als een opgeblazen broodzak. Uit de kieren van de achterdeur sloeg fijne, witte rook naar buiten.

Haar instinct nam het van haar over. Zij wist dat een gewone container niet tegen hevige hitte en druk bestand is en zette het op een lopen. 'Weg! Weg! Weg!' schreeuwde ze nog naar de bioscoopgangers.

Nog geen tien seconden later kwam de klap. Barbara werd door de luchtdruk van de grond geschept en wat verder neergekwakt.

Toen ze kreunend omkeek, zag ze nog hoe een tientallen meters lange steekvlam uit de container schoot. De bovenkant was opengescheurd, de achterdeur naar buiten geslagen. Daarna bleef de container als een brullende vulkaan vuurwerk uitbraken. Honderden mortierbommen werden over de huizen en hangars geschoten om wat verder te ontploffen.

In het gehuil dat toen opsteeg, dacht ze een gil te horen die haar bekend voorkwam: 'Hi, hi, hièè...'

Het was 19:29 uur.

132

Met elke stap die ze zette, voelde ze dat het ergste nog moest komen. Een catastrofe, op dezelfde plaats als de ramp van Corvilain ruim een eeuw eerder.

De etalages van de autozaken tegenover de Metropolis waren aan scherven gevlogen. Kermende mensen liepen met bebloede koppen rond. Moeders huilden om kinderen die ze kwijt waren.

In het warenhuis naast de cinema zag Barbara een jongen met een honkbalknuppel een deur inslaan.

'Hé, wat doe je?' vroeg ze, nog verdoofd van de knal.

'O, niets,' zei de jongen, en begon doodgemoedereerd zijn zakken te vullen met valentijnsprullen.

Het was 19:33 uur toen de tweede, alles verwoestende klap kwam. De hemel werd in een vuurbal herschapen die hoog boven de stad uitrees. Brokken beton en stalen platen werden honderden meters ver geslingerd. Blijkbaar was een hele rij containers nu in één massa-explosie de lucht in gegaan.

De vuurbal was meer dan honderd meter breed, uit kleinere

bollen opgebouwd zoals een ijsje, en straalde een immense hitte uit.

Barbara kroop uit het restaurant waarin ze dekking had gezocht. Ze liep naar het parkeerterrein. De chaos was algemeen. Een deel van de Metropolis was weggeblazen. Uit wat nog rechtop stond, sloegen de vlammen omhoog. Ook de zaak in autobanden stond in brand en verspreidde een dikke, teerachtige rook. Van de hoogspanningslijnen, die achter de Metropolis liepen, kwam een hels geknetter en geflits.

Zoals duizenden anderen probeerde Barbara te bellen met haar gsm. Maar het net was overbelast en lag plat.

Uit de inktzwarte lucht regende het brandende steentjes en gloeiende stukjes asfalt. Iedereen probeerde weg te komen. Een Turkse man zat nog op zijn knieën met overslaande stem de hulp van Allah in te roepen.

Langs de Noorderlaan zat het verkeer muurvast. Op het kruispunt stond een ambulance van de brandweer geblokkeerd. Barbara herkende tot haar verbijstering haar neef Jonas achter het stuur. Ze klopte frenetiek op het portier. Hij kwam onthutst uit de wagen en pakte haar stevig vast.

'Kom, ik breng je weg,' zei hij.

Terwijl hij haar naar de sporthal aan de overkant van de Noorderlaan bracht, zag ze wat verder enkele brandende vrachtwagens met containers op de ring staan. De auto's in de avondfile zaten als ratten in de val. Als een rouwsluier zakte de hete stofwolk over hen heen.

❧

133

De zwarte rook leek de hele stad te gaan innemen. De waaier van roet en gruis rukte op van straat tot straat.

Barbara zat in de commandopost van de brandweer, die voorbij de sporthal stond opgesteld. De mobiele commandopost was in allerijl verplaatst nadat een deel van de Kazerne Dokken werd getroffen.

'Attentie, attentie, ernstige crisis door explosie, veel slachtoffers, mensen onder puin, stuur alle ambulances en alle brandweerkorpsen met alle beschikbare middelen,' schreeuwde de brandweercommandant, die wegens het verstopte verkeer pas nu tot hier was geraakt.

Hij had net een briefing gehad in de wagen. Ook Barbara zat erbij als vuurwerkdeskundige. Als door een wonder had ze bij de explosies slechts enkele kneuzingen en schaafwonden opgelopen. Jonas had haar snel verzorgd en was naar zijn ambulance teruggekeerd.

Barbara zei op de briefing dat het om Chinees vuurwerk van categorie 1.1 ging, ook al stond er 1.4 op de sticker. Ze zei dat er een massadetonatie was geweest die al het materiaal in één klap had meegenomen. Ze zei dat er magnesium in zat dat moeilijk te blussen viel.

Daarna bleef ze in een hoekje van de wagen zitten beven en werd ze helemaal vergeten. De commandopost, uitgerust met alle moderne communicatieapparatuur, was een duiventil waar mensen in en uit liepen. Iemand kwam zeggen dat een huizenrij in Merksem in brand stond, iemand anders dat er vuur uitgebroken was op enkele lichters in het Amerikadok...

De enige orde in de chaos was dat de secretaris, die naast Barbara zat, nauwgezet een logboek bijhield op zijn computer:

19:35 De brandweercommandant beslist om fase 3 van het rampenplan af te kondigen. Alle beschikbare politie moet worden ingezet voor de ordehandhaving.

19:36 Door schade aan de hoogspanningsleiding gaat de lijn uit dienst. Er wordt naar alternatieve stroomaanvoer voor de haven gezocht, zo niet gaan grote stukken van het net uitvallen.

19:37 De zone 'bocht Sint-Anna' is niet meer zichtbaar op de Schelde-bewakingsradar. Mogelijk werden sensoren beschadigd. Het verkeer op de Schelde wordt gestremd.

19:37 De burgemeester is op een receptie op de Linkeroever, waar veel schade is. Hij probeert de politietoren van de Oudaan te bereiken, waar het provinciale crisiscentrum moet worden opgericht.

19:38 Wegens brandjes op de oever wordt beslist de aanvoer van gas langs de Scheldelaan te stoppen. Alle eindgebruikers in Noord-Antwerpen zullen zonder gas komen. Ook diverse bedrijven.

19:39 Van een chemiebedrijf aan de Scheldelaan vertrekt een notificatie naar de provinciale rampenstaf. Door de stroomstoring is een kleine brand ontstaan. De bedrijfsbrandweer is ingeschakeld.

19:41 Beslist wordt om de Noorderlaan, de Scheldelaan en de ring af te sluiten. In de hele provincie moeten agenten worden opgeroepen. Maar er is geen telefoonverkeer meer mogelijk.

19:42 Het crisiscentrum wijst het Sportpaleis als trefpunt voor de hulpdiensten aan. Veldhospitalen worden ingericht in het slachthuis aan het Lobroekdok en aan het Sint-Annabos op de Linkeroever.

19:47 Door schade aan de koelinstallaties van de brandende magazijnen is ammoniak vrijgekomen. Het gevaarlijke gas drijft naar de stadskern. In de bedreigde wijken moeten deuren en ramen gesloten worden.

19:50 In Brussel wordt een federaal crisisteam bijeengeroepen. Fase 4 wordt afgekondigd. Er is sprake van tientallen doden, honderden gewonden, duizenden vermisten. Veel bedrijven zijn getroffen, waaronder verschillende chemiebedrijven.

19:52 Nationale en internationale televisiezenders brengen de eerste beelden van de ramp. De beelden zijn overgenomen van de Antwerpse regionale zender ATV, die op het Eilandje gevestigd is.

19:55 De meteodienst meldt dat de noordenwind zal aanhouden. Het crisiscentrum beslist om een hele reeks straten van het Eilandje, Antwerpen-Noord en Merksem te evacueren.

20:00 De eerste helikopter landt op het verzamelpunt in het voetbalstadion van de Bosuil. Ook Nederland gaat enkele traumahelikopters sturen.

20:03 De ammoniakwolk heeft de Waaslandtunnel bereikt. Daar staan honderden auto's in de file. Er zijn klachten over ademnood en een prikkelende keel.

20:09 Er komen berichten over grootschalige plunderingen. De politieversterking zit nog vast in de verkeerschaos.

20:12 De geteisterde zone wordt tot verboden gebied verklaard en hermetisch afgesloten. Ramptoeristen en plunderaars zullen met straffe hand worden aangepakt.

20:14 Een ambulance van de brandweer is door de vuurzee omsingeld en in brand geschoten. De ploeg wordt opgegeven…

134

Barbara doolde radeloos door het rampgebied, zij zocht Jonas en zijn ambulance, de hulpverleners wisten niet waar hij was, niemand had nog radiocontact met hem, ze zag in de verte de Metropolis en de omliggende winkels in brand staan, ze strompelde van de berm naar het straatje langs het kanaalsas, het was alsof daar een bombardement was geweest, alle gevels waren naar binnen geslagen, een tornado van vuur zette de huizen en bedrijfspanden in lichterlaaie, een oude vrouw was in haar voortuintje aan het harken alsof er niets aan de hand was, ze sloeg met haar schoffel naar Barbara toen ze te dicht in de buurt kwam, de drijvende theaterboot stond in brand, ze zag het verwrongen staal van de reusachtige kranen, het was er zo heet dat het bluswater kookte, Barbara voelde haar schoenzolen aan de grond plakken, ze liep de berm op naar het Eilandje, het statige gebouw van de havendiensten stond in de fik terwijl enkele jongens eromheen renden, een cameraman had een met bloed doordrenkte handdoek om zijn hoofd en bleef maar beelden schieten, Barbara zag van de pakhuizen verderop nog alleen de spanten rechtop staan, de stalen balken waren zo krom als een hoepel, enkele hulpverleners probeerden een gezin te evacueren, het dochtertje verzette zich, de kat wou niet in de reismand, Barbara kwam nu in een spookstraat met gevelloze huiskamers, ze zag verkoolde lichamen waar de rook nog uitsloeg, ze hoorde sirenes en kerkklokken en een merel die zijn lied zat te zingen, en dan weer een tank die ergens ontplofte, en nog een gasfles, en nu moest Barbara door een muur van rook, kleuren waren niet meer herkenbaar, ze zag zoals een worm alleen nog licht en donker, ze zag schimmen in de getroffen huizen die een uitweg zochten, ze zag hysterische mensen uit de rook komen, de lappen vel hingen erbij, en ineens stond Barbara voor het Kattendijkdok, ze zag lichamen drijven, ze zag aan de overkant de magazijnen van de Red Star Line branden, en de bodem was met een wit waas overdekt, er hingen nevelige dampen die naar ether en chloor roken, het brandde in haar ogen en lippen, en toen struikelde ze over een half verbrand lijk, en Barbara zag dat het een vrouw was, en ze herkende haar buurvrouw Tamara...

135

Het was zo onwerkelijk, alsof ze dit niet zelf meemaakte. Ze had het gevoel dat ze iemand anders was en vanuit de hoogte zichzelf zag liggen. In foetushouding, met haar handen voor haar hoofd geslagen.

Ze zag door de nevel iemand dichterbij komen. Het duurde enige tijd voor ze Jonas herkende. Zijn gezicht zat vol smurrie.

Zijn brandweerpak zat helemaal onder het roet. Het haar was van zijn handen geschroeid.

'Snel,' riep hij. 'Je moet hier weg.'

Ze huilde van opluchting. 'O Jonas, ik dacht dat je dood was.'

'Nee, nog lang niet,' zei hij. 'Ik moet nog zoveel van je leren.'

Een alomvattend liefdesgevoel maakte zich van haar meester. Ze klemde zich stevig vast aan zijn benen.

Hij bracht haar naar het slachthuis, waar een veldhospitaal was ingericht. Er stond een lange rij ambulances, en de dokters waren overrompeld. Ze hingen de geblakerde mensen een kleurencode om hun nek en voerden hen naar de juiste eenheid.

Barbara had tweedegraadswonden aan handen en gezicht. Zij was nog net op tijd weggehaald door Jonas.

Rond het slachthuis stond het vol satellietschotels van televisiezenders. Een woekering van zwammen. De ramp was wereldnieuws. Een klap met een kracht van twee op de schaal van Richter. Zelfs in het stadhuis waren de oude ramen uit de lijsten gevallen.

Op de monitor van ATV zag Barbara dat iemand opgebeld had om de aanslag op te eisen namens het Antwerps Bevrijdingsfront. En volgens de vrouw van het benzinestation had een zwart geklede man een vloek over de stad uitgesproken. En volgens de journalisten gedroegen de brandweermannen zich heldhaftig maar liep de evacuatie slecht en was de brand onbeheersbaar 'en neemt u ontslag, burgemeester?'

Barbara werd in een goudkleurige folie gewikkeld en in een zaal van het slachthuis gelegd. De ruimte stonk naar zweet, mest, bloed, braaksel en bleekwater. Ze kreeg morfine tegen de pijn. Ze doezelde weg en dacht terug aan wat ze van de Engelse alchemist Roger Bacon in een oud vuurwerkboek had gelezen: '*Men kan met dit mengsel gansch eene stad vernietigen...*'

En toen ze een zwart verbrand meisje met een zwarte kaart om de nek op een brancard afgevoerd zag worden, zei ze zacht het kindervers uit haar jeugd op:

Eerst wit als was
Dan groen als gras
Dan rood als bloed
Dan zwart als roet

XII Illuminatie. Het eeuwig vuur

❦

136

Het vuur raasde en gromde en sprong van huis tot huis. Het was als een levend wezen, een roofdier, een Chinese draak die met zijn hete adem de hele straat wou aansteken. De losse brandjes breiden zich aaneen tot één vuurfront. De vlammen vergrepen zich even gretig aan protserige herenhuizen als aan armetierige krotwoningen. De deuren klapten uit de hengsels. De ramen barstten uit de sponningen. De gordijnen fladderden brandend in de wind. Het beddengoed waaide onbeschaamd naar buiten.

En zie, die nacht daalden spierwitte vogels uit de grijze lucht neer en landden op de brandende daken. Het waren duiven die niet meer wisten waar naartoe. De brandweermannen, hulpverleners en andere mensen zagen het met ongelovige ogen gebeuren. Het spoorde hen aan om met hernieuwde krachten de brand te lijf te gaan. Vrijwilligers kwamen van alle kanten spontaan toegesneld. Ze haalden mensen uit de huizen en brachten ze naar het ziekenhuis. Desnoods dwars door de vlammen heen.

Ze hadden er hun ziel en zaligheid voor over. Eindelijk verenigd door een ramp die haar gelijke niet kende. Die het beste in hen naar boven haalde. Medeleven. Naastenliefde. Betrokkenheid. Plichtsbesef. Dadenkracht. Doorzettingsvermogen. Durf en moed. Verdriet om wat verloren ging. De samenleving toonde veerkracht, weerbaarheid, verbondenheid. Alsof ze al lang behoefte had aan een groot bezielend verhaal, en er in de brand van Antwerpen eindelijk één vond.

Maar het was een ongelijke strijd. Dit was geen gevelbrandje, maar een rollende vuurwals, een vuurzee, een vuurstorm in volle ontwikkeling. De lucht werd in een briesende kolk naar boven gezogen. De hitte liep op tot meer dan 1500 graden.

'Maak dat jullie wegkomen,' gebaarde de brandweerofficier, en hij gaf zijn eenheden het bevel zich terug te trekken en de straat over te laten aan het jubelende vuur.

137

In de Chinese toren wordt Barbara verward wakker met in haar hoofd de nasleep van een nare droom. Ze ziet zichzelf weer in het brandwondencentrum liggen, waar haar gezicht was opgelapt met sneetjes huid van haar dijen. Waar die man van het identificatieteam haar kwam vragen naar de *ante-mortem*gegevens van Victor: zijn tatoeages, valse kiezen, sieraden, laatste maal. Daarna kwam nog een man van het gerecht vragen naar Victor, en naar de ruzie met Dubbele Knipoog, en naar al de rest. Ze had alles verteld, en later had ze het ziekenhuis verlaten.

De man van het gerecht had haar gezegd dat Mustafa aangehouden was, omdat er kruitsporen op zijn kleren zaten en in zijn kelder vuurfonteinen gevonden waren. Ongelooflijk. En dat Victor een van de personen was die ze dood zouden verklaren, ook al hadden ze helemaal niets van hem teruggevonden. Geen tand, geen botje, geen kootje. Er waren een hoop verbrijzelde splinters van menselijke oorsprong, maar door de hevige hitte was DNA-onderzoek onmogelijk geworden.

Barbara kan het niet geloven. Een salamander gaat niet dood in het vuur.

Waar is hij nu? Ondergedoken?

En wat was er gebeurd?

Volgens het parket zou het misschien wel nooit aan het licht komen. Was het een uit de hand gelopen demonstratie van mortierbommen voor een klant? Was het een vinnig vuurwerkmengsel dat tot zelfontbranding was overgegaan? Was het een andere springstof, want op de zwarte markt was tegenwoordig alles te koop? Was het dan een aanslag of sabotage-actie? Had Dubbele Knipoog er iets mee te maken? Of Mustafa?

Volgens Barbara kwam het door het blauw.

Volgens de koning was het een ongeval. 'We leven in een complexe maatschappij vol risico's. En dit is de prijs die we daarvoor betalen,' zei de vorst, die al kort na de ramp de gewonden had bezocht. 'Hoe grootschaliger, hoe groter het gevaar. Eén zwakke schakel is dan genoeg voor een fatale keten van gebeurtenissen. Zoals een steentje in een vijver onvermijdelijk tot steeds grotere kringen leidt.'

Vreemd toch, dat Barbara nu ook oog in oog met de koning stond, net als haar vader op de Expo in 1958. 'Schep moed, mevrouw,' had hij haar nog gezegd. En na hem was de Europese voorzitter gekomen. En China had een rouwtelegram gestuurd. En er waren al hele containers met knuffeldieren en kleren ingezameld voor de slachtoffers.

Maar een ongeval of niet: Victor flirtte al langer met de dood. Hij daagde de duivel uit. Zoals wel meer vuurwerkmakers.

O ironie van het lot, denkt Barbara, dat buskruit en vuurwerk zijn uitgevonden door alchemisten die op zoek waren naar de formule van stoffelijke onsterfelijkheid. Zij zochten het levenselixir, de steen der wijzen, de edele tinctuur, de kwintessens van het bestaan, en wat ze vonden was buskruit, dat dood en verderf bracht. Maar ook schoonheid en rêverie en hartstocht.

O ironie van het lot, want vuurwerk is juist de vergankelijkheid zelf, de eeuwigheid in een ogenblik. Vluchtig als het leven, iets wat niet wil duren, maar slechts een moment lang stralen, en dan verdwijnen.

Het verschil is dat een vuurwerk crescendo gaat en eindigt met een boeket als climax. Het leven loopt meestal af in mineur. Zou het beter zijn als een mensenleven zou eindigen met een *bloemekee*?

Wat is het dat Barbara wil? Een individuele sprank geluk in het ondermaanse bestaan? Of haar plaats vinden in het blauwe universum, het kosmisch verband, het eeuwig vuur?

138

Ze kijkt naar buiten en ziet het puin van de afgebroken schuur. De roerloze notenboom, waarin ze vanavond een rosse eekhoorn heeft gezien, een verre afstammeling van Kraakje. Zelfs hij heeft zijn genen doorgegeven.

Op het sporadisch geluid van krekels na, is het bijna volkomen stil. Geen zuchtje wind is er nu. Barbara ziet de oude bomen met hun brede kruinen en bleke basten, die glimmen in het maanlicht. Maar hem ziet ze niet. Waar blijft hij? Ze heeft haar verpleger met haar gsm gebeld, maar dat lijkt al een eeuwigheid geleden. Ze huivert van de kou en kruipt duizelig weer in bed.

Rillend staart ze naar een wijdvertakte spleet op de muur voor haar. Maar op alle muren krioelt het hier van de spleten, die in een grillige baan naar boven lopen en samenkomen in een donker punt op het plafond.

Waarom is dit oude, tochtige, vochtige huis voor het allesverterende vuur gespaard gebleven? Het zuiverende vuur. Het ontsmettende vuur. De Great Fire van Londen bevrijdde de stad indertijd van ratten en pestbacillen, waardoor veel meer mensen gered werden dan gedood. Het vuur is wijs en weet wat het doet, denkt Barbara nu. Ook al heeft ze er zelf brandwonden aan overgehouden. Permanente oorsuizingen. En nachtmerries en waanbeelden.

Barbara kijkt naar het licht van de kaars die ze voor het beeld van Sint-Barbara heeft gezet. Een flikkerend schijnsel verlicht de kopjes van de Vestaalse Maagden, de meesteressen van het vuur. Relikwieën van haar vader, die ze nu in veiligheid gaat stellen. Voor haar familie.

Vanavond heeft ze op haar laptop nog een filmpje gedownload van de Toro de Fuego. De vuurstier. Met moderne, bizarre, elektronische muziek.

Blijkbaar een succes nu in de Antwerpse underground-scène. Voor originele artiesten is er altijd plaats in de Scheldestad.

De vuurstier is Jonas. Haar doopkind. Haar verpleger.

Het is een eeuwenoude traditie uit het Spanje van hun voorouders. De Toro de Fuego is een nagemaakte stier, waarin een vuurwerkmaker schuilgaat. Het skelet is uitgerust met talrijke fonteinen, die vuur sproeien naar alle kanten. Daarmee stort de vuurstier zich in de massa, en wordt zelf door de massa nagezeten. Vernieuwend straattoneel, en toch traditioneel.

Jonas, de vuurstier.

Ze zag het filmpje wel drie keer. Het was alsof haar genen juichten.

139

Ze weet nog amper welke dag het is. Ze ligt onbeweeglijk in haar oude kamer in de Chinese toren alsof ze voor altijd een meisje van zeven wil blijven. Maar als ze in de spiegel kijkt, ziet ze de trekken van haar vader op oudere leeftijd. Een doorleefd, doorgroefd en licht behaard gezicht. Nu ja, in China is het een compliment als men zegt dat je er al oud uitziet.

Eindelijk hoort ze gestommel op de trap. Jonas komt aarzelend binnen in de spookachtig verlichte kamer. Als een zachte, lange, zich liefdevol over haar buigende schaduw.

'Het gaat mij in elk opzicht steeds beter,' zegt Barbara.

Hij glimlacht. 'Je ziet blauw van de kou.'

Het klinkt bijna alsof hij een vers voordraagt.

Jonas begint bezorgd te vragen wat en hoe en waarom, maar ziet dan haar schouders schokken. Hij ziet haar schouders schokken en haar lichaam beven en glijdt zachtjes tussen de lakens en drukt zich stevig tegen haar aan. Hij streelt haar benen en armen. Hij warmt haar op. Ze sluit haar ogen.

'Ben je al het hele weekend in dit onverwarmde huis?' vraagt hij.

'Ik denk het,' zegt ze. 'Ik wil hier blijven zolang het kan.'

Hij richt zich op, steunt met zijn hoofd op zijn elleboog, kijkt naar haar. Zij kijkt naar de spleet op de muur achter hem. Hij strijkt over de donshaartjes op haar kin.

'Het geneest. Maar je moet het beter verzorgen. Ik zal straks een nieuw verband leggen.'

Ze voelt zijn soepele verplegershanden op haar lichaam. Zijn adem is zoet. Hij ruikt jong.

Ze knippert met haar ogen en ziet zijn gezicht nu scherper.

De stoppels op zijn wangen.

Zijn sterke, gave tanden.
Zijn stevige kin.
Een echte Vidal. De achtste generatie.
De tranen springen in haar ogen.
'Jonas?' vraagt ze met gesmoorde stem.
'Ja?'
'Ik kan de vennootschap terugkopen van de Amerikanen. Het kost bijna niets. Ze hebben mij gemaild dat Kunstvuurwerken Vidal hen niet meer interesseert.'
'En dit huis?'
'Ze verkopen de gronden aan een vastgoedonderneming. Er komen hier grote woonblokken. Maar al wat waarde heeft voor jou, ben ik in koffers aan het inpakken.'
'Voor mij?'
'Ja. Ik heb je filmpje gezien op internet. Het was zo mooi.'
'Wil je een slaappil, Barbara?'
'Heb je het gehoord van Mustafa?'
'Wat dan?'
'Hij is opgepakt als verdachte van de brand. En uit wraak werd al een moskee aangevallen. Wat een waanzin.'
'Misschien heb je alles gedroomd, Barbara?'
'Nee, nee...'
'Denk je echt dat het allemaal zo gebeurd is?'
'Toch, toch,' stamelt ze.
'Iets in je hoofd lijkt soms echter dan de werkelijkheid.'
'Jonas, ik ben verbrand...'
'Tweedegraads maar.'
Heeft ze de rest er dan bij gedroomd? Of is ze langzaam gek aan het worden zoals haar vroegere vrienden van de Alma?
Ze weet het zelf niet meer.
En nu is ze moe. Ze laat zich wegzinken in een halfslaap.
Ze moet nog veel vertellen aan Jonas, maar dat kan later nog.

Ze zal alles in de vorm van verhalen doorgeven. De vraag is alleen hoe ze eraan moet beginnen.

❧

140

Het historische gebouw van de havendiensten stond te branden als een vuurfontein van Vidal®. De oude gevels laaiden op in een zinderend, Rubensiaans koloriet, waarin rood, geel en blauw harmonieus samengingen als in de veren van een ijsvogel. De boogramen vielen met een zucht uit hun omlijsting. De dakpannen knapten met een kusgeluid.

Enkele jongens keken nog als gehypnotizeerd toe. Ze vergaapten zich aan het kleurenfestijn. Ze lieten er zich helemaal door bedwelmen. Met zakdoeken voor hun mond trotseerden ze de rook en hitte om toch maar niets te missen. Het wekte hun begeerte en begeestering.

En de gretige wind wakkerde het vuur nog aan als een blaasbalg.

Het gebouw dampte, hijgde, viel gracieus in zwijm als een dame.

De jongens dansten van louter opwinding.

De stad schitterde.

Ja, het was een schone brand.

Literatuur

Manuel Andrés-Zarapico en Rafael Aguirre, *La Pirotecnia, un sentimiento*, ed. Mediterraneas, Valencia, 2003.

Gustaaf Asaert en Greta De Vos, *De Antwerpse naties*, Lannoo, Tielt, 1993.

Maarten Bollen, *Op zoek naar de onderste steen*, uitgeverij Bert Bakker, Amsterdam, 2004.

P. Bracco en E. Lebovici, *Ruggieri 250 ans de Feux d'Artifice*, Denoël, Parijs, 1988.

Alan St. H. Brock, *A history of fireworks*, Harrap, Londen, 1949.

Mathilde van Dijk, *Een rij van spiegels*, Verloren, Hilversum, 2000.

David Douwes, *Spelen met vuur*, DNA, Den Bosch, 1986.

Wil Engelen, *Ik draag geen masker*, Gopher Publishers, Groningen, 2002.

Victoria Finlay, *Kleur, een reis door de geschiedenis*, Anthos, Amsterdam, 2003.

Yale Forman e.a., *Kleur*, Zomer & Keuning, Ede-Antwerpen, 1981.

John Gray, *Vals ochtendlicht*, Ambo, Amsterdam, 2002.

Robin Hutcheon, *A burst of crackers*, Li & Fung Limited, Hongkong, 1991.

Johanna Kint, *Expo '58*, uitgeverij 010, Rotterdam, 2001.

Georg Kohler en Alice Villon-Lechner, *Die schöne Kunst der Verschwendung*, Artemis Verlag, Zürich-München, 1988.

Johan Lambrecht en Liesbeth Baum, *Naar een familiedynastie*, Lannoo, Tielt, 2004.

Ronald Lancaster, *Fireworks, principles and practice*, Chemical Publishing Company, New York, 1998.

John Larner, *Marco Polo and the Discovery of the World*, Yale University Press, Londen, 2001.

Jan Lenselink, *Vuurwerk door de eeuwen heen*, De Bataafsche Leeuw, Amsterdam 1991.

Henri Levarlet, *Accidents*, Annales des Mines de Belgique, Bruxelles, 1941.

D. M., *Pyrotechnia of Konstige Vuurwerken*, Rotterdam, 1672.

Frank Li, *Practical Fireworks English*, Liuyang Foreign Language Institute, Liuyang, 2003.

Ulrich Libbrecht, *De geelzucht van Europa*, Davidsfonds, Leuven, 2004.

John Merson, *Roads to Xanadu*, Weidenfeld and Nicolson, Londen, 1989.

John Needham, *The Gunpowder Epic*, Cambridge University Press, Cambridge, 1986.

J. Oosting e.a., *De vuurwerkramp*, onderzoekscommissie, Den Haag, 2001.

G. Paloczi-Horvath, *Mao Tse Toeng*, Bruna, Utrecht, 1966.

Claude-Fortuné Ruggieri, *Elémens de Pyrotechnie*, Bachelier, Parijs, 1821.

Georges Plimpton, *Fireworks*, Doubleday & Company, New York, 1984.

Marco Polo, *De wonderen van een wereldreis*, Manteau, Brussel en Den Haag, 1977.

Luc Rombout, *Praktische handleiding rampenmanagement*, Gent, 2001.

A.A. Schuurmans, *Het ontstaan en de groei van de vuurwerkfabriek der Fa. J.N. Schuurmans*, Leeuwarden, 1950.

John Selby, *Het gezondheidsboek voor de ogen*, De Driehoek, Amsterdam, 1990.

Paul Theroux, *China per trein*, De Arbeiderspers, Amsterdam, 1990.
Elise Thiébaut en Thierry Nava, *Le Théatre du Feu*, Actes Sud, Arles, 2002.
Simon Vuyk, *De vuurwerkramp*, Rebel uitgeverij, 2004.

Grote dank voor informatie ben ik verschuldigd aan de families Hendrickx en Foti, aan Marc Lefeber en al zijn medewerkers, en verder ook aan de (voormalige) familiebedrijven Ruggieri, Schuurmans, Grucci en nog andere vuurwerkmakers. Speciale dank gaat uit naar Luc Rombout (Cemac) voor zijn deskundige visie. En vooral ook naar mijn proeflezers Suzanne en Marijke voor hun kritische en creatieve lezing van het manuscript.